水潤夢澤

张艳霞 著

四川文艺出版社

图书在版编目（CIP）数据

水润梦泽 / 张艳霞著 . -- 成都 : 四川文艺出版社，
2025. 7. -- ISBN 978-7-5411-7253-3

Ⅰ . I267

中国国家版本馆 CIP 数据核字第 202501LL08 号

SHUI RUN MENG ZE

水 润 梦 泽

张艳霞　著

出 品 人　冯　静
责任编辑　梁祖云
特约编辑　余慕雨
封面设计　悟阅文化
内文制作　悟阅文化
责任校对　段　敏

出版发行　四川文艺出版社（成都市锦江区三色路238号）
网　　址　www.scwys.com
电　　话　028-86361802（发行部）　028-86361781（编辑部）

印　　刷　四川省东和印务有限责任公司
成品尺寸　145mm×210mm　　开　本　32开
印　　张　10　　　　　　　　字　数　233千
版　　次　2025年7月第一版　印　次　2025年7月第一次印刷
书　　号　ISBN 978-7-5411-7253-3
定　　价　78.00元

序 一

　　金风又起，秋意渐浓，好似去年我们去大悟采风时秋韵的延续。那次短暂的秋旅，我结识了云梦县作家协会主席张艳霞。云梦，这个一直让我向往却未曾踏足的地方，年初因为艳霞的诚邀，我得以前往采风。这次，她嘱我为其即将出版的散文集《水润梦泽》撰序，使我能够读到她的这些散文，也使我对她这个干练热心的女主席多了些了解。

　　云梦，因古云梦泽而得名，这里曾为楚国别都、秦朝禁苑、汉晋郡治。唐代诗人孟浩然以"气蒸云梦泽，波撼岳阳城"，描绘其壮阔雄奇；当代诗人晏明则以"云的故乡，梦的摇篮"，勾勒其诗情画意。

　　我们都有一个大地上的家乡和心灵里的故乡，家乡是地理和文化的，故乡是心灵和精神的。家乡存在于土地上，故乡隐藏在心灵之中。昆德拉说："人的一生，注定扎根于童年和少年中。"故乡，人人都有，于写作者而言，故乡往往会成为他们创作的"原点和高地"。故乡对艳霞来说，就是她写作的理由和书写对象。她这本《水润梦泽》，以散文的形式为其家乡立传，读者不难理解。

　　艳霞对家乡的热爱是深沉的，这份情感也充分体现在她的散文中。云梦之称，是因为水的浩阔。水，是云梦的灵魂，云梦人身体里的血液，早已与滋养祖祖辈辈的那一方水融为一体。艳霞

1

对本土文化更是一往情深，她提起笔来，写的就是这方水土，写的就是自己熟悉的生活。在家乡的土地上，她总能寻找到自己的胎记。

《水润梦泽》收录了近百篇散文，多数曾在各种报刊发表过。其中不少篇目描绘云梦的人文历史、风土人情、自然风貌、非遗文化等，如同一幅长长的云梦风情画卷，散发着人文气息与乡土韵味。比如在《家在涢水边》一文中，作者写道："一河涢水，将天空、高楼、树木、人影沉淀下来，剪切成一帧一帧的画作。天是柔软的天，水是多情的水，云影、水色、鸟声、蛙鸣、鱼跃，暮色里织成多种生命的意象，呼唤着一个苍茫而遥远的时代，那是'蒹葭苍苍，白露为霜'的时代，那是涢水人家、悠悠古泽的梦里水乡。"艳霞不愧是喝涢水长大的作家，这条河流及其沿河岸边的乡村景物，被她描绘得如诗如画。透过这些文字，我们仿佛能看到涢水点染的云梦乡间田园生活的底色。

这里的父老乡亲，还有这里的河流与村庄，这里的花草林木，都让作者难以割舍。她以乡村为背景写出的一批散文，将浓浓的亲情、乡情化为"时光里的絮语"。在《梦回老家》文中，她说："离开家乡四十年，现在的我才真切地感受到，有些东西是走不出去的。这四十年，那个村子一直都活在我身边，它活在我的血液里，活在我的灵魂中。"无数人写过对自己儿时光阴的怀念，对故园的热爱，对亲人的眷恋，但艳霞的这种表述却给人印象尤深。

虽然不是专业文史学者，但艳霞对云梦风俗、人情文化、历史的研究与书写，却比专业人士更真诚，更具情怀，她努力寻觅和捕捉人文环境和书写对象的种种细节，让读者从中感受到历史文化的印痕。在她的文字中，回忆与情感始终都在真实地流淌着，呈现出她求我、求真、求丰厚、求复杂的写作过程。如在《家乡的草木》一文中，她说："当我又一次站在府河堤上，站在童年嬉闹之地，遍野的草木，吮吸着每一粒露珠，愈发生机益然。在美丽乡村的变迁中，唯有草木，坚守着故土，让我心怀愧疚。"《在云梦"过早"》中写道："市井长巷，聚拢来是烟火，摊开来是人间。在这里，生活被嚼得有滋有味，日子被过得活色生香，往往靠的不只是嘴巴，还要有一颗浸透人间烟火的心。"作者把触须伸展到家乡那些不为人知的民俗风物，释放出一种带着泥土芳香的文化情怀。

艳霞的文字不但很美，也很温暖，她在《春天的怀念》中想念爷爷："村庄是有记忆的。比如，爷爷走路的姿势，路旁的草会记得他的样子；爷爷修补过的小路，会记得他脚步声里的喜怒哀乐。"她在《我的阅读启蒙》中说："也正是我的亲人们，用他们淳朴的爱和善良，为我的人生铺就了温暖的底色，让我在阅读中学会了如何善待世界，如何去热爱土地和生活……"

云梦是一片深蕴历史文化与传说故事的水润之地。睡虎地秦简、东汉陶楼、楚王城遗址见证着往昔的辉煌，斗子文、黄香、吴禄贞等历史上的杰出人物诞生于此。这些年，艳霞特别珍视和发掘身边的这些文化富矿，写出了《中华第一长文觚》《"卧鹿立鸟"蕴含的楚文化》等一批以云梦历史文化为题材的散文。同时，她立足于本土人文风情，以故乡人的视角，饱蘸真情，捕捉土地的声音，描绘出故乡的一幅幅剪影。因此，翻阅《水润梦泽》，能够掂出一种厚重感，可见她已有比较丰厚的积累，视野更加开阔，文笔也逐渐成熟，正努力完成从小散文向大散文的过渡，在写作之路上已迈出了令人欣喜的一步。

2024 年 10 月 14 日　汉口湖边坊

（任蒙：著名作家、文化学者、文学评论家）

序 二

方东明

    这个初秋，迟迟未开的桂花终于开了，香气渐渐弥漫开来……在这个美好的季节，我收到云梦作家张艳霞的散文作品集《水润梦泽》的电子稿，她邀我阅评为序。我们同为市、县作家协会的文学工作者，作为对同人的支持，或与文友的支持与共勉，我欣然接受邀请，也感谢来自朋友的信任。

    第一次知道张艳霞这个名字，是在本地报纸副刊偶尔读到她的作品，真正开始关注她的作品，则是在2016年底她的文集《奔跑的向日葵》出版之后。此后的几年里，她在云梦县城关镇从事文字工作，业余时间则致力于文学创作，逐渐成为以散文创作为主的骨干作者，在孝感文学圈中崭露头角。

    因为爱好文学，她被调到县文联工作。又因为热爱文学事业，2022年7月，她被推选为县作协主席。在县作协主席的岗位上，她得到了县文联的大力支持，发扬文学人的"奉献和担当"精神，积极开展各项活动，工作有声有色，也让我对她有了更深的了解。

    特别是在云梦作协的工作中，她积极践行孝感市作家协会提出的"上下联动、横向互动"的工作思路，组织开展了多场有影响力的文学采风活动。同时，她还把孝感市作家协会制订的"把著名作家请进来，让本土作家走上台"的工作举措落到实处，举办了多场文学讲座，营造了浓厚的文学创作氛围。

鉴于她对文学的贡献，在今年《槐荫文学》秋季号名家有约栏目组稿时，我特意向她约稿。这既是对她在文学创作上的激励，也是对她带领云梦文学发展取得成绩的肯定。无论现实环境如何变迁，只要人类存在，文学的火种就永远不会熄灭，文学需要我们的坚守和奉献。

以上是我与作者从相识到文学交流的过往。对于为孝感文学发展做出贡献的人，我始终心怀感激。接下来，让我正式谈谈品读作者新书《水润梦泽》的感受。

作品集分"我与一座城""小城的微光""时光里的絮语""品人间烟火"四辑共95篇作品。在第一辑"我与一座城"里，作者将自身成长融入云梦县城的变迁之中，深情描绘家乡的人文之美，为每一次蜕变而感动而自豪。在《云水之梦》《一湖碧水满城秀》里，她以细腻清新的笔调，把她的城描绘得活色生香，为水润梦泽注入了鲜活的底色。而《一座王城的背影》《中华第一长文觚》等作品，则展现了厚重的历史文化底蕴。

在第二辑"小城的微光"中，作者讲述了水电工方师傅和志愿者小李两位普通人的故事，把他们的"微光"升华到照亮他人的光芒。她笔下的木匠张师傅、剃头匠王师傅等，看似处于小城的底层，但他们发出的光却是温暖的。她用细腻的笔触，勾勒出一幅幅关于"微光不微"的温情画卷，见证了城市的变迁与发展。

在第三辑"时光里的絮语"里，作者深情地叙说着父女情、母女爱。在《母亲的庄稼》里，她深切体会到孩子都是母亲的庄稼；在《田地的守望者》中，母亲说，种菜就像养孩子，需要细心呵护；《父母的菜地》则让她忽然理解了菜地对父母的意义——那是一个只管播种，然后能吃上新鲜放心菜的过程，而可以完全不去理会外在的纷扰。

在第四辑"品人间烟火"中，作者以生动的笔触记录了云梦涢水滋养的桂花潭、白鹤口等地，为鱼类繁殖提供了天然的生长环境，从而孕育出云梦特色美食鱼面。她从读汪曾祺的《人间至味》中，感受到"四方食事不过一碗人间烟火"的意蕴。她还在《在云梦"过早"》里品尝三鲜豆皮的况味，在《荠菜情结》《青梅煮酒》中回味往昔，在《那碗猪油酱饭》里怀念旧日时光。

作者善于从平常的事物观察中捕捉生活亮点，抒发情怀与思考，赋予作品厚度与高度。我认为，《水润梦泽》是一部以梦泽文化为基调，注入了作者真情和大爱的优秀作品集，作品的结集出版对传承和弘扬云梦历史文化具有重要意义。

张艳霞居于云梦小城，在"小城的微光"里，伴着"时光里的絮语""品人间烟火"，这样的人生又是何等的惬意。所谓美好的生活，不过如此；所谓有意义的人生，也不过如此。在她的生活中，生活便是她的作品，作品就是她的生活。她是一位心怀诗和远方的人，是生活智者，也是生命的探索者。

"作协的担当、作家的品格、作品的温度"一直是我与全市文学人共勉的思想，也是我对孝感市作协工作者的要求。在水润梦泽的故地，在日新月异的云梦新城，我希望作者能像《奔跑的向日葵》那样执着奋进，继续奉献文学，笔耕不辍，为孝感、云梦文学的繁荣增光添彩！

这既是我的期待，也是我们的共勉。

2024 年 10 月　写于湖北孝感·方一居

（方东明：中国微型小说学会副秘书长、湖北省作家协会报告文学委员会副主任、孝感市作家协会主席）

目录
CONTENTS

第一辑　我与一座城

第二辑　小城的微光

第三辑　时光里的絮语

第四辑　品人间烟火

第一辑　我与一座城

云水之梦

在时光深处，亿万年风云变幻，鄂中之地，缓缓沉陷，勾勒出一方盆地。长江汉水，携带泥沙，铺展出一片广袤无垠的江汉平原。其上，云梦静卧其间，东北一隅，宛若沉睡的仙子，梦绕水乡，轻吟泽国之歌。

追溯公元前那星光璀璨的年代，司马相如以笔为桨，泛游于《子虚赋》的浩瀚星河之上。"云梦"二字，自他笔下轻启，如晨露微颤于叶尖，九百里方圆，烟波浩渺，瞬间跃然于历史的长卷，熠熠生辉。

山峦盘绕，云雾缭绕，云梦之境，如梦似幻。昔日楚王游猎于此，沉醉于云梦泽美景，乐而忘返，云梦之名，自此镌刻于华夏文明的史册。大泽浩瀚，碧波荡漾，八百里水天一色，白云千载，穿越古今，诉说着不变的传说，与风共舞，与月同歌。

碧水绕芳洲，紫气浮绿波。云梦，是水的诗篇，生命因水而蓬勃，城市因水而灵秀。府河之水，潺潺流淌，似低吟浅唱，汇入曲阳河的怀抱，梦泽、黄香、岳阳，三湖相连，环城水系，如诗如画，小桥流水，田园村舍，曲径通幽处，古泽风韵，历久弥新。

水乡如梦，古城入画，田园可诗，云梦之地的生态之美，令人心驰神往。自古无数文人墨客，多情于此，亭台楼阁间，瘦水斜阳下，皆成笔下风华。云梦，是一本诗韵流淌的神奇之书。

那些关于云梦的传说与故事，或已随风而逝，或仍铭记于心，但云梦的美丽与韵味，却如同不灭的烙印，镌刻在无数儿女的心田，永不磨灭。八百里云梦泽，不仅是自然的奇迹，更是诗歌的沃土，水乡泽国，流淌着千年的文化与梦想。

让我们携手，以梦为帆，共同踏上探寻云梦之旅，穿越历史的长河，感受跨越时空的神奇与美丽，寻觅属于自己的云水之梦。

小城云梦

　　小城云梦，一个诗意盎然的名字，仿佛能瞬间唤醒孟浩然笔下"气蒸云梦泽，波撼岳阳城"的壮阔景象，水泽赋予这片土地以不凡的气韵。云梦，这方江汉平原北部的梦里水乡，河网密布，宛如一幅细腻的水墨画，尽显温婉与丰饶。

　　云梦小城很小，从南到北穿越不过须臾之间，经纬交织的街道也不过寥寥数条，却如同掌心的脉络，每一条都清晰可辨，记载着千年的沧桑与变迁。这方寸之地，曾承载着一个文艺女青年无尽的梦想与憧憬，然而岁月流转，文艺女青年已熬成了文艺女中年，曾经汹涌在心底的那些星星之火，也在一点点地燃尽熄灭。

　　很多次夜深人静时，那些被虚度的时光，白花花地亮成一片，在我面前闪耀，我睁不开双眼，刺得我心惊肉跳。我开始羡慕小城上空自由飘荡的白云，我也因此深深地陷入自责与愧疚，并且继续在虚度光阴的恶性循环当中，我无数次地想逃，逃出生我养我的这片土地。我梦想，风吹草低见牛羊的旷野，茅檐低小，溪上青青草的小镇，来释放我的梦想，因为有恰到好处的清静。我以为，是小城的喧嚣，年复一年地束缚了我想飞的翅膀。

　　入夏之后，我喜欢上小城的朝阳。早晨，我沿着龙岗路向黄香大道奔跑。不到片刻，发梢和衣襟的纹路里，开始渗透了阳光和草木的气息，弥漫着好闻的味道，让低落的心情在阳光下逐渐明朗。我终于相信，日光的温暖与慈悲，正是治愈心灵阴霾的良药。晨光中的那份澄澈与通透，足以驱散内心的忧伤。当我把自己放置于阳光下时，借机清除停留于灵魂深处的雾霾，倾耳听听我骨骼里发出怎样的声音。我甚至觉得，每天早起，朝着晨曦奔跑的那段时间，我才是真正意义上的我，而不是那副装模作样，一边读着汪曾祺沉静恬淡的文字，一边又对生活妥协，为五斗米折腰的躯壳。

小城有一个人工湖，叫梦泽湖，是我晨跑必到之处，那里的景观成了小城的标签，湖水悠悠，揽尽两岸风光，水草丰美，菖蒲挺立，白鹭悠然自得地嬉戏。我喜欢站在湖心岛的石拱桥上，凝视着东方的朝霞与初升的红日，与湖水进行着无声的对话。在我心中，水不仅是城市的血脉，更是其灵魂的所在，赋予了小城无尽的生机与活力。

幸好，这座小城里，还有这样一群人，他们自带光芒地活在我的身边。他们习惯以文字撞身取暖，抵御风寒；以文字为酒，抚慰灵魂深处的孤独沧桑；以文字为药，医治岁月赐予的一切疼痛与伤害。很多时候，他们也是小城的一缕晨光，每每想起，犹如轻风拂过心底。

我与一座城

　　云梦是湖北省面积最小的县，却是中国名字"最美"的县之一。这座历经千年的古城，规模虽小，却拥有众多文物古迹，文化底蕴深厚。它坐落于曲湖北岸，曲水居阳，故而云梦城古时被称作"曲阳镇"。此地曾为郧国都邑、楚国别都、秦朝禁苑、汉晋郡治。

　　我出生在小城西郊一个坐落于桂花潭堤脚的小村。村子面朝涢水，绿树成荫，宛如世外桃源。小学四年级时，我从邱聂村小学转到城里的实验小学（时称城关一小）读书。校舍简朴，但与村小相比，已然算是豪华。操场面积不大，教学楼前有两棵青翠挺拔的松树。学校北门是个菜市场，平日里车水马龙、人声鼎沸，充满了浓郁的市井烟火气。

　　从家到学校有四里多路，往返不便，我只好寄住在城里表姐家，周末才回家。从我家进城，有个三孔铁路涵洞是必经之路，涵洞西是沙石路，车来车往，尘土飞扬。过了涵洞上了建设路，踏上水泥路面，才算真正进了城。表姐家住在县招待所职工宿舍楼，是用木板隔开的两间筒子房。

　　记得周末我步行回家，喜欢边走边和路上的车比赛，依据车速选定一辆车，前面路边的一棵树或一根电线杆设为目标，看看是车先抵达那里，还是我先到达。我通常采用快走加小跑的方式，遇到路上有货车经过扬起灰尘时，就用手捂起鼻子嘴巴，加速快跑，军绿色的斜挎书包在身后有节奏地嗒嗒响。当然，有时是我赢，有时是车赢。我乐此不疲反复做这种游戏，让回家的路途充满了趣味。

20世纪80年代中期，我在城里上初中，上学的路全是水泥路了，我开始骑自行车每天往返于学校。那时城关中学位于白布街中段，原址是明朝万历年间，云梦人邹观光根据朝廷之令建立的尚行书院。学校坐西朝东，有南北两栋教学楼，操场夹在中间，西边是老师住宿区，都是些低矮的平房。那几年我最怕落大雨，雨落急了，上学路上的涵洞排水跟不上，三个孔就会整体淹没，最深处积水近两米，都可以撑船摆渡了。每次遇到这种情况，我都会求助高我两级的堂哥，让他帮我把自行车从西边的土坡推上铁路，翻越铁轨方可通行。

那时，一条建设路横贯云梦城东西两端，北正街、云台街都只是小街小巷，小城周边都是种着庄稼的田地。岁月流转，云梦城日新月异。昔日的建设路早就向东延伸至屈原大道，新城区以黄香大道为中轴线，以楚王城大道、屈原大道、子文路、凤栖路、步云路等为主，构建起了"三纵五横"的大交通网络，随之而来的是地标式建筑，如雨后春笋般破土而出、并肩而立。

云梦城与铁路结缘已久，铁西火车站始建于1960年。而今，高铁云梦东站又添新彩，站台屋顶造型呈双层波浪形、弧形双曲面檐口，彰显了小城云梦的水泽特色。矗立在站前广场的善孝门雕刻，仿佛在讲述出生于云梦的东汉孝子贤臣黄香的故事，成为汉十高铁上一道独特的风景。云梦东站更像是一条承载着梦想的幸福路，拉近了小城云梦与四面八方的时空距离。云梦东站，不仅是交通枢纽，更是连接梦想与现实的幸福之站。

在生态环境治理之下，城西的农药厂、水泥厂、华昌化工厂等企业关停拆除后，建成了御景旷世住宅小区，把一个粉尘遮天、噪声大、废气多的重度污染区打造成生态宜居小区。紧邻其东，是云梦睡虎地秦简原址纪念园，白墙黛瓦，飞檐翘角，是集遗址复原、文化展示、交流传承于一体的文化教育基地。

曲阳河公园，则是云梦城的一张亮丽名片。它依曲阳河而建，笔直绵延的曲阳河与曲阳河公园如影随形。石栏玉砌，坡上垂杨、花草绿植的倒影依河水延伸，林水相依、水清林茂，一眼望不到尽头。公园中迎宾广场、秦简法文化广场、子文与黄香文化区、吴禄贞将军台、云梦皮影雕刻、水榭亭台、文化长廊、假山流水等景观错落有致，草坪、紫薇、玉兰树等各色花木镶嵌其间，静谧中透着隽秀，闲适中渗满优雅，自然生态与人文历史相得益彰。

黄香大道西边是梦泽湖，湖水将两岸的风景揽于怀中，水草丰茂，菖蒲挺拔，白鹭心无旁骛地戏水。湖上四座拱桥飞架，贯通南北，湖心岛上芳草萋萋，绿树成荫，文峰塔飞檐翘角，立于湖边。每次晨跑时，我喜欢跑到湖心岛的石拱桥上，看湖边的芦苇前仰后合，仿佛笑意连连。与梦泽湖毗邻的是湖北省博物馆云梦分馆，馆内珍藏着秦代漆器、"关内侯"金印等36件国家一级文物，其藏品之丰富，在全国县级博物馆中首屈一指。

几十余载春秋，我与云梦城朝夕相伴。它的一草一木，已深深融入我的血脉之中。我为它的每一次蜕变而感动，更为它日新月异的风采而自豪。

小城的旧时光

　　小城的旧时光，如同一本泛黄的线装书，静静地躺在历史的渊薮之中，每一页都镌刻着往昔的世事沧桑。它不言不语，却以独有的方式，诉说着关于时间、记忆与变迁的永恒篇章。

　　老城，是云梦灵魂的栖息地，它的每一条街巷，每一块青石板，都承载着几代人的欢笑与泪水。那些低矮的屋檐下，藏着的是童年的秘密与梦想；那些斑驳的墙面上，刻画的是岁月的痕迹与风霜。它虽容颜老去，却风骨犹存，以一种不屈的姿态，坚守着属于自己的那份宁静与从容。

　　老城面貌依然清晰可辨，建设路、曲阳路横向延展，与梦泽大道纵向交织，形成双十字形状，南环路、北环路绕着城周边，四个不同的方向，入口也是出口，真可谓四通八达。除却纵贯县城南北的梦泽大道，不论从哪个方向进城，一顿饭的工夫就可以逛完老县城。

　　走在老城的街头，仿佛穿越了时空的隧道，回到了那个纯真无邪的年代。老城区里的巷多，蜿蜒曲折，一眼看不见头。巷子两边留存诸多昔日商贾云集的痕迹，见证了云梦曾经有过的繁华历史。东正街是小商品、劳保用品、婚丧嫁娶小礼品集散地，小五金配件店铺连店铺的是白布街，还有水果批发零售一条街、袁林路的建材街，儒学街是原实验小学的大门出口，各种早点店铺热闹非凡……每一条街巷都散发着独特的韵味，它们交织在一起，构成了老城独有的市井风情。那些热闹，虽然已不复当年，但那份熟悉的烟火气息，依旧能勾起人们心底最深处的记忆。

老城的美，不仅仅在于它的古朴与宁静，更在于它那份历经沧桑后的淡然与从容。昔日县委大院对面的饮服公司、西大路口的曲阳酒楼，其斜对面的新风餐馆等，现在已变成了人们舌尖上永久的记忆。曲阳路中段的城关理发铺，更是婴儿满月剃胎发时，父母都争相前往之地。著名社会学家费孝通到云梦考察，下榻的金泽宾馆，早已消失在岁月的尘烟之中。在这里，时间仿佛放慢了脚步，让人有机会静下心来，细细品味生活的每一个细微之处。无论是巷口那碗热气腾腾的早点面条，还是梦泽皮影馆里传来的悠扬唱腔，都能让人感受到一种久违的温馨与安宁。

然而，时光荏苒，岁月如梭。随着新城区的崛起，老城不可避免地面临着被边缘化的命运。那些曾经辉煌的建筑与街道，在时代的洪流中逐渐褪色，成为旧时光里的斑驳印记。但即便如此，老城依然以一种坚韧不拔的姿态，屹立在云梦的大地上，守护着那些属于它的记忆与故事。

近年来，云梦新城的藤蔓从老城底蕴的根部长出来，沿着建设东路义无反顾地向前延伸，原本名不见经传的小县城在涨潮般生长。渐渐地，老城像一个落伍的旅人，变成新城身后的影子。人们自然而然地以楚王城大道为分界线，把县城分为"老城区"和"新城区"。如此划分，对于很多地地道道的云梦人而言，是一种约定俗成的习惯。

老县城在岁月中老去，我也在时光中渐老。记忆中曲阳路上的老电影院已然消失，老供销社变成了城隍庙商业街，我曾就读过的城关中学现在成了梦泽古街的所在地，好吃街即便顾客不如从前，但招牌一直在人们心中，回头客也为数不少。城市化进程突飞猛进，位于铁西的湖北省汽车齿轮厂昔日的辉煌早已踪迹难寻。省云梦棉纺织厂曾经是小城殿堂一般的存在，繁盛之至，成为整整一代人的念想和回忆，如今化作可容纳几千人居住的云都一号小区。我们或许无法阻止老城的消逝，但我们可以选择用心去铭记那些曾经的美好与感动。

站在老城的街头，望着那些即将消失的老街老巷，我不禁感慨万千。时光流转，旧时光的种种总会被新的事物所取代，但那些曾经的名字及其背后的故事，却会永远镌刻在云梦人的心底。

几度春秋，几多沧桑。老城从昨日风华正茂步入垂暮之年。对于久居县城，见证着新城成长与老城变老的人来说，老城始终是一部回味无穷的老电影，一本载满"小城故事"的唱片，一张泛黄的老照片。

我虽居住新城多年，但对老城的眷恋之情却从未减退。平日里总会习惯性往老城跑，家里针头线脑、缝缝补补的事，水电维修找师傅，购买日用品配件等。现在依旧有琳琅满目的早点，只是已不复往日的盛景。这些充满了市井烟火气的街巷，如今大多面临着拆迁重建的命运，不久的将来都会旧貌换新颜。

老城和新城，血脉相通，筋骨相连。它们就像是云梦的双生子，一个代表着过去，一个象征着未来。它们相互依存又各自独立，共同构成了云梦这座城市的独特风貌。

漫步老城，如同接受时光的洗礼。每座城市都有一段即将消失的旧时光，一段专属于每个人自己的故事，生活还在继续，故事永远不会结束。

家在涢水边

　　我出生在涢水边的小村。涢水因其流域大部分在古德安府，故亦称府河，古涢水流经春秋郧国都邑，又名"沧浪水"，系汉水的支流之一，发源于湖北省随州市大洪山北麓双门洞，经随县、广水、安陆、云梦、应城、汉川六县入汉水，至卧龙潭与溾水汇合，在汉口谌家矶入长江。它自西北向东南从云梦穿境而过，云梦的先祖便称涢水为"北河"。

　　一片土地的历史，离不开一条河流。涢水有一条支流，绕县城而过，故名"县河"，在县河和北河分流处，出现鲤跳鱼跃，引来鹤群衔鱼之盛况，人们称此地为"白鹤口"。这里河水缓流，河沙泛金，两岸苍堤安卧，绿柳如烟，是云梦古邑八景之"北河分流"的所在地。清乾隆时期漕运总督许兆椿在观"北河分流"美景时，赋诗二首："涢水来千里，中分两派潮。离情有长短，同付木兰桡。""何处识归舟，斜阳古渡头。桃花新涨满，亭望两悠悠。"

　　据《左传》记载，公元前506年冬，吴、楚柏举之战，"楚师退归，在此讨渡，遂遭半济之击"。此地也是闯王李自成农民起义军血战明清官军的古战场。我曾无数次站在渡口边，遥想崇祯十六年（1643）春天，一阵震耳欲聋的马蹄声由远及近，鲜亮的铠甲闪烁着夺目的光泽，李自成农民起义军破潜山、京山、云梦、黄陂、孝感，鲜艳的旌旗在大泽的苍穹下迎风飘扬，马蹄以不可阻挡之势向陕西进军，扬起了滚滚尘土。1984年，北京电影制片厂根据姚雪垠的长篇小说《李自成》中的片段改编电影《双雄会》，曾来此取景选址拍摄，还惊动了全城老百姓前往观看。

我家住在涢水边上，我是喝着涢水长大的，涢水滋养了我，也润泽了我的童年。阳春三月，水清天蓝草绿，我和小伙伴们欢呼着冲向河堤放风筝，天空上竞相升起了粉的蝴蝶、绿的蜻蜓、黄的蜈蚣等，你不让我，我不让你，任由风儿托向蓝天。河堤外，一望无际的庄稼，碧绿和金黄交相辉映，明媚生动，像一幅美丽的水彩画。夏天河边的芦苇沙沙作响，起伏跌宕，水鸟啁啾，四顾张望，却不见鸟儿的踪影，惊喜地发现一窝鸟蛋，鸟蛋上布满大小不一的斑点。冬天，河道水位降低，水势平缓，裸露的河滩便成了我们的游乐场，我经常呼朋唤友在河滩上追逐嬉戏。

2015年，随着国家对湖泊沼地的重视和保护，云梦县委、县政府顺势而为，利用涢水丰厚的资源条件和地理优势，启动国家涢水湿地公园试点建设，实施高标准农田、河湖连通、水闸改造、除险保安、道路建设等重大工程，贯彻落实河湖长制工作机制，重拳出击开展涢水周边环境综合整治活动，有效保护及恢复古云梦泽涢水的原生态。水岸线迂回婉转，与周边的田园、村庄形成一幅壮阔的梦里水乡盛景。

2020年，云梦涢水国家湿地公园试点顺利通过验收。涢水湖畔，鱼跃鸟飞，水光激滟，成为云梦一张亮丽的生态名片，它犹如一颗明珠闪耀在云梦西城，涌动的生命之源正源源不断地哺育着一方土地，它更像一首诗，吟咏着一座小城的今天与明天。

涢水，给这座小城注入无限温情与风韵，一城水流动起来了，绿波荡漾起来了，我们干涩而焦灼的眼睛丰润起来、亮丽起来了。春风又绿涢水岸，明月如洗碧水还。

傍晚，我在涢水湿地沿涢水滨河大道散步，一路上绿意流淌起来，文旅景区活起来，美丽乡村靓起来，绿油油的庄稼蓬勃起来。"绿树村边合""水绕陂田竹绕篱"的意境随处可寻。老远就听到啾啾鸟鸣，循着鸣声，发现湿地葱茏的树林间藏有"鸟的天堂"，只见鸟儿们时而高空振翅，时而低空盘旋，时而停歇在堤坡的草坪上，它们修长的身姿划过水面，留下一道道优美的弧线，充满了"灵气"和"野趣"，它们俨然成了涢水的主人。丛林弄影、水碧天阔、波光粼粼，人有所居、鸟有所栖，鸟与人共享涢水湿地，演绎水乡如梦、古城入画、田园可诗的生态意蕴之美。

日头渐渐沉下来。红霞晕染了云层，也涂抹了涢水的脸颊，河面泛起金色的涟漪。不断"迭代升级"的涢水点染出云梦人民幸福生活的底色，描绘出水清岸绿、城水共生、人水和谐的生态画卷。

一河涢水，将天空、高楼、树木、人影沉淀下来，剪切成一帧一帧的画作。天是柔软的天，水是多情的水，云影、水色、鸟声、蛙鸣、鱼跃，暮色里织成多种生命的意象，呼唤着一个苍茫而遥远的时代，那是"蒹葭苍苍，白露为霜"的时代，那是涢水人家、悠悠古泽的梦里水乡。

生活在涢水边，我越来越感受到一种跃动的节律，且不说老人们的"少年狂"，夕阳下，他们随着桂花潭水轻软的起伏，谈笑健步；晨光中，年轻人绕着湿地公园的彩色大道酣畅淋漓地奔跑，释放热情和活力；节假日，孩子们在亲水平台上嬉戏，你追我赶；万家灯火时，家人相伴而行，在桂花潭大桥的人行道上，领略"浮光跃金，静影沉璧"的诗情画意。

我又一次站在桂花潭大桥上，驻足凝望，一河涢水跨越千年，依旧奔涌向前，它每一朵浪花都勇立潮头，每一滴水都折射着太阳的光辉。

水润梦泽

　　在荆楚大地上，因古云梦泽而得名的云梦，以她独有的水韵，轻抚着岁月的痕迹，吟唱着千年的歌谣。这里，河湖纵横交错，绵延不绝。水，是云梦的灵魂，它滋养着这片土地，也塑造了云梦人独特开放、包容、豁达、重情的性格。

　　世世代代的云梦人枕水而居，享受着大自然赋予的千年水韵。云梦人历来对水怀有一种难以言喻的特殊情结，水在人们的生活中扮演了重要角色，滋养了源远流长的风俗文化。云梦鱼面之所以滋味鲜美，其秘诀在于"桂花潭取水，凤凰台上晒，鱼在白鹤嘴"。这一碗鱼面，不仅汇聚河湖之鲜，更是鱼米之乡的自然馈赠。

　　而入选国家级非遗名录的三节龙跳鼓舞，则被誉为"云梦一绝"，它是早年伍洛镇频繁遭受洪涝灾害时，人们为祈求退水而举行的祭祀舞逐渐演变而来的，是水患之后人们不屈不挠、祈求安宁的生动写照。云梦境内有清明河乡、隔蒲潭镇、道桥镇、沙河乡等，从这些古镇的名称和当地的文化现象中，我们不难看出，水不仅是云梦人的生命源泉，更是其文化的根脉。

　　云梦的水韵之美，既得益于大自然的慷慨馈赠，也与云梦人独特的发展理念紧密相通。自21世纪之初，云梦便踏上了城市复兴的征程，以水为笔，以梦为墨，绘就了一幅幅动人的画卷。

涢水自北向南贯穿全县，这条流淌千年的河流，经过精心整治与美化，再次焕发出勃勃生机。它不仅滋养了广袤的土地，更串联起了梦泽湖、黄香湖、岳阳湖等多个河湖，形成了一条环城玉带。春天，人们遇见染井吉野樱花的浪漫，夏天领略红花六月雪的绚烂，秋天满城栾树染秋色，一城水点亮了一座城，它仿佛一支神奇的画笔，勾勒出云梦的气质与颜值。

云梦的城市建设，是一场关于水与梦的对话。在这里，每一块砖瓦都透露着对自然的尊重，每一条街道都洋溢着生活的气息。云梦对城区公共空间予以重新规划，推行片区组团、城市更新行动，拓展东城区，疏解老城区，焕新铁西区。此外，云梦将乡村振兴纳入城市建设的整体布局，坚持城乡一体化融合发展，协同推进各项工作。而云梦的乡村，更是水韵云梦不可或缺的一部分。在避免大拆大建的同时，确保耕地不减少、农田不荒废、古镇得到保护、村庄维持原貌，从而将城市发展的触角延伸至乡村，让乡村振兴与城市发展相得益彰。

云梦在拓展城市空间方面独具匠心，积极推动"城市公园"向"公园城市"的转变。通过"见缝插绿""拆墙透绿""精准建绿"等措施，云梦让城市建设和改造中的盲区、盲点得以改善，并化作了街区的新亮点。例如，新建的梦泽湖公园以环湖绿道、亲水空间和岸线美化为主打特色，凸显了古云梦泽的水乡文化；卧鹿立鸟公园则以珍珠坡出土的国家一级文物卧鹿立鸟木雕为主题，展现了楚文化的神奇与美妙；凤凰台公园借鉴古凤凰台的诸多美景进行设计，新云河滨河绿地景观等也美不胜收。这些城市"空白"处的改建，不仅让流水环绕、潺潺而歌的景象成为现实，还使亭阁古朴优雅、花木四季如春的自然景色与人文景观交相辉映，满足了居民家门口游憩健身的需求，更为城市增添了一抹动人的底色和温暖的亮色。

正在建设的祥云湾古建八派园，"无宅不雕花"的徽派建筑，每一处角落都令人叹为观止，散发着被时光浸润过的温暖与幽香。"小桥流水在我家，韵味烟雨醉似梦，碧波清流在其中"的半街半水蒲阳街已初具规模。流觞曲水滋润着万物生灵，深浅不一的墨色层层渲染于这片土地上，绘就了一幅半卷半舒的水墨画。

云梦，这座梦里水乡，正以她独有的方式，诠释着水与人的和谐共生，展现着自然与文化的完美融合。在这里，每一滴水都蕴含着诗意，每一片云都承载着梦想。在这里，可寻觅心灵的宁静，感受生活的美好。

水韵云梦，不仅是一幅美丽的画卷，更是一种生活的态度，一种对自然、对文化、对生活的深刻理解和热爱。在这里，聆听水的声音，感受云的呼吸，触摸历史的脉搏，体验诗意的浪漫。云上王城，梦里水乡，离繁华不远，离田园很近。

一湾碧水　一座古城

　　沿着老县河的河堤步道徐徐而行，我们来到了位于云梦县经济开发区的前湖村，只见一汪碧水映晴空，一幅瑰丽动人的画卷正在铺展。

　　云梦因水而得名，有一条绕城而过的河，故名县河，系府河支流，俗称"涢水东支"。河西自白鹤口起，自西向东流经云梦城南，再从西南向东入孝感澴河至武汉谌家矶注入长江。

　　作为水乡泽国的云梦，在历史上与水有关的美景很多，最负盛名的当然是古邑八景，其中有三景与老县河有关。南下穿过云梦从孝感入长江，云梦的先民便称涢水为北河。县河在流经南门河桥西时的拐弯处，有一处清澈见底，又位于古城脚下，每当阳历十五皓月当空之时，月潭相映，静影沉璧，天上人间诗情画意，便诞生了古邑八景之"碧潭秋月"。在县河流至南门河街，南岸种有春风杨柳千万条，便有古邑八景之"河堤烟柳"。

　　但是，随着县城的建设与发展，县河上流传多年的胜景不复存在了，而且生活污水、工业废水、农作物垃圾，让县河水面浮现大量水草、藻类水华等浮游植物，昔日清澈的河水成了"黑臭水体"，老县河在哭泣中变得疮痍满目。

　　把每一条河流都打造成造福人民的"幸福河"，成为新时代河湖保护治理的目标统领。以生态文明建设为引领，把生态融入经济、政治、文化、社会建设各个方面和全过程。先是开展控源截污，关停了河周边污染严重的企业，又通过清退养殖水域、清理周边人工养殖设施等措施，再实施清淤疏浚、生态修复工程、雨污分流，河边岸顶种植草灌缓冲带、坡面草皮护坡及河道内部生态修复系统，建设城区水系循环畅通工程，建立军港渠、曲阳河、南门河、新云河等城区河道生态补水换水机制，实施水环境智慧化监管，经过治理后的老县河重新露出了笑脸。

在云梦人的心里，穿城而过的老县河是千年古城的血脉和灵魂。每一条街巷，每一座建筑，每一寸草木，都和它相伴，静静守候。直到今天，许多云梦人家仍临河而居。对于生活在小城的人们来说，最惬意的事情就是枕着水流入眠。

水因城而灵动，城因水而秀美。我惊喜地看到，云梦在挖掘历史文化经济价值的同时，"外修生态、内修人文"，注重水乡文化的独特内涵，坚持把河湖景观的水韵和古泽文化的风貌相融合，开发出多个具有本土特色的旅游项目，如梦南花海水生植物园、五湖四海生态游园、梦泽水乡云中赏花节……不仅保留了历史的记忆和文化的传承，也为乡村旅游发展注入了活力。

在老县河边，我不时看到身穿红马甲的环保志愿服务队员，我向一位高个子大叔请教巡河问题，他不善言辞，但这抹"志愿红"肯定懂得一个道理，云梦因水而得名，因水而兴，离开清澈的河水，生活只会变得越来越干涸。在云梦人心里，守护一城清水，不仅仅是保护一座古城，更是守护自己的生命。

这个春天，惠风和畅，阳光映照在清澈的河水上，波光粼粼，从白鹤村的河边，正在施工景观带，彩色大道两边，再现昔日的"河堤烟柳"盛景。而在前湖村的熊家涝村边，新做的雷诺护坡上，已然泛出了点点新绿。

　　"一湾碧水穿城过，十里画廊半入城。"成就了荆楚腹地无与伦比的水韵古城。日新月异的是一座城的形与貌，一以贯之的是城中静静流淌的河流，它还将随着奔腾的长江水，推动一座城市从历史的长河中滚滚向前，奏响崭新的乐章。

一湖碧水满城秀

　　在蓝天下，一座拱桥飞跨南北，其旁，静卧着一湖碧水，梦泽湖，一个名字里藏着千年故事的所在。晨曦初破，我晨练喜欢到梦泽湖，日复一日，见证着天与水的交响，云与影的缠绵。

　　天边，一抹淡蓝渐渐铺陈开来，如同水墨轻染，继而，那蓝由浅入深，直至深邃，仿佛能吞噬一切杂念。云，是这天幕上最不羁的画家，它们或聚或散，时而厚重如棉，时而轻盈似羽，从蔚蓝渐变至粉紫，如同梦境初醒，温柔地拥抱着这片沉睡的土地。梦泽湖，便在这色彩的流转中，悄然披上了金色的纱衣，那一刻，她不再是一湖碧水，而是化作了天地间最动人的诗篇，秀丽而妩媚。

　　梦泽湖以她博大的胸怀，揽尽两岸繁华与天边流云。云影在水中轻轻摇曳，与实景交相辉映，分不清哪里是天，哪里是水，只觉得整个世界都沉浸在这一片梦幻之中。云，不再只是天空的过客，它们在水中找到了自己的倒影，共同编织着一个个故事。

　　随着晨光渐亮，那轮红日羞涩地探出头来，从一点红星到半轮红盘，最终跃出云层，将万道金光洒向人间。这光芒，不仅照亮了湖面，更照亮了人心，让人不禁思考起生活的意义与自然的神奇。

　　屈指算算，我在东城生活了二十多年。梦泽湖的变迁，如同一部生动的历史长卷，在我眼前缓缓展开。原本，这里没有湖，是吴铺镇赵许村的一片湖田，通过人工扩造而成的人工湖，两座石拱桥连接湖心岛南北，成为人们休养娱乐的好去处，湖水又可流入田土，浇灌庄稼。湖美了，旅游业也开始发展，广阔的湖面喧闹起来，水上游船、快艇穿梭，水上餐厅一家挨一家，夜市大排档、卡拉 OK 厅，游客纷至沓来。靠水吃水，湖岸的人们还有的搞起了网箱养鱼，鱼肥了，游客也多了，但几年下来，一湖碧水浊了、黄了。

这时，人们才惊醒：这是在杀鸡取卵啊！得到了短期利益，却带来了长期污染。幸运的是，觉醒并未太迟。政府果断出手，一系列整改措施接踵而至，那些曾经喧嚣的游乐设施被一一拆除。从昔日的湖田到如今的人工湖，从清澈见底到浑浊不堪，再到如今的碧波荡漾，每一次变化，都是人与自然关系的深刻写照。人们曾为了眼前的利益，不惜牺牲环境，但当清澈的湖水变得浑浊，当生态的平衡被打破，人们终于意识到，那些看似唾手可得的利益，实则是以牺牲未来为代价的。

取而代之的是一片宁静与和谐，实现了"河湖相连、水清岸绿、城水共生、人水和谐"的生态走廊和文化长廊，演绎了"水乡如梦、古城入画、田园可诗"的古泽水韵景致。梦泽湖，再次焕发了生机，她不仅恢复了往日的清澈，更成为城市中的一颗璀璨明珠，吸引着无数游客的目光。

而今，当我再次漫步于湖畔，望着那一湖碧水，心中充满了感慨。梦泽湖水浊与清的演变，在我的脑海里迅速闪过，何尝不是人们价值观与生态观念转变的缩影？我们学会了尊重自然，学会了与自然和谐共生。

风，轻轻拂过湖面，带起层层波纹，湖边的芦苇随风摇曳，发出沙沙的声响，那是大自然的乐章。水鸟或低飞掠过水面，或高声啼鸣，它们的存在，为这片湖泊增添了几分生机与活力。而那一片片浮在水面的荇菜，星星点点地开着黄花，它们虽不起眼，却以自己的方式，诠释着生态和谐的美好。

一湖碧水复又回，一湖碧水满城秀。

一潭水　一座桥

　　桥是水上的路，桂花潭大桥的故事，自然要从桂花潭讲起，府河涢水流经白鹤口时，九曲回肠转了一个大弯形成宽阔的河道，便是桂花潭。

　　这里曾为古渡口，《左传》载，公元前506年冬，吴、楚柏举之战将近尾声，"楚师退归，在此过渡，遂遭半济之击"。历史上先后称之为清水津渡、白鹤口港和伍姓街渡口。相传，王母娘娘路过这里，看到两岸风景如画，潭水清澈见底，忍不住俯身捧水喝，不巧戴在头上的桂花落入潭中，使得一潭水溢满桂花的清纯香甜，桂花潭由此而得名。道光《云梦县志略》载，桂花潭"潭水清冽香甘，嗜者取一杯，酬价数倍；每年春月，士人选煮潭水，写诗作赋"。

　　从一座桥，看一座城，在一定意义上，小城的蜕变，桂花潭是见证者，更是参与者。从我记事起，桂花潭河滩就叫伍姓街渡口。听村里长辈说，先前伍姓街渡口是个兴盛的商埠，往来货运船只络绎不绝，是各种农副产品交易集散地，有提篮叫卖的、摆摊设点的、剃头的、卖布的等，沿街还有商铺、茶馆和客栈等，熙熙攘攘、热闹非凡。我爷爷就在此经营过槽坊，靠手工酿酒养活过一家人。桂花潭边水乡风光与趣意市井尽在，正所谓"茶居酒帘闹其上，水榭笙歌喧其下"。

　　后来随着陆地交通快速发展，渡口由兴而衰退出了历史舞台，伍姓街渡口昔日的繁华景象不复存在了。

　　中华人民共和国成立前后，桂花潭两岸一直是木船摆渡，代代的摆渡人驾着木船载着来来往往的人们出没在水波里。改革开发之初，摆渡改为轮渡，我隐隐记得，有一年腊月，天寒地冻，一辆满载的大客车候渡时意外滑入水中，造成死伤20多人的特大交通事故，令两岸群众震惊和悲痛，要求建桥的呼声愈发强烈，在很短时间内捐款80多万元。筹建工作刚开展，但终因资金缺口大等诸多原因未能顺利实施，只是将轮渡改为舟桥浮渡。

　　不管是轮渡还是舟桥浮渡，汛期涨水时河滩被淹，就得停渡。两岸通行，只能用小木筏在浑浊湍急的水流里摆渡。建桥一直是政府和百姓心中的执念，到2000年又启动建桥筹资，不仅两岸的群众，情系故土的游子也纷纷捐款，通过多方努力，共收到82家单位、近5000名个人捐资200多万元，2001年10月28日正式动工兴建大桥。

　　我是看着大桥渐渐建成的，从最初测量放样、灌注桩基础，到建承台、柱子和盖梁，搭支架、预应力现浇，装护栏扶手、桥面铺装层、安装路灯等。历时11个月，全长256米、宽12米的桂花潭大桥于2002年10月1日正式建成并通车。那一天，张灯结彩，锣鼓喧天，群众从四面八方来到桂花潭大桥，见证这一历史时刻，很多人喜极而泣。在礼炮声中，几十辆戴着红花的小轿车排成了上百米的长队，像迎亲的队伍，从东至西，缓缓通行。

　　有了桥，水就有了生气，桂花潭就有了灵气。桂花潭大桥在方便交通的同时，也极大地促进了地方社会经济发展，造福了一方百姓。女儿小的时候，我常牵着她去桥下放风筝，绿草如茵，各种不知名的野花姹紫嫣红，一阵微风吹过，清澈的潭水立刻泛起了鱼鳞般的波纹。在家乡人的时空地图中，桂花潭大桥成了最鲜明的符号，指引着家的方向。

而今，桂花潭大桥西侧竖起了涢水国家湿地公园的标志。近年来，云梦加强环境保护与水土修复，净水增绿，结合乡村振兴、农旅结合，在城西建造了小城的"后花园"，晨曦与暮色中，人们在桂花潭生态绿道，呼吸着新鲜空气。

桂花潭上从木船摆渡到轮渡，再到舟桥浮渡，最后建成大桥，模样几度变换，云梦的发展变化也令人欣喜。再过几年，桂花潭上又会美成什么样呢？我在心里热切地期待着……

我的梦里水乡

　　家乡云梦，如同一幅淡雅的水墨，静静地铺展在荆楚大地。小时候，生活阅历一片空白，我对家乡云梦的历史文化只停留在感官上的认知。儿时的我，对这方水土的认知，仅止于肤浅的感官触碰，如同初绽的花朵，未曾深谙其芬芳。而今，当岁月的风霜悄然在心头刻下痕迹，我才恍然醒悟，我的梦里水乡，不仅养育了我的身体，更滋养了我的灵魂，让我在时光的长河中，逐渐领悟到古云梦泽的地理位置孕育出独特的水乡文化，涵养着云梦人最朴素的人生智慧。

　　云梦，这个名字，穿越了两千八百多年的风尘，依旧闪耀着历史的光芒。它不仅是地理上的坐标，更是文化血脉的延续，是楚文化、孝文化、法文化、水乡文化交织的璀璨明珠。楚王城的断壁残垣，诉说着往昔的辉煌；郑家湖、王家山的遗址，静默地见证着岁月的更迭。那些青史留名的先贤们，如同星辰般璀璨，照亮了云梦的天空，也照亮了后世子孙的心田。

　　20世纪90年代初，我进入乡镇工作，平日里走村串户，多是与村民打交道……我曾迷茫于理想与现实的差距，如同漂泊的孤舟，在生活的海洋中寻找方向。直到有一天，我疲惫地走在回家的路上，碰到从火车站出来的两位老人向我问路。交谈中，他们动情地说："这里到处平得像刀削过一样，要是我们那里有这样平坦开阔的大路，出门就容易得多……"此情此景，沃野平川的云梦，对于两位从大山里出来的老人而言，平原好种地，平路好出门。他们质朴的话语，让我重新审视这片平原的广阔与美好。我开始懂得，云梦不仅仅是一片土地，更是一种精神的寄托，一种文化的传承。

流水日复一日，我在云梦奔走与生活。在这里待得久了，常常会忽视它的变化。近年来，云梦更是焕发出了新的生机与活力。它激活了文化的力量，让古老的记忆与现代的生活交织在一起，形成了一幅幅动人的画卷。梦泽湖的碧波荡漾，文峰塔的雄姿挺拔，还有那十里画廊、涢水湿地、三湖连河的旖旎风光，都让人流连忘返。让我不得不重新审视这座与水相伴、与水相依的城市。

我站在梦泽湖畔，凭栏远眺，湖心岛上雄峙的文峰塔，远处一栋栋高楼像雨后春笋般拔地而起。湖边的芦苇前仰后合，仿佛笑意连连。一对水鸟掠过，我的心忽地一动，一幅云天碧水画卷徐徐展开，涌动的不仅是对这片土地的热爱，更是对未来的无限憧憬。

我开始用文字记录下这一切。我的笔触时而轻盈如风，时而深沉似海，试图捕捉云梦那独特的韵味与风情。我写它的晨光熹微，写它的暮色四合；我写它的历史沧桑，写它的现代繁华。我用文字编织着一个个关于云梦的梦，让那些未曾亲历此景的人，也能通过我的文字，感受到这片土地的美丽与深邃。

涢水东流，带走了我的青春与梦想，却也留下了无尽的回忆与感悟。我深知，无论我走到哪里，无论我经历了多少风雨沧桑，我的根始终扎在这片土地上。我会像种子热爱泥土、鸟儿热爱蓝天那样，深深地爱着我的梦里水乡。因为我知道，是这片土地赋予了我生命的意义与价值；是这片土地让我懂得了如何去爱、如何去生活、如何去追寻那些遥不可及的梦想。

在梦里水乡，我学会了用一颗感恩的心去拥抱这个世界；它让我学会了用一双发现美的眼睛去欣赏这个世界；它更让我学会了用一颗平静的心去面对这个世界的喧嚣与浮躁。而这一切的一切，都源于那片我深爱着的梦里水乡——云梦。

梦泽湖的云

那一片片白云飘落天际线下，梦泽湖静谧铺展，仿佛是大自然最温柔的笔触。踏入这梦幻之境，我恍若被赠予了一整个湖泊的云朵，轻盈而丰盈。苏轼笔下的"风静縠纹平"，此刻在梦泽湖上得到了最生动的诠释。

再看那湖中的云影，朵朵仿若被绣在了湖的天心。散淡中带着几分轻盈，婀娜中透着一丝缥缈，它们如绸似带，悠然飘逸，时而优雅地聚拢，时而又舒曼地散开，最终化作点点云痕，温柔地融入梦泽湖的怀抱，再也不复离去。我痴痴地望着，竟天真地幻想：只要手法足够高妙，或许真的能轻巧地揭开湖心，将那云当作一匹匹美丽的织锦，随意裁裙缝衣，一任我心意驰骋。

我立于桥上，举目四望，只见天上云卷云舒，湖中云影倒映，两相呼应，仿佛将我轻轻夹在中间，构成了一幅绝妙的画卷。它们一个在天上，一个在湖中，硬是把我夹在中间。我随缘而赏，俯仰之间，皆是云天诗意，素心于万物。

晨光初晓，我踏着石径小路，缓缓行至九曲拱桥之上，与湖畔翠绿的菖蒲并肩而立。面对着这澄澈如镜的湖水，我仿佛听到了心底深处传来的声音："请允许我为你做一件事，将我获赠的这一湖云，全部转赠予你。"于是，我轻轻地，从心头卸下那些迤逦的云朵，它们如此轻盈、乖巧，仿佛完全听从我的指挥。不消片刻，我的怀抱中便盈满了这满满的云意。

我低头凝视自己的怀抱，兀自笑起来，卸下心头的云朵，仿佛也卸下了世间的浮躁与喧嚣。我静下心来，以淡泊的目光审视生命，感受着内心的安然与清宁。在这火热的七月里，唯有保持这份不变的心境，方能抵御外界的一切纷扰，一湖水，一片云，一颗素心，便是美……

湖边的芦苇随风摇曳，前仰后合，仿佛笑意连连。一对飞鸟掠过，我的心忽地一动，连那湖中的云也动了。莫非，它们和我一样，在这美丽的梦泽湖畔找到了属于自己的欢愉与宁静？

梦泽湖的云，你用一份牵扯，一腔缱绻的眷恋厚待着我、抚慰着我、救赎着我。在这纷繁忙碌的生活中，我仿佛也找到了如湖水般开阔的心境。阳光、风雨皆有定数，我只需静静地看云卷云舒，悠然地打马而过。

心中装有一湖云的我啊，云在我心上轻舞飞扬，而我亦在云的心头悠然自得……

雨后听蛙

　　傍晚时分，天空还挂着万里晴空，转瞬之间，乌云密布，天色灰蒙。随即，豆大的雨点倾盆而下，它们或落在柔软的草地上，或敲击在坚固的房顶上，还有的则轻抚过繁茂的大树，恰似"四郊云影合，千里雨声来"之景。不久，雨过天晴，彩虹横跨天际，大树焕然一新，晚霞映照着大地。

　　雨后的空气格外清新，我漫步至湖光路，耳边突然响起了久违的蛙鸣，清脆悦耳，瞬间吸引了我的心神。"呱咕——呱咕——"这旋律高低起伏，远近交织，如同诗篇，如梦似幻，在清清爽爽的晚风中，潮水般涌进我的耳朵。梦泽湖水质经过治理，清亮而纯净。大自然懂得感恩，蛙鸣就是它回馈给人们的一份厚礼。

　　循着蛙声，我来到梦泽湖的拱桥。桥下，有低矮的灌木，芦苇已经长出长剑一般的叶子，菖蒲叶丛翠绿，端庄秀丽。湖水清冽，夕阳的点点余晖洒在湖面，犹如仙女随手撒下的点点金光。我轻轻地靠近水边，驻足，屏息凝神，生怕一不留神惊扰了"大帅们"的演出。

　　这些小生灵，仿佛天生就有一副清亮的嗓门，独唱时激扬高亢，合唱时低回婉转。你方唱罢我登场，每一只青蛙都竭尽全力倾情演出，无拘无束，纵情欢歌，演绎出大自然最美的乐章。

　　"扑通"一声，不知谁家顽皮的孩子，向水面扔进一个小石块，蛙声如断弦般戛然而止。孩子欢快地跑走了，留下一片平静的湖面。正在我失望之时，少顷，听到一只蛙试探着，小心地叫了两声，清脆悦耳、短促明快，随即另一只蛙附和起来，紧接着，仿佛是有人挥动了指挥棒，蛙们比赛似的再次齐鸣，铿锵有力，如千军齐和，万马奔腾，一泻千里，集水草之青翠，依湖水之氤氲，忽高忽低，疏密有致，这是充满生命活力的鸣唱，意蕴深邃而迥阔；这是源自内心深处幸福的宣泄，恬静而纯粹；这是发自肺腑的欢呼，出自灵魂本性的表达。

　　川端康成说："一听到雨蛙的鸣声，我的心田里，忽地装满了月夜的景色。"此刻，蛙声如歌如吟，仿佛在告诉我，虽然人生匆忙，人间多难，但毕竟万物有情且美，在浩瀚无垠的时间长河中，我们所做的一切努力，不过是为了感激并延续这份美好。

漫步曲阳河

　　雨霁初晴，骄阳穿云裂雾，洒下万道金辉，瞬间点亮曲阳河面，波光粼粼，与天边横跨的七色彩虹交相辉映，绘就一幅天地间最绚烂的桥梁，连接着自然与梦幻。河畔，草木葱茏、草色如洗，饱满的水汽正在旭光下浮漾、蒸腾……

　　云梦，因古泽而得名，处三楚腹地、涢水中游，自古便是汉中要冲，史称越章。回溯两千余载，云梦大泽广袤无垠，水网密布，生态盎然，成为鸟兽栖息的乐园。《周礼》《尚书》《左传》等先秦典籍，以及西汉刘安《淮南子》中的"地形训篇"，均对"云梦之泽"有所记载，而司马相如在《子虚赋》中的瑰丽描绘，更是将云梦古泽的壮丽景象推向了文学的高峰。唐代诗人孟浩然的"气蒸云梦泽，波撼岳阳城"，则以千古名句，展现了云梦与洞庭湖相连的壮阔景观。

　　世代云梦人，依水而居，傍水而歌，从远古的洪荒走来，历经秦汉的沧桑，唐宋的繁华，一路吟咏，留下了无数关于水的传说与故事。曲阳，作为云梦的一个重要组成部分，自古以来便是水上活动的热土，春秋时期便已是郧君、楚子泛舟垂钓的佳地。这里，不仅水波粼粼，更蕴藏着丰富的水文化遗产与传奇。

　　据《云梦县志》记载，云梦因水而美，中邑八景中七景皆与河湖相关。曲湖晓雪等自然景观，吸引了无数文人墨客驻足观赏，挥毫泼墨，留下了宝贵的文化遗产。曲阳河历经岁月变迁，逐渐汇聚成湖，再经人工改造，成为今日的"三湖渠"，其名称的变迁，既蕴含了地理特征的描绘，也寄托了人们对美好生活的向往。

曲阳河，原本是一条溪港，北接军港，南流到七里桥折向东，至福量桥折向东南，又接承民港而南，进女儿港，注入县河。这条溪港，一到汛期，承接北部倒店、曾店、义堂、吴铺4个乡镇，近20万亩地面的雨水，而下游出口狭窄，雨季经常发生渍涝灾害。久而久之，就在今杨家坝以下积水形成湖泊。

杨家坝以下也被划成一个个不同名称的湖泊，诸如郑家湖、安家湖、曲湖等。从1971年开始，云梦在农田水利建设中，被人为地将其逐渐裁直、扩宽、加深，因沿途贯通多个湖泊，并改称"三湖渠"。

道光《云梦县志略》中记载："经楚王城北，汇流成湖。"涢水蜿蜒入云梦，九曲回肠，不仅塑造了云梦古城独特的地理环境，也赋予了这座城市以"曲阳"之名。睡虎地秦墓中的"五十一年曲阳徒邦"门楣，8个清晰的篆字，这个"五十一年"即秦昭王五十一年（前256），距现在有2000多年，云梦的先民们就在这个叫"曲阳"的地方劳作生息了。

这条"三湖渠"，过去曾叫"曲水"，今天又称"曲阳河"，可能是沿途九曲十八弯之故，也可能是人们憧憬曲水流觞的雅趣与情怀。

追溯曲阳河的源头，不得不提涢水东支。涢水进入云梦，从白鹤口分流向东南而行，走张秦湾，折二里湾，行芒硝矿，抵大南门，顺古城墙脚东南，行下河村，至张栾湾，到河边村，转东南入伍洛境，也是九曲回肠，所以古称"曲水"。云梦古城正处于曲水之北，故云梦县城又称"曲阳镇"。

时光荏苒，古曲水与曲阳河在新时代再次交汇，共同绘就了东城新区的一幅幅美丽画卷。云梦的设计者与建设者，以宏大的视野和细腻的匠心，致力于恢复云梦的水乡风貌，沿曲阳河打造了长达10公里的黄香大道景观带，集亲水平台、文化长廊、生态公园于一体，将本土历史文化元素巧妙融入其中，实现了自然与人文的完美融合。

清空之下，日光下澈，曲阳河静静地流淌，它不仅是一条河流，更是云梦与水不解之缘的见证者，记录着这座城市从古至今的辉煌历程与蓬勃发展。漫步河畔，仿佛能听到历史的回响，感受到那份跨越千年的深情与眷恋。

一座王城的背影

云梦楚王城遗址生态公园南片开园迎客，作为一个土生土长的云梦人，由衷感谢这座古楚王城，让我们可以深长地呼吸到先秦文明的空气。自清代以来，楚王城就深深地刻印在云梦子子孙孙的心中。

这座古城址 1958 年被发现，后经多次发掘，得出了城址详尽的形制规模、始建年代、沿用情况等，古城北靠丘陵，南临冲积平原，东滨曲阳湖，西扼涢水，呈不规则长方形，由大城、小城组成，中间一道南北向城垣（即中城垣），将该城一分为二。城址总面积约 1.9 平方公里，城墙周长 9700 米，现存夯土城墙高 2.7～4 米，东西长约 1900 米、南北宽约 1000 米，城外有护城河，四周分布近 10 个大型墓地，东北角有一座烽火台，据专家考评，它始建年代为战国中晚期。

尽管岁月不居且无情，然而楚王城城墙经过了两千多年仍有残存。多年前，我曾探寻过这些城墙遗址，其短者数米，长者近乎百米，多有蜿蜒，石块垒砌为垣，混有草和泥。城墙外的护城河，在夏日的光照之下，冒着热气，散发着先秦的一种原始味道。我站在残存的烽火台上，天空很近，白云纷纷。环视大地，草木宁静，仿佛有神的眷顾。我想象着两千多年前，云梦人站在睡虎地遥遥东望，楚王城遗址的古城墙逶迤盘桓，而那一刻，我顿生渺小，心中除了沧桑，还有寂寞和荒凉。

据《千年古城话云梦》考证，楚王城为楚威王所筑。春秋早期，在楚军的压迫下，随国自愿成为楚国附庸，西周至春秋前期云梦地域属郧子国，郧子国国都在云梦古城，后郧国也被楚国所灭，云梦全境入楚。楚威王熊商继位后，最大的愿望是恢复楚庄王时代的霸业，他选贤任能，奋发图强，版图面积达到了顶峰。后来，越王无疆准备发兵进攻齐国，齐国害怕，派田婴游说越王，唆使越王要以楚国为敌，楚威王不得不积极备战，便在云梦建立军事别都。

因为云梦地处江汉平原东部，东北有大别山天然屏障，东南有长江大堤，土地肥沃，物产丰富，交通畅达，又有郧子国故都经济文化积淀，进可攻，退可守，是当时楚国东部用兵最理想的指挥中心和后勤供应基地。楚威王的苦心孤诣，在长达20余年的战争中，楚王城发挥的作用不言而喻。

楚王城虽历经楚、秦、汉、魏、晋、西魏等多个朝代，但至今仍胜迹不湮。综观楚王城的全部历史，可以概括其基本属性是"古都会"，内涵为"三城一苑"，"三城"是都城、郡城、县城；一苑是皇家禁苑，在千年的历史长河中享有枢纽的地位。

徘徊于楚王城的遗址公园，我想着曾经在这里的先民出出进进，来来往往，过着怎样的生活。《墨子·公输》记载："荆有云梦，犀兕麋鹿满之，江汉之鱼鳖鼋鼍为天下富。"楚王城周边的墓地出土大量楚国先民用过的陶器，各有其态，各有一用。凡盆、罐、瓮、豆，皆为盛器。黍和稷脱粒了，当贮存起来，慢慢吃，就要用盛器。猪肉或羊肉剩下了，当放到下顿，也要用盛器。凡鬲、盉、甑皆为炊器，用什么蒸，用什么煮，自有区别。

云梦的先人在这片土地上围猎而食之，他们还会捕鱼，采摘树上的果实也是一种传统，且为生活的日常。考古发掘和地质钻孔证据，从不同的侧面共同反映了楚国的农业实力，以及其优越的生态环境。

这里出土很多漆木器，它们鲜艳的色彩，表达了楚人对美的热情，照亮了我的眼睛，也擦亮了我的心，令我敬重先民在精神上的追求。清人有诗云："郢郊一旦被吴兵，往事千秋恨已平。莫莫绿芜云梦野，至今犹说楚王城。"可见当年楚王城的繁华。参与拍摄《寻古中国·云梦记》的顾延生教授说："人类逐水而居，文明伴水而生。山水之美，一定程度上成就了文明之美。"而今楚王城被定义为云梦历史之魂、城市之根、文化之脉。

初春的夕晖沉降，晚霞欲飞。太阳仿佛使了无穷无尽的力，吸附着无边无际的彩色之云，云渲迅速，其自西而东，像一张绚丽的织锦洒满天空，笼罩在亭台楼阁、草木小径之上，一颗曾经在历史的天空光彩夺目的古城之星重新焕发活力。

最是家园好颜色

六月云梦，溽暑之中，半城翠绿掩映，半城繁花似锦。最是家园好颜色，风光不与四时同。在田园城市建设的历程中，绿意盎然铺展于每一条街道与小径之侧，花卉绿植交相辉映，仿佛云梦小城便是隐匿于林间的"翠绿仙境"。生活，不仅在于远方的诗意追寻，更在于身边的田园风光，悠然自得。

每天上下班的路上，都会路过新云河，与驳岸上三株高大的合欢树相遇，远远看到一树树扇形的花朵，在夏日的阳光下，敛起花束，羽状叶片悉数收拢。此情此景，不禁想起清代才子袁宏道在《古荆篇》中吟咏"东风香吐合欢花"之句。而就在昨夜一阵骤雨过后，绿肥红瘦，满地落英。

夏日炎炎，万物勃发，生机盎然。便民服务中心对面池塘内，荷叶碧绿如盘，姿态万千，或展或卷，错落有致，层叠交织。岸边坡地，一年蓬竞相绽放，花开了一茬又一茬，白花点点，远望似下了一层细雪，风来，摇曳不定，又像青草一夜染霜。

微风吹过，梦泽湖的九曲孔桥一弯倒影抖了几抖，也把一阵花香抖落而来。湖心岛上，紫薇花盛开，一坳一坳花束，沉沉低垂，如佛祖低眉，把树杈装点得满满当当。湖光路边，月季经历暮春的风、初夏的光，次第绽放，编织成一条条绚烂的花径。

水润梦泽
SHUIRUNMENGZE

曲阳河公园内，长廊逶迤，柳堤卧波。文觚路、楚风路两边的花架，藤本月季攀缘而上，凌霄花肆意绽放，绿绿的叶子之上，那粉白的、红的、淡黄的花瓣娇嫩欲滴，宛如瀑布倾泻而下。凤栖东路两边，月季金黄，月见草火红，三叶草则一点小白花点缀其间，这些花卉不断生长、蔓延，默默见证着小城的成长与变迁。

每日黄昏，我都要去东城附近散步，不仅仅为看草观花，还为等待半晚的日落、变幻晚霞、浩瀚夜空……年年岁岁花相似，也只是相似，岁岁年年来看花，心思早已不同。从何时开始，对自然界中一切美的物事生出看一次少一次的珍惜之心？或许，是身体的疼痛提醒了我，进入知天命之年，意味着什么。

颈椎病隔三岔五隐隐作痛，甚或引起偏头痛，夜深痛醒，辗转反侧；右膝胀痛两年不愈，不得已告别坚持多年的健身运动；拿起药盒，想看文字说明，得拿起放大镜对着，方可看清那一个个方块字；躺在床上做一下拉伸，一不留神扭了腰，只能静卧……

若在早年，想必会沮丧不已，负面情绪一波一波无法平息。而在当下，终是学会了与病痛友好相处，平心静气迎接衰老到来。什么是天命？不过是生命的规律。生老病死，规律难违，唯有接受。想起王维的《终南别业》，其实相对于"坐看云起时"，我更喜欢"兴来每独往，胜事空自知"。何谓"胜事"？我理解为一切美好的事物，包括一弯新月、一朵白云、一阵微风、一池新荷、一湖碧水……这些美的事物，被我所知并热爱着，即"胜事空自知"。

王维活成了知天命的代言人。他闲看云水落花，谈笑无还期，却无比坦然和沉静；苏轼一贬再贬，临终前给自己画像：问汝平生功业，黄州惠州儋州；陶渊明辞官回乡，采菊东篱下，却从来没有让内心荒芜……他们都是打破俗世规则的茧，羽化而出了，故不屑于去争高低长短，但在思想层面，自我修为上，无一日停止过淬炼。流水不争，一样可以抵达大海。

躯体一天天日渐枯残、衰败，反而激励着内在生命日日更新，故看周遭皆不同，对一切正向的事物，均有珍惜之意。一岁有一岁的味道，一站有一站的风景。人到了一定的年龄，终于不再孤独彷徨，自成宇宙。肉体的衰败终有定数，于精神领域，逐渐生出了无数的"新我"，告别内耗，热爱什么便去做，即"兴来每独往"。

"水陆草木之花，可爱者甚蕃。"漫步在小城云梦，去关注一朵花或一棵草的细微，倾听一阵风吹过树梢，与万物同呼吸、共命运，心安之处，即是归宿。

"卧鹿立鸟"蕴含的楚文化

2023年，大型系列纪录片《寻古中国·云梦记》在央视综合频道开播，介绍了云梦睡虎地、郑家湖墓地等诸多考古发现与研究成果。其中，一件"卧鹿立鸟"木雕让人颇感惊艳。近日，我再次来到云梦县博物馆参观了这件独特的文物。

"卧鹿立鸟"为木胎圆木雕，造型新奇，由卧鹿、凤鸟、鹿角三者榫卯嵌合而成。鸟身有黑、白、红三色彩绘羽状纹饰，鹿身是黑、白色彩绘斑纹。鹿作直颈伏卧状，张耳无角，侧首顾视，神情沉静平和；鹿腹上立着的凤鸟翘尾振翅，张喙长鸣，鸟首生有一对鹿角。整件木雕造型别致、线条流畅、工艺精美，给人以别样的审美享受。

这件木雕出土于一处古墓，为丧葬用器。1978年，云梦第一砖瓦厂在城关东郊的珍珠坡挖土时，发现一处墓葬。后考古工作者进行发掘，认定这是一座战国中期的楚墓。该墓葬为单棺单椁，椁室上横铺八块长方形墓盖板，椁室里有直隔梁各一根，将椁室分成头箱、边箱、棺室三部分。头箱放置"卧鹿立马"木雕、木梳、铜剑及盾、木弓等，边箱放置陶鼎、盖豆、高足壶等生活用品，皆花纹繁复、做工精美。多数物品上了漆，故保存完好，颜色鲜艳如初。

"卧鹿立鸟"木雕放于椁室，体现出了当时人们的观念。有学者猜测，鹿角长到了飞鸟头上，是楚人意图借助鹿角的峥嵘来突显凤鸟展翅的威猛，从而驱邪辟灾，引领墓主穿越生死。

"卧鹿立鸟"木雕是楚文化孕育出的瑰宝，而云梦是楚文化的重要发祥地之一，自 1973 年至今，云梦县零星发现 10 余座战国中期的楚人墓，为研究楚文化和先秦历史提供了宝贵的文物资料。

2021 年，在云梦郑家湖考古发掘中，科研人员通过牙齿中同位素检测，公布了 12 位墓主样本，其中 9 位有从北到南的迁徙经历。学者推测，约 3000 年前，楚人的先祖千里跋涉，从北方辗转迁徙到云梦泽一带。那时的云梦一片水乡泽国，其名曰"云梦大泽"。夏秋丰水时节，云梦泽一片烟波浩渺，各种珍稀动物栖居于此，正如《墨子·公输》记载："荆有云梦，犀兕麋鹿满之，江汉之鱼鳖鼋鼍为天下富。"

后来，熊绎率部族，"筚路蓝缕，以启山林"，以桃弧棘矢供奉周天子，被周成天封为子爵，建立楚国。再后来，楚国不断发展壮大，疆域北至陕南，西抵巴蜀。在开疆拓土的过程中，楚国汲取了其他文化的优点，同时又保留了自己的特点，形成了独具一格的楚文化。

鹿和凤便是楚文化中重要的符号。云梦泽曾是楚国王室的围猎地，麋鹿是主要狩猎对象。鹿生性警觉、温顺可爱，也是祭祀中的重要祭物，后来逐渐被楚人奉为美丽、吉祥的象征。楚人尊凤是由其远祖拜日、尊凤的原始信仰衍化而来，是楚人敬天、礼地、崇祖的精神理念体现。

云雾笼罩的云梦泽孕育着楚人汪洋恣肆的想象力，也塑造着楚人的精神世界。"卧鹿立鸟"的造型运用了优美、流畅的曲线，这种动态的平衡化静为动，像流动的血液，呼吸的生命，给人以亲切平和之感。

　　楚人对曲线的青睐与荆楚大地的自然地理条件有关。《老子》有云："天下莫弱于水，而攻坚强者莫之能先。"水散于天，渗入地，滋养万物，生活在气候温润、土壤肥沃、植被繁多、水源充足的云梦泽，楚人养成顺应自然的阴柔性格，水流的动势曲线也启发他们在艺术创作中加以运用、呈现。

　　完成于两千多年前的"卧鹿立鸟"木雕，展示出楚人渴望一飞冲天，自由翱翔于天地的追求，这种写意手法正是楚文化崇尚自由、富有激情、善于想象特征的体现。千百年来，荆楚百姓将这种物质融入青铜冶铸、丝织刺绣、木竹漆器、美术音乐、文学哲学等，创造出辉煌的荆楚文化，融入中华优秀传统文化的宏大谱系。

中华第一长文觚

　　云梦这座饱含楚韵秦风的千年古县，继出土数千枚秦汉简牍而震惊世界后，再现惊世简牍类文物。

　　2021 年 9 月 23 日，在距离睡虎地秦墓以西约 3000 米的郑家湖墓地，编号为 274 号墓葬出土了一枚木觚。木觚，是古代用于书写的半圆形木头，它是纸张发明之前中国人的书写载体之一，也是一种特殊的简牍。

　　这枚木觚造型十分独特，它是用一截圆木竖着剖开而做成的，长 34 厘米，宽约 4 厘米。觚的四周还有七个削平的棱面，每个棱面宽 0.5 至 0.6 厘米，平整剖面亦分七行，其中六行书写文字，每行 50 余字，一行留白，全文约 700 字，字体是秦古隶，这是篆书向隶书演变过程中的一种过渡性的书体，古拙浑朴。觚文大多数清晰，用笔灵动，气息连贯，文辞首尾连贯，题为"贱臣筴西问秦王"觚，因年代最早，篇幅最长，为出土战国简牍书迹当中所罕见，所以有"中华第一长文觚"的美誉。入选 2021年度"全国十大考古新发现"，纪录片《中华第一长文觚》于2024 年 8 月 25 日在 CCTV10《探索·发现》栏目播出。

　　这枚被黄土掩埋两千余年的长文觚重见天日，它复活了秦始皇统一天下前的一段历史，继而复活了一个时代的生命气息。据专家考证，在这块斑驳的"文觚"上有长达 700 个字的"小作文"，是一篇策问类文献，风格与体例都和传世文献《战国策》相似。这枚觚文上的文章不见于流传下来的各种典籍，是一段全新的故事，展现了一幅战国后期各国与秦争斗、斡旋的时代画面，同时觚文涉及春秋战国之际魏、越、吴之间错综复杂的关系。

觚文中写道："贱臣筴西问秦王，曰：王之外萑臣筴愿欲得王之倚立之閒（闲），渴（竭）腹之所闻……"据觚文记载，当时秦国已经"东南囊楚而北半赵"，统一六国势头强劲。在此形势下，东方五国燕、赵、韩、魏、楚结盟抗秦，取得了"河外之战"的暂时胜利，五国派谋士筴前往秦国，游说秦王休战，寝兵立义。

筴遂引经据典，秦民"壹恶用兵"而疲于征战，游说秦王息兵止戈安居乐业。最后筴细述秦国地广、兵强、人众、物丰，"以之私此，此天下之良策已"，暗喻秦王应当"知足"停战，提及"魏越宿胥之野之战"，在史书当中没有相关的记载，为后人探究春秋战国之际的历史事实提供了新材料，引用因"以不义反为义"，桀纣亡国，吴人失其先王冢庙等典故，隐示秦王当以前人为鉴。又以自己所见所闻，指出秦民"壹恶用兵"而疲于征战，劝说秦王止兵，使民安居乐业。战胜一方劝说战败一方息兵，岂非求和？

然而，长文中记录秦庄襄王却是"不答""默""谨听"，似乎并不赞同筴的建议。"先生言也，寡人谨听"，秦王对待游说的态度消极，也就是没有接受其劝说。

以觚文记载来看：虽然五国败秦，但联军没有继续攻打的意思，反而是楚王派遣谋士"求和"，由此可见秦国虽然战败，但依然让五国畏惧。

以觚抄写策问类文献的，也属于首次发现。据专家考证，收录"文觚"的是秦国的一位低级文官，生活在秦军继续征战各国的时代，这位墓主没有"闻战则喜"，而是因为战争面临的巨大代价，产生了强烈的厌战情绪，期望战争早日结束。大抵也是由此，他在木觚上记录下谋士劝说秦王息兵停战的故事，并将其放入墓中，和自己一起长眠于黄泉之下。不管在什么时候，和平始终是人类社会的普遍期待与殷切向往。

凝望远古的沃野千里，传诵大秦的文脉绵延。云梦郑家湖墓地与楚王城城址周围的睡虎地、龙岗、大坟头、江郭等墓地是一个有机整体，它们共同见证了中国多民族统一的中央集权国家的正式建立与文化大一统格局的最初形成。今天，我们通过这篇700字的觚文，了解到秦国统一征战中的惨败，但秦王从来没有因为暂时被打败和谋士的劝退而放弃梦想，每次惨败之后都能耻而后勇，浴火重生，最后"奋六世之余烈，振长策而御宇内，吞二周而亡诸侯，履至尊而制六合，执敲扑而鞭笞天下，威震四海"。实现了"六王毕，四海一"的千秋伟业。从此，中国的大地没有了战国，而是出现了第一个封建王朝——秦朝。

泱泱中华，万古山河。探古追昔，何以中国？寻访历史源头，回望文明之根。从千年古县的云梦，在春秋时属于郧国，到战国时，又被纳入楚的国土，后又成为秦国的版图。不管是哪一位帝王主宰这片神奇的土地，如今都成脚下的泥土，成为支撑后人站立的大地。那个时代留下的觚文，不仅仅是一件文物，更是以文字为魂，赓续历史文脉，挖掘和阐释"中华第一长文觚"中所蕴含的中国智慧、中国力量、中国精神和中国价值，激活中华文化的生命力，是延续一个国家和民族的精神血脉。

话说云梦皮影

在浩瀚的中华文化艺术长河中，云梦皮影戏犹如一叶扁舟，穿梭于历史与现实的交界，以其独有的艺术魅力，照亮了无数人的心灵世界。这是一段关于光影与梦想的传奇，是"一口道尽千古事，双手舞动百万兵"的生动写照，在方寸之间，演绎千古传奇。

云梦，古名"泽薮"，坐落于湖北省中部偏东、江汉平原东北部，自古便是鱼米之乡，水陆交通便利，吸引着四方艺人纷至沓来，视之为行艺的沃土。这里，河滩湖泽广袤，曾是外省移民的聚居地，从南宋到民国时期，鄂、晋、陕、闽、豫等地文化在此交融，皮影艺术亦随移民的脚步扎根云梦。

皮影戏，古称"傀儡戏"，随着两千余年的历史沉淀，被誉为"百戏之祖"，是隐匿于光影之中的民间艺术瑰宝。云梦皮影，作为中国皮影戏的重要一脉，萌芽于明代，创于清中叶。在光影交错间，以其独特的唱腔、典雅的影偶造型、精湛的操纵技艺，成为国家级非物质文化遗产之一，也让云梦这片土地被誉为湖北省民间艺术之乡。

走进云梦皮影的世界，不仅有激昂的鼓乐、高亢的唱腔，更有艺人幕后那双翻飞的手影，它们如同魔术师一般，将一个个影偶赋予了生命，让它们在幕布上跳跃、奔跑、战斗，演绎着一段段传奇佳话。

云梦皮影，造型仿戏剧服饰，脸谱雕刻精细，以线雕为主、镂空为辅，线条流畅，色彩鲜艳。用料从牛皮、硬纸、尼龙薄膜，发展到聚乙烯塑料片，从染布染料到印刷油墨，在材料更迭中见证着时代的变迁。影偶高约 70 厘米，关节灵活，三根操纵杆下，是皮影艺人匠心独运的杰作。

云梦皮影的唱腔，更是其独特魅力的体现。它原属西乡高腔，刚烈中不失柔情，既有云梦打麦号子的豪放，又有摇篮曲般的细腻温婉。后来，又糅合了楚剧、汉剧、花鼓等地方戏曲的唱腔元素，形成了生、旦、净、丑等腔调并存的唱腔体系。演唱剧目多达数百种，以说史见长，兼及许多传统文学著作和民间故事，如《杨家将》《岳飞传》《西游记》等，这些流传了数百年的剧目，却少有现存的文字剧本，艺人们根据自己的音域、音色特点，凭借对故事的理解与想象，即兴编唱，将每一个角色刻画得栩栩如生，令人拍案叫绝。

昔日的戏班，四五人成行，前台演唱操纵，后台锣鼓齐鸣。至清末，为适应茶坊座馆之需，演变为"二人台"，一人台前唱做俱佳，一人幕后击乐伴奏，成就了"一单挑"的艺术奇观。

然而，云梦皮影的发展并非一帆风顺。在历史的洪流中，它也曾遭遇过挫折与困境。但正是一代代对皮影艺术充满热爱与执着的艺人们，如耄耋之年的滕德清，65 年如一日，始终坚守着这份文化传承的使命与责任，用自己的汗水与智慧，让云梦皮影在困境中重生，焕发出新的生机与活力。

如今，云梦皮影已不仅仅是一种地方戏曲表演艺术，更是连接过去与未来的桥梁。在新时代的舞台上，皮影艺人不断创新制作、编剧、表演、配音、配乐，还将传统皮影与微电子技术、物理机械运动相结合，使皮影人物在无人操作的情况下，按照编程做出相应动作，并同步伴以音乐唱腔，创造出艺术和科技相融合的演出形式，吸引着越来越多的国内外观众的目光，让他们在光影交错间，感受到那份跨越时空的艺术之美。

云梦皮影，经历 400 余年的风雨兼程，如同一部流动的历史画卷。它见证了岁月的沧桑与变迁，也见证了中华文化的博大精深与生生不息。是这片兼容并蓄的土地，赋予了云梦皮影无尽的生命力，使其跨越时光的长河，绽放出永恒的艺术光芒。

探访祥和园

　　踏入云梦泽祥云湾的那一刻，就仿佛穿越了时空的隧道，来到了一个既熟悉又陌生的世界。迷蒙的天空下，细雨如烟，石板路被雨水润湿，反射出柔和的光泽，引领着我向祥和园深处走去。

　　祥和园，以其独特的徽派建筑风格，成为小镇首建的第一景观区。这里不仅复原、迁建了中华八大古建筑派系的精髓，更将古建筑文化、文化创意、旅游观光与休闲度假完美融合，让人在游览中感受中华文化的博大精深。

　　祥和园位于黄香大道西侧，坐北朝南，是典型的徽派建筑。主门楼呈八字形，马头墙飞檐翘首，精致的砖雕和石雕镶嵌其间。门前两尊石雕大象，憨态可掬，相互对视。象性灵温和柔顺，相传为摇光之星生成，能兆灵瑞，谐"祥"之音，喻享盛世太平之意。

　　进门，正对的是一面迎门墙，中间有一扇敞亮的观景窗，放眼望去，白墙、黛瓦、静水、碧树、红花、蔓草、修竹，深浅不一的墨色层层渲染，浓淡相宜的线条勾勒出亭台楼阁、假山瘦石的静谧，高低不同的马头墙高低错落，呈现出起伏跌宕的韵律美。内敛含蓄的黑白灰基调与院子里小桥流水、绿肥红瘦和谐相生、融为一体，整个祥和园更像一幅半卷半舒的水墨画。

向左出门楼，立于两侧的石雕拴马桩，有胡人骑狮、灵猴献寿造型，其雕刻技法圆融，浮雕与线刻为一体，普普通通的青石上，民间艺术家将自己的聪明才智和审美情趣发挥得充分透彻。沿石板路前行，两侧是苏州园林风格的太湖石群，千窍百孔，玲珑剔透，让人不得不赞叹大自然巧夺天工的神来之笔。过一座石拱桥，水路并行，一块照壁墙上有"紫气东来"四个墙雕字，两边有精致的兰花浮雕，古人称之为"萧墙"，因其独具特色的建筑形式，又称"影壁"或"屏风墙"。

祥和堂作为园区的核心建筑，其门前的石狮威猛矫健，头大脸阔，姿态甚是威猛。祥和堂主体为清代木结构建筑，有上下两层。门框上的匾牌是光绪十一年（1885）安徽休宁名士夏慎大题字"贤孝可风"，贤良忠孝的品质不正是黄香后人可传承的民风吗？

入正门，是一扇木雕屏风，两侧抱柱上雕有"静以修身，俭以养德；仁义为友，道德为师"的楹联。正厅两边的侧房各摆一个紫檀木的半桌，四足半圆形，鼓腿膨牙式，也称"月牙桌"，散发着古朴典雅的气息。

穿过屏风来到天井，徽派建筑"有堂皆井"的特色在这里得到了完美体现。中国的哲学讲究天人合一，"有堂皆井"。在正堂和门厅之间过渡出秀逸空间，将心中的山水延伸至方寸，给人一种别有洞天的奇妙感觉。天井下方有一座香兰雅室石鼎，斑驳的旧影记录着岁月的沧桑，四方雨水从天井落下，进入石鼎"四水归堂"，收纳的雨水在园内构成了一个循环水系统，流觞曲水滋润着园内的草木、花蹊，万物生灵。

在雕梁画栋的开井院落，撑拱"牛腿"是如鱼化龙的木雕，融中国风俗文化之精华，上深下浅展现了意形合一和极强的立体感，层层叠加的镂空图案，哪怕天井光照弱，其厚重的阴影也使"牛腿"上的画面愈发清晰真实，刀工刚劲凝练，线条流畅，丰满华丽而不琐碎，赋予原本呆滞的斜撑构件以丰富的生命。正堂牌匾两侧有"学当自发不为名，善应心甘非图报"的木雕楹联，在建筑设计中植入多种文化符号，不仅起到装饰效果，还让教化意义得到推动和升华。

从侧厅拾级而上行，二楼有琴乐坊、品茶坊、品酒坊、读书坊、书画坊、藏宝坊，六间大小不一的活动室，古朴风雅、遗世独立的气质，让我一下子跌入世外桃源。真是"无宅不雕花"，门窗间精雕细刻的小榫，窗棂隔扇上的人物、山水、花卉、禽兽、鱼虫等，跃跃欲动、栩栩如生，如同一部活生生的风情长卷，每一个角落都令人叹为观止，散发着被时光浸润过的温暖与暗香。

每一栋古宅，都是一本读不完的书，或远眺或穿行于回廊，青砖小瓦马头墙，回廊挂落花格窗，有种久违的感觉，没有犬吠鸡鸣，宁静而不寂静，这是一个诗意的栖息地。漫步其间，俨然有时光倒置之感，甚至一个转角、一扇窗棂，都充满着未知和惊喜，似是初相识，又似故人重逢，仿佛穿越时空的一场美丽邂逅。

美丽乡村邱聂行

位于府河堤北的邱聂村，夏天才正到兴头上，比之其他地方，大地万物感受到的暑气似乎要少许多。绿色在这里形成浩瀚之势，树木葱郁，瓜果飘香，庄稼似乎在暗暗铆劲儿冲刺，为秋日的丰收积蓄力量。美丽乡村的千番景象，正如这季节一般，姹紫嫣红，欣欣向荣。

与朋友相约，我们一行三人驱车前往。邱聂村位于云梦城的大西北，距离县城不到三公里。我们沿建设西路，一路向西，从桂花潭大桥引桥上府河堤，车子向上爬行，人的视野也逐渐开阔。

车由东向西行驶在河堤之上，天空蔚蓝的底色，衬着洁白的云朵，恍惚置身高原。河水潺潺而歌，向东流去，仿佛大海的浪花，一波推着一波。由近处的绿草如茵到远处的层峦耸翠，再到更远处的淡淡雾霭，让人在夏日的阳光下，浮想联翩。

邱聂村沿府河堤脚安卧，在蜿蜒回转中，于平坦的地势处，沿堤一字排开，形成三个相对集中的自然湾：聂家湾、邱家湾、三向屋湾。放眼望去，青砖黛瓦，屋舍俨然，绿柳如烟，成为府河岸边灵动的色彩，恰如美丽乡村的姿态，优雅翩然，尽在眼底，给毗邻的国家涢水湿地公园添了几分生气和情调。

我们从最北端进村，到聂家湾村口，首先映入眼帘的是"美丽云梦，幸福邱聂"几个苍劲的大字。舍车步行，沿着石板路向里走，便来到一座石板桥上，桥边一汪碧水池塘，周边有青青的铜钱草、睡莲穿插浮于水面，一棵歪脖子柳向池中伸展，仿佛是舞者修长的手臂，抚摸水中农舍的倒影，恬静而安详。

过桥后是一条景观带，石板路两边是波形墙、漏明墙、花格墙、虎皮石墙、竹篱笆墙，依路就势、临水而立，它们是因地制宜地利用旧房子上拆除下来的旧砖、旧瓦等废弃物，与大小不一的石头组合打造而成的，间或有农家的旧坛子、旧罐子装置在其中，古朴而富有情趣。夺人眼球的是磨盘石头墙，磨盘被青砖半环抱着嵌入其中，像一个长有长睫毛的大眼睛，墙楣呈扇形高低起伏错落有致。这些不规则的石头和旧物拼接，本质的纹理清晰，朴实无华的本色，像灵秀的乡间女子，透着娇憨之气，很难用言语说得清。石板路西侧是一个小广场，健身器材旁坐着爷孙俩，牙牙学语的孙娃指着平步机，要踏上去，爷爷牵着孙子的手，尽享天伦之乐。

广场四周的栅栏是竹子斜插成，围成一条长长的绿化带，石榴花、紫薇花、凤仙花、牵牛花……一朵朵五彩缤纷，香醇而又美丽的花朵竞相开放，引来辛勤的蜜蜂哼着小曲在花丛中采蜜。路旁栽植的红叶李像一把把火炬，清风徐来，花香扑鼻。

远眺田野，油菜花虽不成片，却如点点繁星点亮了绿色的海洋。堤坡上，金黄色的花朵如同天上飘落的云朵，又似人间织就的绒毯，轻盈柔软，随风摇曳，仿佛在热情地迎接每一位访客。

行走在邱聂村的垂柳道上，耳畔是鸟鸣虫唱，鼻尖是花香四溢。整个村子静谧而安详，狗慵懒地晒太阳，鸡悠闲地觅食，一派田园牧歌的景象。邱家湾内，高大的泡桐树成排而立，铜铃般的紫色花朵挂满枝头，幽香四溢。不经意间，看到了一棵百年古银杏深藏在农家小院中，树干上贴有古树保护牌，这棵 120 多岁的银杏树，2018 年被云梦县政府列入保护名录。树上青色的银杏果累累，一阵风吹来，一颗颗青色的银杏果像抓着树枝荡秋千似的，丰收在望，煞是喜人。见我们驻足赞叹，路过的老人告诉我们，银杏树为本村常见树木，最老的就是这棵了，村民们习惯于在房前屋后栽树，难怪这个村四周被绿树环抱。

我们继续前行，一路走，一路看。邱聂村的幸福院坐落在堤坝下面，一排整齐的平房，井然有序的院落，长着绿油油的蔬菜，开着各色花朵，几位老人悠闲地踱着步。

邱聂村依河傍水，房屋错落有序，道路宽敞整洁。农户的门前屋后，墙角墙头白的葫芦花、黄的丝瓜花、紫的茄子花、红红的西红柿、嫩绿的竹叶菜，让整个农家院落生机勃勃。精神矍铄的老人正提着水壶给种植的蔬菜浇水，在阳光的辉映下神采奕奕，和着袅袅炊烟，就是一幅悠然古朴的田园生活美景。

走出邱聂村时，天空下起了柔柔细雨，似有若无的云雾缓缓升起，如水墨般铺展开。氤氲的雾气沉浮，裹挟着草木和泥土的清香，人不觉得清透起来，感受独属于美丽乡村的岁月静好，品味植根于生命深处安存的一份诗意。

走进陶楼庄园

当夕阳的余晖洒在蔡周路上，我沿这条彩色沥青路，踏进位于云梦城西北角睡虎地社区的周田村，打开了一个古朴韵味与现代生机并存的世界。

宁静的周田村展现在眼前，炊烟在村庄的上空升起，路边的小菜园，蔬菜竞相生长，紫色的茄子、红绿相间的辣椒，还有挂满枝头的桃子，无一不在诉说着这片土地的丰饶与生机。家禽们悠闲地觅食，为这幅田园风光增添了几分生动与和谐。太阳渐渐西沉，天空被染成了一片金黄，洒落在这片宁静的村落，仿佛给周田村披上了一层金色的纱衣。

在蔡周路的西边，有一座古色古香的陶楼庄园，是云梦首个"行走的博物馆"。这座庄园以国家一级文物"东汉陶楼"为原型，将原周田村小学教学楼巧妙改建，让历史的厚重与现代的创意在这里完美融合。

1979年，"东汉陶楼"出土于周田村一座东汉墓中，被誉为"华夏第一楼"，被中学的历史课本采用。这座1900多年前的三合式独栋别墅，体现出高超的制作技艺，传达的人文气质、文化品位、人生智慧，是中华民族优秀文化的组成部分。同时，也折射出当时云梦地区的社会发展已经步入繁盛时期。

走进陶楼庄园，首先映入眼帘的是一座石雕的"东汉陶楼"

模型，仿佛在讲述着历史的沧桑与岁月的流转。放眼望去，仿佛穿越了时空的隧道，踏入了一个诗意的梦境。庄园内楼阁错落，飞檐斗拱。园子中央的水池，清澈见底，倒映着岸边的草坪、绿树、繁花。微风拂过，池中泛起层层涟漪，仿佛一幅流动的画卷。池中间有或卧或立形态各异的奇石瘦骨嶙峋，它们与潺潺的流水相互映衬，水在石间流淌，发出清脆悦耳的声响，宛如一首灵动的乐章。

陶楼庄园主楼三层，中间有一个高于主楼的瞭望厅，整个楼分为多个餐厅，室内墙壁、门窗装饰注入了楚风汉韵文化气息，将传统文化融入饮食之中，营造秀色可餐的气氛。庄园内聘请文化学者专门设计，打造陶楼庄园特有文化气质。东、南、西三面用长廊相连，廊内展示着云梦丰富的文化瑰宝，42个古风图案的展牌，木雕刻装饰，分别是云梦特色产品及美食、云梦秦简、云梦文化、云梦非遗文化、云梦东汉陶楼、云梦名人、云梦名人咏云梦七个部分，每一道线条，尽显古朴典雅之美。

庄园的北边，是另一番景象。空气里弥漫着一种淳朴而独特的香气，那是传统美食的魅力所在，豆芽初生的清新，豆腐刚出炉的醇香，豆皮烘烤的焦香，以及豆渣粑的厚实之味……这七个小加工坊，仿佛是七颗璀璨的明珠，镶嵌在庄园主楼的西侧，静静诉说着农耕与美食的传奇。

走进其中一间加工坊，只见工人们正在忙碌地种豆芽。他们细心地将豆子浸泡在水中，等待其发芽。那嫩绿的豆芽，像是春天的使者，带来了勃勃生机。而在另一间加工坊里，豆腐师傅们正在用传统的石磨磨制豆浆，再将豆浆煮沸后点入石膏。瞬间，一块块白嫩嫩的豆腐便呈现在眼前。

曾几何时，这座出土过"东汉陶楼"的周田村，在20世纪

80 年代活跃着"九佬十八匠"，全村多数家庭在北京、广东等地制作经营豆腐，因此周田村也被誉为"豆腐村"，留守在村中的以老年人居多，他们日出而作，日落而息，过着简单而朴素的生活。然而，随着陶楼庄园的兴起，传统美食的魅力逐渐扩散开来，村民们开始意识到自家小菜园的价值，纷纷利用庭院空地，种植起各种蔬菜瓜果，不仅满足了庄园和游客对食材的需求，更让自家的生活变得丰富多彩。

在陶楼庄园的深处，传统美食的香气四溢，不仅勾起了人们的味蕾，更似一阵春风，唤醒这片古老的土地，散发出新的生机与活力，催生"美丽经济"。

陶楼庄园与周边农户合作租赁土地二百多亩种植桃、梨、苹果、草莓、葡萄、甜瓜、西瓜、莲蓬、菱角等，让客人入园自由采摘，精养鱼池可供客人休闲垂钓。这里的踏青观赏园、种植园、农耕体验园、采摘园、休闲垂钓园等"耕云种梦"田园综合体，正以其独特的魅力，呈现"庭院经济"体验式旅游格局。

陶楼庄园不但是经济发展的引擎，更是一个文化传承的载体。它像一块巨大的磁石，吸引着四面八方的游客，在这里，你可以远离城市的喧嚣与繁忙，感受乡村的宁静与美好；你可以亲手体验农耕的乐趣与艰辛，感受那份来自大自然的馈赠；你也可以在品尝美食的同时，感受中华文化的博大精深与源远流长。

美在白鹤嘴

云梦七月，夏已至深。黄昏，当最后一缕阳光洒落人间，我和朋友相约前往城关镇铁西文旅区的白鹤嘴。过了铁路涵洞，我们仿佛步入了一幅流动的画卷，每一寸土地都写满生机。

我们沿县河——云梦人亲切地称为"小循环"的河流，由东向西在红蓝拼色的步道上骑行，沿路垂柳夹岸，藤蔓盘虬，水汽氤氲。大自然葳蕤生动，似乎负氧离子从无形变为有形，不禁下意识地做个深呼吸。苔痕斑驳，又有老树横斜溪沟，多样性的自然生态，原始而生动。夕阳如同慈祥的画师，以金色为笔，将蓝天和白云，勾勒成一幅幅梦幻景致，云朵仿佛被赋予了生命，演绎出千变万化的形态。

步道左侧，垂柳一任河风吹送，柳丝轻拂，随风轻吟，时不时地轻扫过我们的脸庞，带来一丝丝凉意。步道右侧，则是划成若干方块的玉米地，抽穗后的玉米正拔节生长，它们挺拔的身姿，沙沙作响。这片土地，不仅滋养万物，更孕育了人们的梦想与希望。

白鹤嘴，一个名字便蕴含诗意与传奇的地方。作为府河与县河的分流处，常现鱼跃鹤舞之景，故得名"白鹤口"，亦是云梦古邑八景之一的"北河分流"所在地，便有"白鹤村"，村民们临水而居、枕水而憩。此处亦是历史上府河泄洪地之一，经久冲积而成弧形地块，常有白鹤群居歇息，低头啄食，得名为"白鹤嘴"。乾隆时期的漕运总督许兆椿，曾在此留下脍炙人口的诗篇，颂扬此地自然风光与人文韵味。

步道的尽头就是一片共享小菜园，地成块，菜成垄，横平竖直的菜地小道，园内茄子、辣椒、番茄等蔬果繁茂，鲜花点缀其间。游客在此不仅能品尝到最新鲜的农产品，还能亲身体验农耕文化的乐趣。玉米成熟之际，更有游学活动，让孩子们在自然中学习，收获知识。

此外，白鹤嘴还汇聚了丰富的旅游资源，农家乐、草莓采摘园、农产品展示厅等现代化农业设施与田园风光和谐共生，为游客打造了一个集休闲、娱乐、观光于一体的理想之地。游客可品尝地道农家美食，享受乡村的宁静；亲手采摘果蔬，体验农耕之乐；更可参观农产品展示中心、蔬菜预冷保鲜库，感受现代农业的发展成果与未来趋势。

"草木有本心。"植物的可爱，有其自身秘密。保护好、维护好生态，认知万物，善待生命，是"人与生物圈"良好关系的出发点。一座小巧的拱桥横跨水面，桥下的水渠清澈见底，润泽一河水草，回荡十里蛙鸣，伴着随风摇曳的芦苇和瓜果的芳香，静静地流淌。

水中生长着睡莲，那些睡莲有的开红花，有的开白花，不蔓不枝，香远益清；浅水处生长着芦苇、菖蒲和慈姑，它们都是绿色的，却绿得有深有浅。水滩上有一丛丛美人蕉，开出黄色、红色的花朵，有两对白鹤雕像立于水草中，栩栩如生，怡然自得，为这水渠增添了几分雅致与宁静。而那幅巨大的松鹤延年图，更是点睛之笔，与周围环境完美融合，展现出白鹤嘴独特的人文魅力。

　　白鹤嘴因汉丹铁路阻隔而沉寂多年，而今已成为镶嵌在铁西文旅景区的璀璨明珠，正以其独特的自然风光、丰富的农业资源、深厚的文化底蕴和浓郁的人文情怀，吸引着越来越多的人前来探寻它的美丽与魅力，找寻心灵的宁静与满足。

　　盛夏的白鹤嘴，树浓夹岸，苍翠成溪。河岸边、石阶旁、小桥上，到处可以把自己站成或坐成一道动人的风景，倒影荡漾在碧水绿波里。看，花朵正在尽情开放；听，田野深处一声声的鸟鸣……

秋日探访"老云棉"

秋日探访"老云棉"，仿佛穿越时光的隧道，探寻一段不朽的工业传奇。在这金秋送爽的季节，小城云梦披上了斑斓的彩衣，而我，则怀揣着对过往的敬畏与怀念，踏上了寻觅云梦棉纺织厂往昔辉煌的旅程。

位于县城西大路1号的云台社区，那座承载着无数云梦人记忆的湖北省云梦棉纺织厂，自1967年奠基，至1975年轰鸣启动，不仅是湖北省纺织工业的璀璨明珠，更是云梦人心中的骄傲。八大车间，5600名职工，编织的不仅是生活的经纬，更是时代的华章。曾几何时，每一个云梦人都有过在云棉工作的亲戚。"云棉"二字，几乎成为云梦人身份的一种象征，每一张笑脸背后，都藏着与这座工厂不解的情缘。

岁月悠悠，风云变幻，随着时代的车轮滚滚向前，云棉虽已淡出历史舞台，但其精神却如老树新芽，在云都一号商住小区旁的老厂宿舍区生生不息。17栋楼宇，862户家庭，3262颗心，在这里继续书写着关于坚韧与温情的故事。2022年的改造升级，不仅修缮了破旧的房屋，更点亮了老云棉人心中那盏不灭的灯火，让这份情怀在新时代的阳光下熠熠生辉。

步入小区，一条柏油路两旁，绿树成荫，光影斑驳，仿佛每一步都踏在了历史的脉络上。方福生老人，这位云棉的退休职工，以他30余年的居住经历，讲述着这里的一草一木，一砖一瓦背后的故事。他十几岁进厂，经历了从青年到中年再到老年，见证了云棉从兴建到辉煌再到改制的过程，同云棉一起成长，骨子早已刻上了"云棉人"的烙印，对老厂有很深的感情，任凭光阴流逝历久弥新。

老人们围坐一起，谈笑间，云棉的辉煌与沧桑，如同老电影般在眼前缓缓播放。而那排精心设置的"云梦棉纺织厂物品展示柜"，更是成了连接过去与现在的桥梁，每一件展品都诉说着往昔的辉煌，每一道裂痕都记录着岁月的痕迹。

漫步其间，我仿佛听见了那久违的机杼声，看见了女工们头戴纺织帽，身着工作服，在车间里忙碌的身影。那些关于青春、奋斗与梦想的故事，如同老照片中的光影，虽已泛黄，却依旧温暖人心。捻线机、络筒、坐车机、检验机、清纱器、浆轴，都布满了岁月的痕迹，它们把旧时光的韵味藏进老城区的脉搏里，生长出带着年轮光环的气质，记录着那一辈人艰苦奋斗、勇于拼搏的青春之歌。云棉，不仅仅是一个工厂的名字，它更是一种精神的象征。

我仿佛梦回二十多年前，在充满阳光和朝气的西大路上，云棉厂的职工们结队而过，深深浅浅的脚印，来来往往，有说有笑……落花流水，物换星移，那些曾赋予这里生机和活力的人，时过境迁，那些曾经在这里工作和生活的人们，留在展柜里的老照片，她们头戴"纺织帽"，身着"纺织兜"，形成了一道飘逸而亮丽的风景线，依稀还能看见那阳光透过发梢，温暖着稚嫩的脸庞，她们用青春和汗水铸就了云梦棉纺厂的高光时刻。在计划经济时代，云棉曾经是小城殿堂一般的存在，能够去云棉当上一名工人，是一件非常幸运的事。那些美妙悦耳的机杼声、骑着凤凰牌自行车的纺织工、机修工，出产的"银泽"牌夹克衫、羽绒服畅销海内外，乃至于云棉食堂里飘出来的饭菜香，都成了整整一代云梦人的念想和记忆。

　　徜徉在云棉小区内，随时都会感受到源于生活的烟火气。就算这里的生活只剩下柴米油盐酱醋茶的琐碎，也困不住一颗颗想要诗意雅致的心。小区北面广场上，阿姨们依旧追赶时尚，跳起了广场舞；挥鞭抽陀螺的老大爷，精气神儿十足；健身器材旁，老人们边唠嗑边健身。在橡胶走道上，偶遇一个老奶奶，头发花白但走路铿锵有力。她年轻时或许是棉纺织厂的女工，又或许老伴是在此工作过，我不得而知。广场东边，是小区刚建的幸福食堂，老人们可以在此乐享幸福"食"光。

　　那些关于云棉的记忆，则如同秋日午后的暖阳，温柔地照耀着这片土地，让每一个曾经或正在这里生活过的人，都能感受到那份独有的温情。

小城月色

　　小城月色，是一首轻柔的诗篇，悠然铺展在宁静的夏夜。月朗风清，如柔水倾洒，清光流泻，意蕴宁融。月色柔和透明，轻盈飘逸，宛若一袭轻纱，覆盖在喧嚣之后的小城之上。

　　我喜欢在这样的月色下漫步，让如水月色沉淀心情，清新蕴含的情调自然流淌在心际。月华如练，心情在月色中变得清朗而柔软，恍然间，生命中的种种感动和美丽，都灵动浮现。

　　沿龙岗路行走，月色静静流泻在肌肤上，轻盈飘逸的韵致，让人沉醉。树影汪汪如泼墨，远看有生动变化的轮廓曲线，仿佛是大自然最随意的笔触。在黄香大道上，遇到夜跑的人，他们三五成群，说说笑笑，享受着这美好的月色。

　　月色下的小城，节奏慢了下来，喧嚣了一天的小城，在月色中休憩。家乡的月亮，总是最美最亮，它皎洁明朗，映在梦泽湖上，改变了湖边的模样。湖边的树林、酒店、博物馆、广场，都变成乳白色，比白天更美。

　　湖心岛上的木槿花开了一阵子，开始落了。粉紫色的花朵，在月色中簌簌往下掉，宛如一场温柔的雨。我们沿湖岛往南走，看到天上一个月亮，湖面上一个月亮，两个月亮碰到一起，在湖面上私语。眼前的梦泽湖，像水洗一般明净，宛如一幅空蒙温润的水墨画。

月色更是中国人心灵的底色，它无边无际地铺着，铺远了，就看不清了，人的心灵和天地浑然一体。月色笼罩下，一切都染上了朦胧诗般的色彩，呈现出独特而意味深长的韵致。

明月千里寄相思，月亮是思乡人的心灵寄托。孤身在外时，借着明月思念故土和亲人；凄清失意时，有盈盈月色陪伴告慰。透过月光，我们仿佛看到孤枕难眠的李白正在"举头望明月，低头思故乡"；我们仿佛看到了思念兄弟的杜甫"露从今夜白，月是故乡明"。

云彩散去，皓月当空。在月光下行走，晚风温柔。有一种安然的平静，平静得足以把所有的悲伤与快乐沉淀到心底。触目便是一片明净的世界，细细想来，不是所有的美好都能与人分享，就如同今晚的月色，充满宁静的生机。

第二辑

小城的微光

潜心制药的博士企业家

——记武汉云梦商会创始会长、武汉爱民制药股份有限公司董事长刘享平

1963 年 8 月的一天，天气异常闷热，午后，一声响彻云霄的雷声划破府河西岸钟刘村的上空。在田里劳作的乡亲们飞奔回家躲雨，这时，一阵响亮的哭声惊动了刚进家门的乡亲，一个新生命呱呱坠地。刘治楚、郭爱英夫妇结婚 6 年盼来了第一个孩子，给村里的每一个角落都带来了喜悦，乡亲们喜出望外、奔走相告。对于刚刚度过三年严重困难的农村家庭，作为连续 7 代刘氏大家庭的长房长孙，自然寄托着家族的无限希望，他就是后来的民营企业家——武汉云梦商会创始会长、武汉爱民制药股份有限公司董事长刘享平。

志存高远农家子

1981 年 9 月 4 日上午，武汉喻家山风景如画，坐落在这里的华中工学院新生报到处，迎接新生的卡车上走下一位朴实的云梦青年，18 岁的刘享平开启了他的大学生活。

那一年，改革开放的春风已从广东沿海启程，一路向北，席卷中国大地。刘享平从乡村的高音喇叭广播里听到经济改革等振兴人心的政策宣传，不禁心潮澎湃，意识到懂经济、会管理将来

会大有用武之地，毅然放弃了自己做一个物理学家的理想，转而报考了华中工学院的经济管理工程系，立志成为一名优秀的经济管理者。通过多年的不懈奋斗，刘享平已成为一位拥有双博士学位的优秀民营企业家，带领团队走在向世界级医药企业奋斗的征程上。

刘享平从小天资聪颖，1979年以全县第三名的成绩考上云梦县第一中学，按入学成绩依次分班分到了高一（3）班，并当上了班长，开始了两年的高中学习生活。按照当时的校规每周六下午放假回家，周日晚七点前回校报到上晚自习。寒来暑往，他每周坐渡船过府河往返学校一趟花一个多小时。作为家中长子，每周一早上天蒙蒙亮，他就起床去池塘挑水，来回五趟水缸才满，再备上一担，保证一家人一周的吃水。因为池塘的水须净化一夜才能饮用，他只能周一早上挑水，就不能在周日下午七点按时返校上晚自习。这种违反校规的行为是不能容许的，一个月后班主任詹长庚老师不得不免去了他的班长职务。

自1978年15岁起，刘享平每到寒暑假都要跟随身为建筑队队长的父亲外出做小工，每天能挣1.2元工钱，小小的身影就忙碌在武汉电子仪器厂、二炮指挥学院、湖北中医学院等单位的建筑工地上。他不仅给自己和弟弟妹妹挣到学费，剩余的钱还买棉绸布给奶奶做新衣服，让村里的奶奶们好生羡慕。这段经历不仅使小小年纪的刘享平尝到了生活的艰辛，还培养了他从小就有责任感和一颗感恩的心。

1981年高考预考不理想，刘享平有些沮丧，班主任蒋守仁老师鼓励他不要丧气，凭他的实力一定能考取武汉大学，两个月后他以优异的成绩考入华中工学院经济管理工程系物资管理工程专业。

　　刘享平记得，他在武汉市综合制材厂实习期间，针对纤维板生产从原料到成品的生产过程，做了一套质量控制体系，让产品一级品率由 8.5% 提高到 58%，他的《质量控制方法在纤维板中的应用》获得当年湖北省大学优秀科研成果甲等奖，属最高奖项，当年仅设了 3 个。

　　大学毕业后，刘享平当过讲师、任过机关处级干部、做过国有企业的负责人，31 岁那一年，进入武汉市局级后备干部行列。

潜心制药干实业

　　1997 年初，33 岁的刘享平毅然辞职下海创业。他干过包装厂、印刷厂，先后盘活了 3 家难以为继即将关停的国有企业。

　　多年后谈起辞职的原因，刘享平道出了原委："改革开放之后，社会价值的多元化，经商办企业的价值观越来越被社会认同，企业是创造财富的地方，政府部门是分配财富的地方，这个社会需要更多人去创造财富。和平时期搞经济建设，企业家就是时代的英雄！北京、广东的同学都把自己的企业做得很出色，给我很大的鼓舞！"

　　2005 年，即将关停的武汉爱民制药厂进入刘享平的视线。爱民制药的原研药物——注射用七叶皂苷钠，具有抗炎、抗渗出、消肿胀、改善微循环的功效，被誉为"中国植物药第一针"，在中国制药史上具有里程碑意义。要么"经国济世"，要么"悬壶济世"！爱民制药厂就是实现悬壶济世的理想平台，刘享平意识到这一点，2007 年收购重组武汉爱民制药厂并出任董事长。

　　2008 年，刘享平决定将公司整体搬迁到"药谷"葛店，谋划爱民制药的未来。然而，追逐梦想的道路充满了艰辛。刘享平回忆说："那时候施工经常停水断电，我硬着头皮去排除一切拦路虎，每天吃住都在工地上，带着员工不分昼夜地干。"他全情投入忘我的工作中，用一颗丹心描摹朴实无华的人生。

2010 年刚刚建好并完成 5 个车间的 GMP（药品生产质量管理规范）认证，2014 年全国又强制执行新版 GMP，爱民制药不得不又一次投产改造，重重磨难让刘享平认识到，一切艰难困苦都是老天赐予他的礼物。

问题最怕执着人，成果垂青敬业人，功夫不负有心人。如今的爱民制药一跃成为一家拥有生产原料药、冻干粉针剂、小容量注射剂、固体制剂、液体制剂、软膏剂、乳膏剂、搽剂等多个剂型，上缴税收 5000 多万元的现代化制药企业。

20 世纪 70 年代，从黄花蒿里提取青蒿素，堪称中药现代化的一项重大成果。2015 年，诺贝尔委员会将生理学或医学奖授予中国药学家屠呦呦，让世界重新认识了中国的传统医学。80 年代，从娑罗子里提取七叶皂苷，成为继青蒿素之后又一天然植物药的重大创新成果，再次赢得了来自全世界的目光。

娑罗树树叶像手掌，多为七个叶片，又称为"七叶树"，它四季分明，春发新芽，夏长花簇，秋掉果子，冬剩灌木，而且寿命极长，生长千年，依然开花结果，被称为"不老的神奇之树"，是佛道两家推崇的圣树，相传佛祖释迦牟尼涅槃于七叶树下。七叶皂苷就是从娑罗树的果实——娑罗子中提取的，是抗炎消肿的良药。

创造是人生的价值所在，创新是企业发展的动力之源。七叶皂苷钠的问世，是中药现代化继青蒿素之后又一伟大成果，生命相托，重于泰山。在我国制药史上树起了一座巍峨的里程碑，赢得了全世界同行刮目相看。

悬壶济世铸匠心

一棵树、两代人、40 年的故事背后，是武汉爱民制药在自主研发之路上持续 40 年的求索和创新。武汉爱民制药股份有限公司传承"时时感受爱民心，滴滴倾注爱民情"的企业精神，以"潜心制药，济世爱民"为己任，努力打造百亿娑罗子产业链，为民造福。

好的植物药离不开好的药材种植基地，在刘享平的主导下，爱民制药依托神农架海拔 800～2000 米山脉，良好的自然环境，在国家级贫困县开展湖北道地中药材的标准化种植，建设了万亩的地道药材种植基地，通过种苗、栽植、养护、采收、加工、销售六统一标准，走"公司＋基地＋农户"之路，建立农户、基地之间的风险共担、利益共享的经济共同体，带动当地贫困户就业，推广发展农户进行道地药材规模化种植，爱民的经营模式精准扶贫贫困山区农民，让发展有质量、更有温度，传递真情。

真名士自风流。爱民制药表现出了强劲的发展潜力，除了有一个睿智的把舵人，还有一支超强实力的核心团队。以创新为先导，执着的刘享平，每年都要将企业收入的 5% 用于研发产品。他以天然植物药领域为研发平台和主攻方向，创办了湖北李时珍药物研究院（湖北省中药产业技术研究院），湖北省现代中药制造业创新中心，2017 年，爱民制药在北京股转系统挂牌上市。刘享平有信心将爱民制药打造成为国内药物研发和生产的旗舰型企业。

2021 年中国共产党成立 100 周年之际，爱民制药开展了"学党史 庆百年"学习强国知识竞赛活动，竞赛结束后，现场组织观看影片《悬崖之上》，鼓励全体员工在各自岗位上尽职尽责、担当作为；2022 年，组织全体党员到黄冈革命圣地接受红色教育，参观革命烈士纪念馆、烈士陵园，缅怀革命烈士的丰功伟绩，察往知来、存史启智，凝聚了爱民人奋进的力量，在时代大潮的栉风沐雨中砥砺前行。

刘享平亲自作词创作《爱民之歌》，大气磅礴，鼓舞着爱民制药的每一个员工。在重大活动上合唱这首斗志昂扬的歌曲，激励着每位员工"只争朝夕创一流，强国富民是己任"。

为促进企业的可持续发展，刘享平建立学习型企业，针对不同岗位员工的需求，制订详细的培训计划，提升员工的素质，让员工们跟上时代发展的步伐。他率先践行终身学习的理念，为全体员工作出表率。大学毕业后，又先后攻读了中国人民大学经济学硕士、华中科技大学管理学博士、比利时联合商学院工商管理博士等学位。这位戴着眼镜儒雅的学者型企业家是湖北省有突出贡献的高级工程师，还有着正高级经济师职称。

刘享平仁心做事、仁爱做人。他坚持践行公益，播撒爱心，以实际行动回馈社会。从 2001 年开始，在母校华中科技大学管理学院设立特困生助学金。2021 年 3 月，在武汉理工大学化学化工与生命科学学院启动了"爱民英才奖学金"。同时，为汶川地震、宜宾地震救灾等捐款捐物价值达千万元。

刘享平先后获湖北省劳动模范、湖北省优秀中国特色社会主义建设者、湖北省有突出贡献中青年专家等殊荣，当选为第十二届湖北省人大代表。其悬壶济世的"匠心精神"在 2020 年入选中央电视台《匠人·匠心·匠品》栏目组并在全国宣传。

念故土报效桑梓

参天之木，必有其根。1981年，刘享平离开家乡，整整40年了。弹指一挥间，回想起自己在家乡度过的童年和少年时光，家乡的一草一木在他脑海里依然清晰可见：清澈见底的清明河水、蜿蜒曲折的河堤、柔软的沙滩，河堤边青青的麦苗、金黄的油菜花、白皑皑的棉花地……还有师长的殷殷教诲，和蔼可亲的父老乡亲，一幕一幕，恍如昨日。

"无论身在何处，家乡一直是我牵挂的地方，建设家乡、回报家乡是我义不容辞的责任和使命。"刘享平动情地说。他情系家乡、回报家乡的脚步不曾停歇。他为家乡云梦桂花潭大桥建设踊跃捐款，用实际行动诠释真情。

云梦作为传统农业县，农耕文化根深蒂固，"学而优则仕"重仕轻商，缺乏经商办企业的文化土壤，刘享平现身说法，积极倡导创业、经商办企业的文化。他常说："如果云梦是两百个企业家的故乡，云梦的发展一定不会比沿海地区差。"

自武汉云梦商会成立，刘享平当选为首任会长后，他始终以"服务会员、服务社会，促进云梦、武汉两地经济社会发展"为宗旨，积极发挥纽带作用。他通过商会平台为云梦招商引资、牵线搭桥。刘享平关心家乡建设，积极组织商会团队开展招商引资工作。引进东创碳谷项目，将四个产品委托到云梦开发区的湖北美林药业生产。刘享平还有一句口头语："一企成功千家福，一将功成万骨枯。"在他的倡导下，武汉商会的副会长们纷纷回家乡投资。

云梦，因古云梦大泽而得名，是有着厚重历史的千年古县。新时代新格局下，云梦有毗邻武汉良好的区位优势，乘着这股发展东风，担负了新的发展重任，锚定工业链群化，着力构建产业体系，致力打造武汉城市圈"云谷"，成就孝感经济发展的中心支点。刘享平身在武汉，无时不牵挂着云梦的发展，不遗余力为家乡发展建言献策，先后与东湖创业中心龚伟主任策划武汉城市圈"云谷"，武孝城际铁路从云梦东延伸到武汉东，让云谷链接光谷，将光谷的人才向云梦"云谷"引流。

2019年7月的一个清晨，副会长詹明辉紧急向刘享平求助，身为武汉舌尖御品地理标志产业发展有限公司的董事长，因武汉7号地铁项目建设，公司面临拆迁，补偿不合理，损失达1000多万元，濒临破产，他在刘享平的办公室急得像热锅上的蚂蚁。刘享平毫不犹豫放下自己的事情，通过商会平台联系武汉市人民法院和相关媒体等社会力量，帮助詹明辉挽回600万元的应当利益。"只要有老乡找到他们，商会每个人都会全力以赴。"事后刘享平谦虚地说。

文人有文人的风骨，商人有商人的情怀。刘享平为提升在汉云梦籍创业者、企业家的经营管理才能，组织在汉云梦籍经济、法律、财务、税务、企业管理等专家为云梦籍商界同人开展学习培训，引导帮助在汉云商创业发展。着力在文化教育、劳动用工、银行金融、工商税务等方面，为会员单位提供政策导向、法律法规及税务咨询、学习培训等方面的服务，帮助会员单位把握好在新业态、新商业模式等方面转型升级的发展机会，增强企业的核心竞争力，助推企业发展。

果敢坚毅的他心里收藏着一个暖意融融的春天，并执着地想把拥有的整个春天分享给周围的人。

捐资助学育桃李。2022年8月，刘享平组织了武汉云梦商会开展"金秋助学"公益捐赠活动，十多天时间共筹捐款57000

元，帮扶云梦 11 名贫困学生，播种希望，为莘莘学子撑起一片爱的晴空。刘享平还结对帮扶贫困大学生小芹，承担她大学四年的学费，他的善举如同甘霖滋润幼苗成长；他为云梦城关三小捐建图书室，一路爱心一路歌。

"锦上添花固然美丽，雪中送炭更弥足珍贵，我们武汉云梦商会将开展更多捐资助学活动，争取成为云梦教育的支持者和建设者，为更多的贫困学子筑梦圆梦。"这就是刘享平的赤子之心，如此情怀，怎能不让人如沐春风？

热爱家乡是一种情怀，回报家乡是一份初心，建设家乡是一份责任，改变家乡是一种使命。刘享平说："我的成长离不开家乡的哺育和母校的培养，助力家乡的发展是自己的一份责任。"他希望多为家乡献计献策，多为家乡搭建舞台、对接资源，多为家乡招商引资，带领更多在外拼搏的云商回到故乡，建设家乡。

晴空一鹤排云上

——访黄鹤控股集团有限公司董事长方火明

2008年产值6000万元。

2014年产值28000万元。

2021年产值69000万元。

2022年产值100000万元。

这是一组直线飙升的发展数据，这是晴空下排云直上的黄鹤。

这是上下同心、团结拼搏、开拓进取的心路历程。

这是黄鹤控股集团专业、诚信、合作、共赢的见证。

新址展宏图，壮志谋新篇。2023年11月19日，序属仲秋，大地流金，在这个收获的季节，黄鹤控股集团成立16周年暨乔迁庆典，在江城武汉东西湖区艳阳天宴会艺术中心圆满举行，新起点，新征程，汇聚福地，奔赴未来。

黄鹤控股集团有限公司，朝着"建千亿工程、筑万栋广厦、铸世纪经典、做百年民企"的梦想，16年时间，公司从无到有，从小到大，从弱到强；16载筚路蓝缕，风雨兼程；16载春华秋实，硕果满枝。绕过高山，穿越大漠，搏风打浪，排云而上，创造了一个又一个新的辉煌，谱写了一篇又一篇新的诗章！是什么力量推动着公司迅猛发展，创造出如此惊人的业绩和优良的口碑？下面不得不从公司的擎旗人方火明董事长说起。

勤学苦练，开启奋斗征程

钟灵毓秀的古泽云梦，碧波荡漾的府河西岸，方火明出生在一个叫方家茶棚的小村庄，兄弟姐妹 8 人，他排行第三。1979 年 8 月，为了一家 10 口的生计，不满 18 岁的他，身为云梦一中的高才生，毅然放弃"大学梦"，背井离乡，辗转武汉、东北等地，在工地上搬砖、运沙、提泥桶，风餐露宿睡地铺，摸爬滚打学手艺。

穷则思变。他从一天只赚六毛钱的小工干起，由于他天资聪颖，找平、放线、摆砖、立皮数杆、挂线、砌砖、粉刷等，他一看就会，一学就上手。为了提高技能，他反复总结、思考、尝试，战严寒斗酷暑，手艺日渐娴熟，砌的墙和做的粉刷，确定为工程队展示给甲方审定的样板，也是全体施工队的标杆，而他却最羡慕工程技术人员，拿着图纸，就能测算出各种数据，还能指导施工，解决工程技术问题。

年轻好胜的方火明心里明白，只有知识才能改变命运。1981 年，他开始跟着王银水师傅学习工程技术和预决算，他买来一本又一本施工技术、预算书自学，白天在工地上干活，晚上看书学习。记得他随工程队施工连城饭店大楼，白天砌砖抹灰，晚上在昏黄的灯光下，一头钻进书本里，忘记了白天的劳累，顾不上蚊子肆虐，啃了一本又一本书，做了一道又一道题，重要做标记，不会的题翻阅资料找答案，实在自己解决不了的问题，详细记在笔记本上，再找机会向师傅和行家请教，他从不放过任何学习的机会。

"不懂就要学，多向专业人员学，向技术人员学，还要多看书，多学书本知识。"这是方火明一贯的理念，几年学习与积累，他逐步成长为施工员、技术员、预算员、项目经理、注册建造师和建筑施工企业的负责人。

1992年3月，方火明作为体制外人才，被引进到云梦县政府房改建筑公司出任经理。5年后又被云梦县广厦建筑集团招募为项目经理，他带领队伍走南闯北，这一干就是10年。

有一句话叫作"一言难尽"，方火明从跑市场开始，一步一个脚印地向前探索。再小的工程，他也全力以赴，饿了，啃一个馒头；渴了，喝一瓶自来水；累了，就在路边的树荫下打个盹儿。累是常态，创业是一个苦涩的人生经历，有煎熬、有沮丧也有懊恼。与其说饱尝生活的苦涩，阅尽世态的炎凉，倒不如说是对他人生观世界观的重塑。他品尝到底层百姓的生活艰辛，经历了劳其筋骨、饿其体肤、苦其心志的磨炼，懂得了国家兴亡、匹夫有责的现实内涵，从而激发了他拼搏努力的斗志，迫使他萌发担当大任的雄心壮志。

"无帅之兵，谓之乌合"，项目经理作为项目管理第一责任人，其综合素养关系到具体项目的实施水平。为提升实战能力，发挥领头羊作用，2006年3月，方火明报名到湖北工业大学建筑工程管理系学习两年，系统学习项目管理新知识和精细化管理的全过程，高效协同保障项目全过程高质量实施。为了做到工作学习两不误，他每天早上6点起床背书，每天10点下工，回去就看书、做题一直学习到凌晨。

方火明说："学习是一辈子的事情，为自己而读书，是一种习惯也是一种快乐！"学习开拓了他的眼界，开阔了眼界必然会有更大的梦想。

诚信优质，打造行业标杆

"我们从农村进城、没有背景，靠质量闯市场，没有靠山，我们要凭诚信打天下，诚外无物。"这是 16 年前方火明掷地有声的宣言，诚信也是他的为人之本，立业之基。

他恪守"做厚道人、干靠谱事、赚良心钱"的底线。记得 1984 年，作为四建公司项目负责人的方火明，农历腊月二十六才从武汉通风机厂结算回一笔工钱，将近 20 万元。他想着 50 多名民工辛苦一年，等钱过年，即使他们分布在全县多个乡镇，他依旧冒着漫天大雪，踏着泥泞小路，花了三天时间送完工钱，连同自己所得的 6 万多块奖金，一并分给与他同甘共苦的民工兄弟，大年三十他才回家过安心年。

1985 年春节前，方火明结算回老河口市棉花公司工地 10 余万元的工钱，他骑自行车到吴铺长周村及张马村等几个村子去送工钱，半路开始下雨，尘土飞扬的村道变成黏土泥糊路，方火明的自行车轮子上全是黏泥，再不是人骑车而车骑人。衣服湿了，不知道是雨水多还是汗水多。当他把自行车扛到窑湾周华平家门口时，周华平与老婆不相信自己的眼睛。夫妻俩把自行车抬到池塘边，周华平用刷子洗自行车上的泥巴，老婆回家煮了 10 个鸡蛋，并支走孩子，一定要方火明吃完，再由周华平带路步行去村里民工家送工钱。一直到天黑，鞋子底都粘掉了，才送完一个村的工钱。时至今日，周华平和儿子都在方火明的公司做事，是他家两代人的信任和依靠。

2007 年 11 月，不甘平庸的方火明，从风起云涌的改革浪潮中，捕捉到新的气息，产生新的灵感。沐浴着新时代的阳光雨露，湖北黄鹤建设有限公司，这颗寄托着他人生梦想的种子，终于在江城武汉的黄鹤楼畔破土而出，在强手如林的建安领域艰难求生，茁壮成长。

方火明记得，他的团队是 2003 年初与湖北金涛房地产开发有限公司合作，当时并没有承包工程。2007 年，董事长杨才晶看中了武汉中北路菜场的地皮，准备开发成商住楼，有意向由方火明的公司施工，方火明随即安排得力员工给杨才晶守地，其间周边各种不法分子，想通过地块敲诈杨总，还利诱方火明的公司采取利益分配的方式，合伙做笼子给杨总设套。方火明不但不参与敲诈，还打通各种关系给杨总解围，却只字不提。守了三年的地，最后被万达集团收购，建成现在的武汉万达广场。方火明前期投入全部打了水漂，但他很坦然。

后来杨总才从别的渠道得知此事，因此十分欣赏方火明的人品。自此开启了湖北金涛房地产开发有限公司与黄鹤控股集团精诚合作近 20 年的征程，携手打造了一项又一项的优质工程，建立了纯洁而又深厚的战斗友谊。

湖北省联投集团旗下有 35 家建筑工程总承包供应商，其中34 家都是国家特级和一级企业，只有方火明的公司是规模最小、级别最低的供应商，但黄鹤控股集团靠诚实守信和自身实力与其合作 10 余年，先后被其评为"重合同守信用标杆企业""质量优秀企业"。

黄鹤控股集团与武汉新地置业集团合作长达 13 年，其承建的工程项目均被评为"国家康居示范工程"和"武汉市黄鹤杯金奖"，是武汉新地置业集团授予的"诚实守信"和"优良样板"工程示范企业。

2014 年 5 月，湖北黄鹤建设有限公司发展成为黄鹤建设集团有限公司，他将经济效益和社会效益并举。哪怕外面被拖欠一堆账，但黄鹤建设集团决不欠民工工资，不欠供应商的货款，不欠国家税金，不欠银行贷款，16 年如一日的坚守，在湖北省及武汉建筑行业内传为佳话。

诚信赢得商机，公司由创立时的注册资本金区区百万元，扩充到目前的 3.18 亿元；由建筑三级资质跃升为国家建筑工程施工总承包一级资质，同时获得市政公用工程施工总承包和多项专业承包资质，年经营能力提升到 30 亿元以上。"诚信，已经深入到每一名黄鹤人的言行当中，成为集团不断成长壮大的基因。"方火明语重心长地说。

一直以来，方火明将"工匠精神"刻入骨子里，工程质量上一丝一毫的偏差和缺陷都是他的"眼中钉"，严抓项目质量、安全、进度，自项目开始阶段，他就用脚步丈量施工现场，以匠心铸造优质工程。

2021 年 3 月，黄鹤建设集团有限公司蝶变为黄鹤控股集团有限公司。它像一棵大树，开枝散叶，进入了超速发展的"快车道"，累计完成建筑安装总量近百亿元。

以人为本，激发组织活力

发展创造财富，人才成就事业。黄鹤控股集团之所以能够成为行业的排头兵，除了有一个恪守诚信和睿智的把舵人，还有一支超强实力的核心团队。

多年来，黄鹤控股集团始终坚持以人为本，把员工放在首位，制定了一系列员工关怀制度。合理有效的激励机制，设立年度"建筑功臣""先进工作者""模范师徒""青年岗位能手"等表彰机制，切实将在基层敢干事、能干事的优秀青年人才选出来、立起来；创新人才薪酬激励机制，采取浮动绩效方式，激发基层员工的工作主动性和积极性；对技能人才实行岗位技能专项补贴，破除平均主义，同岗不同薪，让干事创业的人得到实惠，增强企业聚集人才的能力和活力。

建筑公司从人文关怀、先进荣誉等方面入手，为干部提供良好的工作成长环境。利用"建安先锋"道德讲堂活动，让优秀员工从"幕后"走向"台前"，围绕自身成长经历开展交流分享，发挥先进典型示范引领作用；在公司微信公众号开辟"出彩建筑人"专栏，对荣获公司及上级单位荣誉的个人进行专题通讯报道，激发先进典型员工的荣誉感和企业归属感；同时，将职务晋升、培训机会等向有能力、靠得住的青年人才倾斜，从根本上调动员工的工作积极性，形成目标导向，在全公司上下营造出"争先创优"的浓厚干事创业氛围。

黄鹤控股集团把青年人才队伍建设作为企业发展最基础的一环，着力加强青年员工思想教育和业务水平。扎实开展"导师带徒"活动，认真为青年员工挑选知识技能优良、从业经验丰富的导师，帮助青年员工尽快适应岗位，并不定期对"导师带徒"开展情况进行抽查，引导青年员工加强业务知识学习。"我已经把这里当成了家，这个温暖的大家庭滋养着我，为这个大家庭做出贡献。"黄鹤控股集团员工陆琴饱含深情地说，"我的工作是工程管理岗位，这对个人的廉洁自律是个考验。例如，劳务分包资质的审查核实，直接关系到工程质量，来不得半点营私舞弊。"

在不断改善员工待遇、激发主人翁意识、稳定基本队伍的同时，舍得用重金揽人才，用事业引人才，用环境留人才，用真情暖人才，打造了一支以专业技术人才为强大支撑的建安铁军。他们或独当一面、分兵出战，或扎木成排、联袂出海，成为一支支纵横驰骋、能征善战的建安劲旅。

公司由创立时"十几个人、七八条枪"的"草台班子",发展成为拥有国家注册建造师 30 余人,有职称的工程技术人员 300 多人,员工 1000 多人的"正规军",分别跻身国家和省建筑业协会直属会员、省建筑质量安全协会直属会员的行列。旗下由原来单一的建筑企业,壮大到下设或控股 15 家机构和企业的控股集团。

黄鹤人凝聚起了强劲的向心力和战斗力,为打造一个个精品工程奠定了坚实的基础。公司先后荣获国家和省市主管部门的表彰、奖状数十项。创国家级、省级样板和优良工程数十项,获得国家和省市主管部门奖项近百项,拿回一块块金光闪闪的奖牌和一顶顶光彩夺目的桂冠。

海纳百川,有容乃大。无论市场如何变幻,公司全体员工像石榴籽一样紧紧抱在一起,上下一心,临危不惧,坚守岗位,服从调度,表现出了高度的组织纪律性和忘我拼搏、无私奉献精神,经受了漫长的生死考验,而且逆势而上,得到稳健发展。

致富思源,报效桑梓情深

30 年的光阴,方火明从当初的毛头小伙子到不惑之年的中年大叔,他在自己最美好的年华里,在建安行业挥洒汗水,播种希望,积累了丰富的实战和管理经验,面对市场的风起云涌。

面对成绩和荣誉,方火明冷静地表示:"我在建安行业从业 40 余年,一辈子只做一件事,我情有独钟,用专业和技术反哺社会,这是我永远的追求。"对方火明而言,"不忘初心"就是不忘来时路。

多年来，方火明厚植家国情怀，见证了家乡的飞速发展，始终心系家乡人民和家乡的发展，尽己所能，为家乡人民解决"急难愁盼"问题，成为家乡人民信得过、靠得住、离不开的贴心人。同时，积极联合各方资源，积极建言献策，为家乡经济社会发展贡献自己的力量。

2021年，在县委、县政府主要领导的邀请下，方火明毅然投身家乡的建设，注册成立了黄鹤控股集团孝感分公司、湖北中卓世纪建设有限公司、武汉梦泽劳务公司云梦分公司、湖北迈至伦建筑装饰公司、湖北佰卓建筑劳务公司，每年为云梦县贡献税收1000多万元，为家乡建设注入源头活水。

他带领家乡的同人兄弟，在建安领域激流而上。记得，那是一个春暖花开的日子，在云梦县城投公司的会议室，方火明站在讲台上，口若悬河地把自己40余年积累的经验倾囊相授，台下坐着云梦城投集团、云梦市政公司、云梦公路养护公司等公司的高管和工程技术人员、财务人员等20余名，他讲到从建筑业的建章立制、质量安全管理、"营改增"制度改革后，怎么做到依法纳税等，条条款款详细分解。他不仅自己现身说法，还让核心团队财务总监、安全总监、质量总监和工程专家等集团中高层人员到云梦集中授课。只要家乡企业有工程管理、财务管理等方面的问题求教，他和他的团队都会及时耐心地解答。

方火明先后6次为家乡的金义大桥、两河口大桥、桂花潭大桥建设捐款、捐物。方庙村修涵闸、建小学、修环村公路、为学校捐赠图书、贫困家庭求助等，集团财务总监黄文玲对每一个爱心故事如数家珍。

作为从云梦走出去的民营企业，黄鹤控股集团在做优、做大、做强的同时，积极承担社会责任，多年来一直坚持"惠及四邻"的理念，通过各种形式参与教育和公益慈善事业，默默奉献着企业的一份力量。公司积极参与爱心捐助、抗震救灾、乡村振兴、捐资助学、安置下岗职工等各项社会公益慈善事业，目前，累计捐款捐物达 1000 多万元。

回望方火明回报社会、报效桑梓的历程，我猛然发现他像一粒金色的种子。阳光下，大地上弥漫着一种淡淡的清香，浓浓的泥土气息扑面而来，恍惚之间，我好像听见泥土深处的窃窃私语："好种子、一定会发芽出土，茁壮成长、春华秋实、结出丰硕的成果！"

"晴空一鹤排云上，便引诗情到碧霄。"在乔迁的新办公室，方火明站在偌大的落地窗前，俯瞰日新月异的江城，陷入沉思。眼前的他，就是一只晴空之鸟，蓄力待风起，扶摇直上向云端。天高任鸟飞，未来的日子里，衷心祝愿这只楚天黄鹤在时代的风云变幻中，飞得更高、飞得更远。

匠心坚守，只为舌尖上的非遗

——访云梦鱼面制作手艺非遗传承人刘文华

云梦县地处江汉平原北部，地形平坦开阔，涢水悠悠穿城而过，河湖交织，鱼类资源丰饶，肉质鲜美，食鱼之法更是花样百出。其中，云梦鱼面，作为湖北的地标美食，已有两百年历史，声名远播。为发展并传承这一传统特色食品，一代代的云梦鱼面手艺人为之努力着，云梦县刘文华鱼面厂厂长刘文华就是其中的一位。

军营梦破，结缘云梦鱼面

刘文华站在他的鱼面晒场，虽年近花甲之年，但他依旧干练、健谈、坦诚。

他回忆起年轻时的梦想："本想投身军营，报效祖国，却意外与云梦鱼面结下了不解之缘，一生只做了这一件事。"

1963 年，刘文华出生在曾店镇刘店村，1982 年高中毕业，全国正处于对越自卫反击战英模事迹报告热潮，刘文华心中的梦想是参军报国建功立业，酬报国之志。当他办好了应征入伍的所有手续，满怀期待去福州开启一名通信兵的生涯时，却被父亲执意安排进厂上班。

刘文华的父亲曾是十里八乡有名的皮蛋手艺人，他家成为中华人民共和国成立后第一批万元户，也因这门手艺，被城关镇曲阳食品厂作为人才引进，特招进厂开发皮蛋生产线，一家人都跟着父亲进城了。刘文华高中毕业时，正好厂里招工，身为长子的刘文华虽然心里装着一个军营梦，但还是服从了父亲的安排。

那时的城关镇曲阳食品厂，是个镇办集体企业，几间瓦房，四处漏风。19岁的刘文华开始跟着师父刘秀春学做鱼面，一切手工技艺，皆口传心授，鱼面的制作当然也不例外。将新鲜活鱼去其头、皮、骨、刺及内脏后制作成鱼泥，再与高筋面粉、玉米淀粉混合，擀出薄如纸的面皮，经过蒸、凉、折叠定型、切丝、晒干等工序精制而成。

"开始我连剐鱼都不会，更别说去皮、取骨、下刺及去内脏，鱼刺扎到手、刀割破手指都是常有的事。后来才知道，应先去鱼尾，去鱼皮，再从鱼头的位置，顺着鱼的脊椎把鱼肉剥下来，剁成鱼泥。特别在三九寒天里，活鱼会挣扎得我满脸泥水，手冻得失去知觉，在热水里泡一下，再继续干活。"刘文华回忆刚当学徒时的情景，感慨良多。

"揉面看起来简单，但是个技术活，也是个体力活，要力气，也要使巧，光用蛮力手痛，要边揉边顺着手掌的力气往前滑，让面粉和鱼泥混合均匀，面揉得好，吃起来才筋道。"他的思绪好像已飘到很远的过去。

刘文华讲到云梦鱼面的故事：相传有一位厨师不小心把鱼泥碰翻在案板上，怕浪费了，顺势与面粉混合，揉成面团，再擀成面皮切成面条，客人吃了以后都称味道鲜美，便口口相传，就这样诞生了云梦鱼面。

传说毕竟是故事，终究不可考证。但据《云梦县志》记载，云梦鱼面创制于清道光十五年（1835），出自许姓布行的一位姓黄的厨师之手。1915 年，在巴拿马万国博览会参加特产比赛获优质银牌奖，产品畅销全国及国际市场。

在年轻的刘文华心里，云梦鱼面不只是一种食材，更是一代代云梦人的饮食文化，是云梦人民对生活的独到理解，是古泽大地滋养出的绵延不绝的华夏精神，更是植根于云梦民俗生态的一种特殊文化符号。

他对鱼面的热爱体现在对工作的热情上，在鱼面车间工作了 5 年，他凭着专注精神，熟练掌握了鱼面的制作流程，从剖鱼、打浆、和面、擀面，到蒸面、切丝、晾晒，对鱼面制作的十几道工序早已了然于心。他从学徒到车间主任，由此与云梦鱼面结缘。

刘文华从一个农家娃，到学徒、技术员、车间主任、销售科长、副厂长，经过 12 年摸爬滚打，他当上了城关镇曲阳食品厂厂长，那一年他 31 岁。

"当时的曲阳食品厂产品有鱼面、皮蛋、月饼等时令产品，猪耳酥、料花等副食，鱼面不是厂里的主打产品，销售只局限于本地市场，产量也不高，我一直想给鱼面找一条更好的出路。"刘文华若有所思地说。

时值改革开放，云梦鱼面受到县委、县政府的高度重视，刘文华千方百计争取到省民委几十万元项目扶持资金，以满腔的热情开启研制开发快餐鱼面之路。然而，事与愿违，第一关就卡在技术上，鱼面是靠鱼肉和面粉、淀粉混合制作的，特别是淀粉，只有熟化之后才筋道。还有营销、市场，很多细节没有完善，所有的投入打了水漂，刘文华刚萌芽的鱼面创新发展事业遭遇重创，却没有影响他致力于创新传统鱼面的梦想。

下岗创业，情系云梦鱼面

20世纪90年代，全国各地涌动着暴风雨般的下岗潮。1999年7月，刘文华和工人们一夜之间全部下岗了。作为厂长，他花了7个月站好最后一班岗，配合政府处理改制遗留问题。厂子没有了，当然也没人给他发工资，靠老婆在铁路货场上班养家，儿子只有15岁。当时没有安置政策，即使是厂长也面临重新就业。"一个男人总得给自己找条出路吧。"他夜不能寐，辗转反侧。

厂里有几个没有活路的工人，找到刘文华诉苦，外出打工吧，一没学历二没门路，做生意也没本钱，拿什么养家糊口呢？

"大家伙一起同事多年，他们一口一声刘厂长，喊得我心里不是滋味，带领他们下岗再就业，我有责任呀！"刘文华的思绪又一次飘到往日的时光。

刘文华再三权衡，还是决定围绕情有独钟的云梦鱼面做文章。

当时43家镇属企业改制，其中正副厂长有120多人，没有一个人有创业的打算，刘文华成了第一个吃螃蟹的人。他白手起家，花了2800元钱买下了原厂里的旧工具，有案板、簸箕、蒸笼等。在哪里安置装备呢？厂开在哪里？这是首先要解决的问题。

幸好他有个朋友在西大路做粉丝，解了他的燃眉之急。把他家闲置的五楼租给了他，五楼就五楼，先安身吧！在楼下几平方米空地上剖鱼，在门口搭个简易的灶台蒸面、擀面、切丝得上五楼。在楼顶与临傍的县医院老住宿楼之间架了一个过道，借用那边楼顶当晒台。

刘文华开始从剖鱼、打浆、和面、擀面做起，到蒸面、切丝、晾晒，每一道工序他都要亲力亲为。曾经西装革履坐在办公室签字的厂长，去旧货市场花了100多块钱买回一辆三轮车，四处游说找市场，找销路。他咬着牙硬着头皮骑着三轮车奔走在大街小巷。为了节省成本，一个人做几个人的事，每天凌晨4点就得起床，工作15小时以上，上下楼通常是跑。

他记得，有一次，他在一楼干活，一阵急雨来了，他一身泥水加鱼血疯一样地往楼上跑，吓坏了几个在旁边玩耍的小孩，他要和阵雨赛跑，去五楼抢收晒台上的鱼面。

"累都是小事，我一个当过厂长，坐了多年办公室的人干起个体户，骑一辆破三轮到处销鱼面。说心里没有那道坎是假的。依然会听到有人叫我刘厂长，但那腔调怪怪的。看我蹬着三轮车，眼神也是怪怪的。那时候好多熟人见到我远远地会回避，怕我推销……"刘文华回想起那段过往，感慨万千。

在创业的过程中，刘文华的鱼面厂被迫搬迁了四次，每次都像蚂蚁搬家经历无数周折，一次次地碰壁，又一次次地坚持，他的鱼面终于靠着优良的品质打开了市场。2005年，刘文华鱼面荣获第二届中国武汉农博会金奖。

再难也有办法，刘文华深信产品质量才是打开销路的金钥匙，靠的是在时间上下功夫，每一道工序都要做足。功夫不负有心人，2010年12月，云梦鱼面被国家质量技术监督总局评定为地理标志产品，给了刘文华极大的信心。

2011年，刘文华的鱼面厂在铁西一个加工面包的闲置厂房安定下来。也就在那一年，一个以自己名字命名的"云梦县刘文华鱼面厂"成立了。刘文华说："用心把喜欢的事做好，就是热爱，愿意把自己的满腔热血灌注其中，让自己的作品富有浓厚的生命力，这便是工匠。"

匠人，必于时光中长久磨砺，始终饱含热忱与敬意，以沉淀之心对抗枯燥，寻求蜕变。刘文华有那份责任和担当，他说，一定要将云梦鱼面的技艺传承下去，不能让这门技艺后继无人。

匠心坚守，擦亮鱼面品牌

刘文华鱼面 2013 年 7 月被国家市场监督管理总局注册为地理标志商标，诸多的荣誉背后是刘文华对云梦鱼面矢志不渝的坚守与传承。

2014 年，县委领导来鱼面厂调研，就如何让云梦鱼面发展壮大，组织了专题会……在各级领导的支持和各界人士的帮助下，无息贷款来了、扶持政策来了，征地建厂协调会到现场召开，刘文华鱼面厂在黄湖社区征地 12 亩，新建 2000 平方米加工厂房、仓库 6 座，已具备鱼面规模生产、加工、销售的能力，同年 4 月变更为独资企业，注资资金 500 万元。

2018 年，刘文华的云梦鱼面制作技艺获批孝感市级非遗传承人；2019 年 1 月 14 日，中央电视台军事·农业频道《美丽乡村中国行——走进云梦》专题片将云梦鱼面的美誉传遍大江南北；2020 年 10 月 20 日，《中国影像方志·云梦篇》对云梦鱼面生产工艺做专题报道。央视先后四次播出制作鱼面的流程，刘文华把云梦美食、美景和田园城市建设展现给全国观众；2020 年，云梦鱼面获得第二届湖北地理标志品牌培育创新大赛银奖。

说起接踵而来的荣誉和各种宣传报道，刘文华说："是党和政府的关心和支持，让我有了今天的幸福和收获。是县工商联、供销社等单位大力呵护扶持，我才有今天的成绩。"

从爱好、梦想，到责任、担当，刘文华不忘初心，始终坚持真材实料、以工匠精神坚守传统纯手工制作，为传承和保护非遗技艺做出了突出的贡献。"首先是以当天捕捞的4斤以上新鲜的草鱼和青鱼为主，这样可以保证肉的鲜嫩和营养；二是坚持传统工艺，用手打鱼泥，使用高筋面粉，手工擀面，根据当天的温度、湿度来配比；三是坚持做工精细。每张面皮重量在260克以内，直径在60厘米，厚度在2毫米，下宽上窄卷成条切丝，呈自然折叠状，有经验的师傅通常一卷鱼面要切108刀……"说起鱼面的制作工艺，刘文华如数家珍。

对于云梦人来说，一碗鱼面，汇聚了河湖之鲜，是生态福地、鱼米之乡的自然馈赠，更是大泽湖畔、码头人家温暖而深切的乡愁记忆。而对于刘文华来说，从弱冠之年到年近花甲，他匠心坚守40年，对云梦鱼面"情"有独钟，"情"之所系。他做的不仅是鱼面，更是传承与创新云梦饮食文化的明珠。

吃水不忘挖井人，富起来的刘文华不忘回馈社会。几年来，他先后向贫困户、聋哑人及周边农民提供就业岗位40余个，实现了农村劳动力转移就业，为增加农民收入提供了渠道。"雄关漫道真如铁，而今迈步从头越"，成绩属于过去，再多的荣誉也是过往。

在鱼米之乡，涢水之畔，作为一名云梦鱼面的非遗传承人，刘文华以一己之身留住文化根和魂，正在实现从"匠心"到"匠魂"的蜕变，让舌尖上的非遗在新时代绽放更加迷人光彩。

"家纺工匠"的追梦路

　　初夏的清晨，云梦小城升起明亮的霞晖，生发出蓬勃生机。我驱车沿楚王城大道，穿过繁华的街区，掠过翠绿的田野，驶过绿树掩映的楼宇，来到了位于义堂镇七里桥脚下，湖北亦舒家用纺织品股份有限公司，也是独臂董事长袁齐山单手编织梦想的地方。

　　走进这片色彩斑斓的天地，我仿佛踏入了一个关于坚持与梦想的童话。被芯、套件、棉被和幼儿园、学校、酒店定制的系列家纺精品琳琅满目，我亲眼看见每一个细节的精心打造，每一件作品都诉说着匠心独运的故事。它们不仅仅是家的装饰，更是袁齐山一生追求的见证，是汗水与泪水交织而成的艺术品。

　　回望袁齐山的过往，那是一段从苦难中崛起的传奇。1963年，袁齐山出生在云梦伍洛袁杨村，父亲是从抗美援朝战场中负伤回乡的老兵。8岁时母亲病逝，父亲性格耿直，被诬陷判刑8年。10岁的袁齐山与6岁的弟弟成了实际上的孤儿，靠年迈的奶奶牵着乞讨度日。他们住在大树之间搭起的茅屋，遇上下雨天，饱经风雨摧残的茅草房摇摇欲塌，屋里到处是积水。袁齐山没有上过一天学，去过几回村里夜校扫盲班。到了17岁，为了一家人的生存，他到武汉挖沟、搬砖，瘦弱的身体迸发出前所未有的能量。

下工后，他经常路过一家百货商店，柜台里各色的床上用品吸引了袁齐山的目光，那时还没有床品专卖店。每次路过，他都要进去看看花花绿绿的床品，有一种情愫在他心底升起。床品是家家生活必需，如果能学会这手艺，将来就不愁饭吃。饥一餐饱一餐的袁齐山，身体瘦弱，认为干体力活终不是长久之计，这是吃百家饭长大的他最朴素的想法。

20 世纪 80 年代初，改革开放的春风轻拂大地，也拂过袁齐山的心头，他决定独闯上海学艺，带上仅有的一套换洗衣服，开始了长途跋涉。没钱买不了车票，他就徒步，遇到好心的拖拉机、货车司机顺带一段，一路走一路帮人打短工换饭吃。历时 3 个多月，终于见到了比他想象中大得多的上海，他没有恐惧与担心，他的心里早就被梦想填满。那一路风餐露宿，一路饥肠辘辘，袁齐山回想起来，苦难已经渐淡，仍然感激那个曾经怀揣梦想的自己。

几经周折，袁齐山找到一家家纺厂当学徒，工厂包吃住，但不给工钱。他开始与缝纫机、线、面料、锁边、提花等亲密接触，他从早到晚，手脚不停，不懂就问，深受师傅喜爱。一年后他的未婚妻也来到了上海，两人一起没日没夜学习，掌握每一道流程和工序，学艺满三年，袁齐山带着未婚妻，揣着老板给的 500 元工资，离开上海。那一年，袁齐山 24 岁。

风华正茂的袁齐山回到了汉正街创业，同年他与未婚妻喜结连理，启动了家庭作坊，融入上海的设计理念，妻子在家做，他外出游街卖，受到群众欢迎。随着业务日趋发展，他开始招兵买马，在武汉硚口区有了自己的厂房、车间、仓库，生意红红火火。

2004 年，桑梓情深的袁齐山被家乡招商回老家，保留武汉的厂房，在云梦珍珠坡租赁厂房投入生产，产品供不应求。正当袁齐山的家纺梦一路欢歌时，一场横祸不幸飞来。2006年，一次生产的意外事故发生在他身上，他经抢救捡回了一条命，却失去了右臂。天塌下来了，半年的时间，袁齐山不出家门一步，半生打拼，成了残疾人，在颓废中消沉，想变卖设备，放弃他的家纺梦。

所有的慰问、安抚中，只有云梦残联领导的一席话触动了他："你就是一个战士，在战场上拼搏负伤，不是一件见不得人的事，是劳动者的光荣……"是退缩还是坚持？袁齐山犹豫良久。那个夜晚，他久久不能入睡。他想象着自己变成一朵浪花，融入时代的潮流，托起梦想的风帆，让生命绽放光彩。在家人的支持下，他决心要让自己的企业成为残疾人的家园，帮助残疾人解决就业问题、创造幸福人生。

"择一事终一生"的执着专注，"干一行专一行"的精益求精，是为"匠心"；把细节做到极致，把产品做到极致，是为"匠心"。袁齐山就是凭着一颗"匠心"，以"精诚所至，金石为开"的企业文化，巧妙将传统家纺的"实用"、现代家纺的"美观"以及科技家纺的"功能"有机结合，市场遍布全国34个省级行政区，远销欧美和非洲等国际市场，登陆武汉股权交易中心挂牌上市。

"匠心"二字，在袁齐山身上得到了最完美的诠释。他不仅仅是在做家纺，更是在用心灵去触摸每一根丝线，用灵魂去雕琢每一个细节。他将传统与现代相融合，将美观与实用并重，让产品不仅拥有温暖的触感，更蕴含着深邃的文化内涵。正是这种对品质的极致追求，让他的企业在激烈的市场竞争中脱颖而出，成为行业的佼佼者。

　　看着眼前讲述的袁齐山，我不禁有些恍惚，眼里有一道闪烁的光，或许每一个追梦的人都如此。

　　然而，袁齐山的梦想远不止于此。他深知，一个人的成功不算什么，真正的成功在于能够带动一群人共同前行。于是，他将自己的企业打造成残疾人的家园，为他们提供就业机会，帮助他们重拾生活的信心与尊严。在他的带领下，越来越多的残疾人找到了属于自己的舞台，用双手创造着属于自己的幸福人生。他的企业大门多了一块牌子"孝感市残疾人就业培训基地"。先后安置残疾人就业20余人，培训了120余人，使他们获得与正常人同工同酬的工作岗位。

　　40年的创业之路让他深深地知道，只有让阳光的灿烂照亮企业的每一个角落，让阳光的温暖抚慰每一个员工的心灵，企业才能成为真正的爱心家园，才能打造出过硬的品牌。

　　40年的风雨兼程，袁齐山用自己的行动诠释了什么是真正的追梦人。从产品升级，到产能提升，再到迭代创新，袁齐山将自己的时间和精力奉献给热爱的家纺事业，还力所能及地回馈社会。他的故事告诉我们：无论遭遇多少艰难险阻，只要心中有梦、脚下有路，就一定能够走出一条属于自己的光明大道。在追梦的路上，只有用劳动创造价值，用匠心点亮未来，凝聚所有职工的心气和力量，才能星火成炬，与温暖同行。

滕德清：用云梦皮影点亮民间艺术之光

在孝感众多民间艺术星空中，云梦皮影戏在这片天空散发光芒。云梦皮影戏陆派第五代传承人滕德清，用他长达65年的艺术征程，为我们讲述了一段坚持与传承的故事，是孝感文化名城建设中一段不可磨灭的佳话，是对民间艺术传承与创新最生动的诠释。

1944年，滕德清出生于云梦胡金店大滕村，自幼便与民间艺术结下了不解之缘。7岁时，他敲响了人生中的第一声鼓，那清脆的鼓点，不仅敲响了童年的欢乐，也敲开了他通往艺术殿堂的大门。从此，艺术的种子在他心中生根发芽，茁壮成长。

少年时期的滕德清，对皮影戏一见钟情。那方寸之间的光影变幻，那细腻入微的操纵技巧，让他着迷。他追随着陆春元等老一辈艺人的足迹，从乡村到县城，从《薛刚反唐》到《杨家将》，每一出戏都深深烙印在他的心中。他不仅在台前幕后仔细观察，更在夜深人静时默默练习，用心感受皮影艺术的魅力与精髓。

1956年，滕德清真正开始了他的艺术启蒙之旅，与伙伴滕传谦在树荫下研习打击乐，从基础技法到复杂节奏，他无不精研细磨。次年，他首次踏入云梦县城，用仅有的零钱观看皮影戏后，便自己动手制作皮影，与小伙伴们共同演绎《武松打虎》，其创意与才华初露锋芒，赢得了"小皮影先生"的美誉。

尽管家境贫寒，滕德清对皮影艺术的热爱却从未动摇。他利用课余时间打工攒钱，只为观看更多皮影戏、购买制作材料。为了学艺，他不惜长途跋涉，虚心向其他艺人求教，这份执着与坚持，为他日后的艺术成就奠定了坚实的基础。

1959年，滕德清毅然放弃学业，加入云梦县皮影队，正式踏上了专业皮影艺人的道路。在皮影队的日子里，他如饥似渴地学习，不仅精通了击乐伴奏、皮影制作、说唱操纵等技艺，还广泛涉猎弦乐伴奏及湖北渔鼓、大鼓等曲艺形式，成为多面手。他制作的皮影色彩鲜明，工艺精湛，表演时更是灵动自如，深受观众喜爱。

然而，命运多舛。皮影队解散了，但滕德清并未放弃，而是将皮影艺术深埋心底，等待重生的机会。在广播事业管理局工作期间，他依然心系皮影，利用业余时间四处演出，传播这一古老艺术。终于，1975年，他凭借现代皮影戏《传香打豹》在全国调演中大放异彩，重新点燃了皮影艺术的希望之火。

此后，滕德清的艺术之路越走越宽。他担任多项职务，致力于民间艺术资料的挖掘整理、艺术培训以及剧目创作与排导工作。他精心组织的多个剧目在全国调演中屡获殊荣，为云梦皮影赢得了广泛赞誉。同时，他还将皮影艺术引入高校教学，为皮影艺术的传承与发展开辟了新的途径。

退休后的滕德清并未停下脚步，他继续为皮影艺术的传承与发展奔波忙碌。他筹建孝感皮影博物馆，将皮影艺术推向更广阔的市场和舞台；他积极开展非遗进校园活动，培养了一大批年轻的皮影艺人；他的演出足迹遍布各地，每年演出场次高达数十场，用实际行动诠释着对皮影艺术的热爱与坚守。

滕德清的皮影人生，如同一部跌宕起伏的传奇故事，充满了艰辛与坎坷，也充满了坚持与热爱。他用自己的一生，诠释了什么是真正的艺术家精神，什么是真正的传承与创新，正是孝文化名城建设中非遗传承的一个生动缩影。

如今滕德清这位耄耋之年的老人，仍耳聪目明，精神矍铄。岁月在他脸上刻下深深皱纹，那是他走过漫长岁月、历经无数风雨的见证。他的眼神却始终明亮而坚定，那是对皮影戏的无限热爱与执着所赋予的光芒。他的双手却依然能灵活地操纵着皮影人物，仿佛在诉说着那些古老的故事。他的身影，在灯光下与皮影融为一体，成为一道独特而动人的风景。

那一方小小的皮影幕布，承载着他的梦想与执着；那一个个灵动的皮影人物，是他心灵深处最珍贵的宝藏。他的每一次演出，都是对皮影戏的深情告白；他的每一次传承，都是对古老艺术的虔诚敬意。

援非医生老常

某个寻常日子，通过 QQ 关联，我认识了云梦县人民医院外科医师——常三来。当时他正参加中国援非医疗队，在阿尔及利亚民主人民共和国开展救援活动。不惑之年的他，以一位外科医生的身份，书写着属于自己的故事。

苦难磨砺玉汝成

时间回溯至 1956 年，武汉第一座长江大桥的落成见证了时代的变迁。这一年，常三来诞生于汉阳琴断口，家中排行老三，故得名"三来"。父母在武汉机械厂工作，后响应国家工业支援农业的号召，父亲主动请缨到农村去，被分配到云梦县隔蒲潭区当区长。

1961 年，常三来的奶奶离开人世，祸不单行的是，接着年仅 29 岁的常母不幸病逝，常父不得不将 3 个月大的五妹送人。哥姐在武汉上学，父亲带着他在隔蒲潭公社（区改公社，后改镇）生活，培养了他较强的生存能力。

幼时的他，曾两度与死神擦肩而过。有一次，他独自抱着一个大香瓜到池塘洗，一脚踏上岸边的跳板，浮动的跳板踩翻了，他连人带瓜掉进水里。当时还不会游泳的常三来抓住了一根绊根草，身体居然慢慢地浮了起来，他小心翼翼地抓住那根救命草，顺着斜坡爬了上来，那一年他6岁。

云梦多雨，每年的夏季都有汛期。有次，他在隔蒲河边爬树，顺着树枝捉知了，咔嚓一声，树枝折断了，他和断枝一起落入河中，在湍急而浑黄的河水中，他紧紧抱住连筋的树枝，大呼救命，被路过的大人救起。

1963年，随着国家逐渐走出三年困难时期的阴霾，常三来进入汉阳钟家村小学读书。经常会出现常家4个娃排着队等在邮局大门外的马路旁，眼巴巴地盼着邮局的叔叔阿姨送汇款单的情形。因为常父每月发了工资寄40元钱回家，由10岁的大姐安排姐弟4人的生活，无开支计划，饿肚子的事时有发生，最长的时间是三天，只有拼命喝自来水。"文化大革命"时期，虽然常父被打成了走资派，削职到伍洛公社上马石村劳动改造，但工资一直照发，维持着4个孩子在武汉的生活和学习。

1974年，高中毕业后的常三来积极响应国家号召，投身到知识青年上山下乡的洪流中，在麻城的农科所落脚。三年多的农村生活，他学会了犁、耙、耕、种等各种农活，挑草头、插秧、榨油、开拖拉机、捕鱼捉虾，样样在行。但是他总忘不了对知识的渴求。只要有空，他就去逛书店买书，无论白天多苦多累，晚上都要在昏暗的油灯下读书学习，他心里从来就没有泯灭过对美好生活的向往。

上山下乡接受贫下中农再教育洗涤着他的灵魂……在那葳蕤丰茂的青春在知识的雨露滋润下，他才没有像漫山遍野的虬枝丫杈斜刺横生，而是茁壮向上、生机蓬勃。

1977年，高考的春风重新吹拂大地，常三来终于迎来了改变命运的机会。是年，恢复了中断11年的高考。常三来和全国570

万知识青年一样，带着积聚了 10 年的饥渴和梦想，从四面八方拥向久违的考场。知识的曙光普照大地，温暖了一个时代。

那一年的隆冬，从公社大队部传来好消息，常三来考上大学了！犹如严冬里早春的一声惊雷，他被湖北医学院黄冈分院录取。临走那天，大队部的干部、社员纷纷前来送行。书记说："伙计，咱村就考了你一个，好好读书，将来当个好医生！"

潜心钻研医术精

进入大学以后，常三来极为珍惜来之不易的学习机会，如饥似渴地投入知识的海洋里。虽然学医是枯燥的，医学院课程很多，要记的东西也很多。大部分时间，他在自习室、图书馆、寝室这几个地方活动。他不仅专业成绩优秀，还是学校的篮球健将、标枪亚军，笛子、口琴能成曲，歌唱比赛得过奖。在党的恩泽下，他在大学锻炼了身体，增强了意志，增长了为人民服务的本领。

红色基因，沦肌浃髓，造就了常三来这一代人强劲的生命、不屈的灵魂、坚定的信念。大学毕业，27 岁的他即将远赴新疆支边，省厅的一位领导得知他与女友的情况，改派他到女友所在的江西的医院工作。5 岁就没有了母亲的常三来，时刻感受着祖国母亲温暖的怀抱。

救死扶伤，敬畏生命，是一个医生的天职。踏上工作岗位的常三来，用爱的春雨滋润病人憔悴的心。他苦干、实干加巧干，节假日不休息，晚上加班，不怕累，不怕苦，再苦再累也觉甜。他说："每次成功完成手术后，来一杯冰镇可乐、一根香烟，那种畅快的感觉无法溢于言表。"

工作上的忙碌，无法排遣他牵挂父亲的心情。1989 年，为了照护年老体弱的父亲，组织上把他调回湖北，落户父亲退休的云梦，进入县人民医院外科工作。次年，组织上又把他的妻子调回云梦县人民医院儿科部，一家人团聚的幸福化作他前行的动力。

在县人民医院这方舞台上，常三来全身心地投入，为百姓除疾解痛，从不忘学习。1991年底，作为医院重点培养的医疗骨干，组织上又送他到同济医院进修深造。他不负众望，学成归来，业务水平突飞猛进。

他忙碌的脚步，分不清时间的分分秒秒，3小时，6小时甚至10小时，腿酸了他站得住，肚子饿了他挺得住，眼睛困了他熬得住。手术室本是非常之地，既是解除病痛的地方，也是咀嚼苦难和孤独、遥望生死的地方。既是追求生命希望的地方，也是体验悲剧与悲情，思考生存意义的地方，还是照亮心灵，寻找信仰的地方。面对手术台上那一张张被病痛折磨的面孔，听着患者那一声声抽泣呜咽，生命危急，千钧一发、命悬一线之际，不作为必死无疑，敢作为、勇作为也可能九死一生，还可能令患者家人背负巨大的情感、债务压力。无影灯下，他争分夺秒，与死神拼搏，点燃了无数患者生命的希望，还给一个个生命灿烂的晴空。

1997年，常三来晋升为副高级教授。

不辱使命援非洲

2009年下半年，随着中国改革开放的步伐加快，应上级卫生部门的要求，孝感市在各县市选派4名副高职称以上的医生支援非洲。常三来欣然应承，参加了省卫生厅举办的为期8个月的集中培训，学习法语、阿拉伯语等。紧张而有序的生活，常三来仿佛又回到了久远而美好的大学时代，每天教室、饭堂、宿舍三点一线，他像在校大学生一样勤学上进。

53 岁的常三来从字母学起，在不断纠正发音，单词不断积累中，从结结巴巴地能读出几个音节，到可以比较流利地朗读较长的句子，进行简单法语、阿拉伯语问诊和书写法文病历，为援外医疗奠定了基础。

常三来被分派去的阿尔及利亚，曾是法国的殖民地，1962 年 7 月 3 日，经过长期的反法武装斗争后建国，法籍医生全部撤走、国民缺医少药，阿卫生部部长请求中国提供医疗援助。得知这些历史，常三来深切体会到国家对医疗队寄予的厚望，作为一名中国援非医疗队员，他感到自己肩上的责任重大，使命神圣。

从北京乘飞机直达阿尔及利亚的首都阿尔及尔，转车去往艾因迪夫拉省医院。踏上异乡的土地，他的耳畔回响起欢送会上的郑重承诺：我将不辱使命，尽自己所能，克服所在区域干旱少雨等恶劣气候，克制对亲人的思念，发扬国际主义精神，争取圆满完成援外任务，为中阿两国友谊做贡献，并保障安全，让亲人放心，让受援地的民众满意，为祖国和孝感人民争光。

艾因迪夫拉位于阿国北部，一年只有旱雨两季，旱季是 5 月至 10 月，雨季为 11 月至翌年 4 月。由于住房少，老常和队员与阿国同事同住一栋楼，房子是法国殖民时期的，既不隔音又不通风，阿国同事糖尿病患者多，蚂蚁也多，医疗队常被蚂蚁骚扰。

在艾因迪夫拉省医院，常三来和他的队员曾为当地病人切下过 20 多斤的大瘤子，用最新技术给当地民众治疗各种关节病、骨科疾病等。让许多患者的糖尿病足避免截肢之灾，类似断肢再植这样的手术数不胜数。当地医生只要一碰到医疗问题，就请中国医生会诊。当地的病人不管远近，都会到这里来寻医，他们就是冲着中国医生高尚的医德和高超的医术来的。

有一次，常三来深夜在手术室为病人清创、固定，一切紧张有序地进行着。可就在进行肌腱吻合的当口上，眼前"哗"的一下全黑了。"糟糕，怎么停电了！"连续4个多小时的紧张手术，已经让常三来汗流浃背。可着急也没用，在阿国停水停电是常态。助手跑进来，告诉医院的发电机也坏了。常三来硬是在手机微弱灯光的照明下，把这台手术成功地做完了。手术耗时7小时15分，除了停电，缝针的钳子还散架了两次。术后第二天，被石膏绷带包裹得严严实实的患者，含泪感激地说："感谢你，中国的医生。"

两年阿国生活，24小时"连轴转"是经常性的。阿国缺医少药，当地百姓对中国医疗队的信任和依赖，让常三来在辛苦工作中收获满满的成就感。

就是在这样艰苦的条件下，老常与队友们完成了两年的援外任务。2012年底，当他踏上祖国土地的那一刻，无限感慨地说："一代代援外医疗队员的背后，都有强大祖国的支持，让我体会到了援外医疗事业的价值所在。"

这年年底，湖北省开始征集下一批援阿医疗队员，已经56岁的常三来再次报了名。

那么艰苦的条件，为什么要再去非洲？面对亲人、朋友们的疑问，他的回答很实在："非洲人民需要中国医生，我想趁自己身体还健康，再多做一些有意义的事。"

常三来和队友走在阿尔及利亚街头，当地民众看到中国面孔，大拇指总是竖得高高的，谢谢！好！肢体语言没有国界。这些，是中国援阿医疗队用半个世纪在当地人心中留下的美好印记。阿尔及利亚卫生部部长认为，中国医疗队堪称中国在阿最好的"民间大使",不间断地巩固和传递着中阿友谊。

常三来说:"两度援非期间,自己也无比思念着万里之外的祖国和亲人,但每每想到阿国病人需要我,内心便只剩下勇往直前的信念。"

夕阳余晖映梦泽

2015年年底,常三来回国了。又来到他熟悉的工作岗位,他依旧兢兢业业。他说:"非洲人民的信任,依然激励着我回国后的工作。"

他对待病人如亲人,"看病准、对患者好"的美名早已远播。有的病人,甚至都成了他的"亲戚"。他从不肯让患者多花一分钱,总是做最少的检查,开最实用的药。对于病情较轻的患者,他总是在细心检查后直接"打发走"。

60岁时,他退休回家含饴弄孙安享晚年,但仍有很多患者打来电话,甚至找上门来看病,善良的他"心软"了,决定继续留下来,接受医院的返聘。"找到咱,说明需要咱,作为医生,咱有责任给人家看病。"

唐代孙思邈《千金要方》给出"大医精诚"的定义。常三来的同事、学生、病人都说,常教授就是无欲无求、大慈恻隐、一视同仁的精诚大医啊!而他却说:"我做的就是一个医生应该做的啊!对待病人就应该认真、负责、态度好啊!"

一滴水可以折射太阳的光辉,云梦县人民医院骨外科门诊部,经常传来常三来乐观爽朗的笑声,如今的他,头发稀疏花白,脸上挂着岁月的痕迹,眼睛里依然闪烁着对生活的热爱。

在楚楚遇见

记得,那个仲夏的午后,阳光如同细密的织锦,覆盖在云梦县伍洛镇十月村祠堂湾的每一寸土地上。空气中不仅弥漫着田野间稻香与青草交织的清新,还似乎夹杂着远处果木成熟的甜蜜。我们一行人,沿着蜿蜒的柏油路,缓缓驶入了隐居乡里·花开十月乡村度假区,仿佛踏入了一幅田园画卷。

沿途,树木葱郁,郁郁葱葱之中,家家户户的院落绽放着各自的光彩。玫瑰的热烈、绣球的雅致、月季的温婉,还有那一棵棵挺拔的枇杷树,甚至方寸之间都围上栅栏,种上青菜,将这份田园诗意展现得淋漓尽致。道路的延伸和铺垫,既打通了城市和乡村的隔阂,也丰富了人与世界的关系。在巷道的不远处,我们遇见了"楚楚咖啡"。

这里原是一栋农宅,经设计改造后,保留了红砖墙与黑瓦片的传统配色。同时又融入了欧式风格,落地大玻璃门窗,满屋的植物花卉,墙体凹进的格子里,镶嵌了书架、果酒柜、花架等。用手触摸墙体和原木的桌椅,时光便回溯到最本真、最淳朴的那一刻,在这间不大的咖啡屋里,生活被艺术化,每一处细节都透露着主人的匠心独运与对生活的热爱。

西北角落里,一位女子正静坐,敲击着键盘,她的身影端庄而优雅,如同这乡村中的一朵静谧之花,不言不语间便自成一道风景。后来，朋友介绍，她便是咖啡馆的主人——云姐，隐居乡里的知名酒饮主理人。她不仅热爱中国传统文化，更擅长将这份热爱融入每一款饮品之中，让客人在品尝美味的同时，也能感受到乡村的韵味与文化的深度。

云姐的咖啡馆，不仅是一家提供饮品与休憩空间的场所，更是一个展现乡村美学与文化创意的窗口。这里的每一瓶插花、每一盆绿植、每一个陶罐、每一帘窗纱，乃至一瓶瓶自酿的果酒，都凝聚着她的心血与热情。她希望通过自己的努力，让更多的人能够感受到乡村的美好与魅力。

从云姐的讲述中，我们了解到她的店铺不仅限于咖啡馆，还有一家酒肆同样坐落在秦岭汉中的村庄中。当她从汉江边来到了长江边，从秦岭来到了荆楚大地，第一次从遥远的陕西汉中跋山涉水来到云梦，她被这里平原旷野里的风打动，她想把骨子里诗酒田园的梦想搬到云梦，她想在这里创建一个有书、有咖啡、有酒的地方，便有了楚楚咖啡馆。她说，云梦这片土地有着深厚的楚文化底蕴，让她一见倾心。在这里，每一朵云都承载着梦想与希望，每一口空气都充满了甜蜜与温馨。

更令人感动的是，云姐的店铺还为周边的乡村女性提供了就业机会。她们经过培训后上岗工作，在照顾好家庭的同时也能实现自我价值。云姐希望通过这种方式，让更多的农村女性能够拥有属于自己的事业与梦想。这种豁达与乐观，开放与包容，拙朴但又充满力量，正是她所独有的魅力。

午后的阳光透过玻璃窗洒进店内，为这温馨的空间增添了几分暖意。年轻人们或安静地阅读书籍，或三五成群地围坐一起品尝咖啡与甜品，更有不少人忙着拍照打卡留念。然而这里不仅仅是一个网红打卡地那么简单，它更像是一个连接着乡村各个角落的枢纽，激活了乡村的产业价值，也为游客们提供了一把探寻乡村振兴之路的钥匙。"采菊东篱下，悠然见南山"的田园生活，或许是我们每个人心中的"诗和远方"。

那天，我们坐在楚楚咖啡馆内，望着窗外的农舍、田埂、荷塘，耳畔有鸟语、蝉鸣，呼吸着泥土和草木芳香，几缕炊烟缭绕。作为一个从村庄走出的人，我深知那份对乡村的眷恋与向往。即使通过多年的行走，洗净了身体里泥土的味道。然而，关于乡村记忆片段，一旦被激活，我仍然是乡村的俘虏。中年以后，开始喜欢朴素简单的生活，而这样的喜欢和乡村是多么一致。

乡间的阡陌，咖啡的香气，伴着笑声拂过面庞，眉眼盈盈处，是振兴的村，也是旧时的景；是浓烈的喜欢，也是平淡的日子；是向往，也是眼前；是缱绻的如常，也是深巷的明朝；是咖啡，也是生活；是忙里偷闲，也是慢条斯理。那天的云姐，侃侃而谈，她的生活正被自己的热爱所填满，乡村这块丰泽之地，给了她无限的想象和追求。

后来，因为投缘，因为相互喜欢，我们有了更多的交流，她从小热爱中国传统文化，不但善于讲故事，而且诗词歌赋、琴棋书画都能信手拈来。我参加过她在楚楚咖啡馆举办的"七月有荷""围炉煮茶"等主题沙龙，她把田野里的蔬菜、荷花、莲叶等植物搬到室内，让大自然中的一草一木，变成诗和远方。她是真正的生活艺术家，一个到了乡村就会发光的女子，她把传统文化的灵魂植入乡村振兴中，在他乡造故乡。我欣赏她对自然美学孜孜不倦的追求，感动于她不辞辛苦一次次奔走于乡村间。

她又像天空中自由流动的云，可以随着风的吹拂而变换形状，可以随着阳光的照射而变换色彩。她干脆利落、风雅健谈、低调温婉、谦逊善良，她不拘小节，简单而真实地反映自我，这该要有多么丰富的阅历，博览过多少书，才能运用自己的独立判断，成为一个在身体上、心理上、精神上完整的人。

在楚楚遇见，遇见云姐，就像遇见凡·高笔下金黄的向日葵，内心油然升腾起一股神秘力量，让我在不断自我认识的过程中，更清楚地认识事物。

层林尽"染"

小桥流水、红墙黛瓦、枕水人家……漫步云梦县伍洛镇十月村祠堂湾，处处饱含着乡村原汁原味的美感，让人流连。

手工植物染工坊隐于村中小路旁，坊外架子上挂满了五彩斑斓的染布，如燕舞、花漫、海阔，与蓝天白云相互呼应，微风拂过，颇有一番"白云升远岫，摇曳入晴空"的韵味。

穿过染布门帘进去，一股淡淡的草木清香扑面而来，玄关的屏风处放置一个超大的植物染兔子玩偶，憨态可掬。南面墙上，木格间整齐摆放着的玻璃瓶内，装着各式各样的植物染料——根、茎、叶、果实、皮等，这些看似其貌不扬的花草，经过高温蒸煮、自然发酵或风干等工艺萃取，就是纯天然染料，不仅环保而且色彩更有质感和韵味。四周的墙壁上，挂着的画框、花瓶里插着的布艺花卉，还有随处可见的玩偶、靠背、抱枕、台灯等，无一不彰显着植物染的魅力。展示架上丝巾、T恤、旗袍等成品更是琳琅满目，植物染出的色彩在日光中顾盼生姿。

花开十月植物染工坊，是"染坊"品牌走出北京、扎根湖北乡村的第一家工坊，同时也是工坊聚落（北京）文化传媒有限公司首家直营传统手工店。负责人李金豹，一名法律硕士、资深的专利代理人，因缘际会之下踏上了以手工植物染助力乡村振兴的创业之路。他如数家珍地介绍：工坊所用的染料多源自村子周边的植物，结合孝感地区独特的地域、历史文化和生物资源，他们收集了地方特色的植物染材制成标本，如艾草、枇杷、荷花、米酒等，并据此开发出了一系列独具特色的植物染衣物、香包、玩偶等文创产品。在李金豹眼中，"万物皆可染，万色皆可呈"。

李金豹回忆，自 2019 年起，他潜心研读古籍与现代科研论文，发现古人留下可操作的史料并不多，为不让这份优秀传统文化湮没于时光长河，他亲自下田采摘植物，历经无数个日夜的实验与探索，染过的植物种类多达数百种，耗费的布料累计数吨之巨，并撰写了数十万字的染色笔记。他顶着烈日、冒着寒风，在田野间采撷植物，披星戴月地重复着每一个操作步骤，每一次尝试都带来了意想不到的惊喜。他仿佛置身于自己亲手构建的色彩花园中，逐渐将植物染的知识与技法融会贯通。

同时，李金豹还积极利用新媒体和平台传播推广植物染。他注册了"豹哥植物染"账号，把身边可以染色的植物、染制工艺以及那些绝美的中国传统色彩拍摄成短视频，通过抖音、B 站、小红书、微信公众号等平台分享给更多的人，很快就吸引了数十万粉丝的关注，成为各大平台的认证知识博主。他坚信，无论科技如何发展，植物染这种古老而充满善意的工艺，人类与自然的和谐共生将永远不变。

提及 2022 虎年央视春晚舞蹈诗剧《只此青绿》，那震撼人心的表演，"无名无款，只此一卷；青绿千载，山河无垠"，翩跹舞姿勾勒如诗如画的山河图景，让李金豹心潮澎湃。大年初一清晨，天未亮，他就迫不及待赶到工作室，心中全是穿越千年的名画《千里江山图》，他要让风雅绝伦的青绿从自己手中诞生。选定染料，设计工艺流程，通过黄色与蓝色植物染材的巧妙套染，成功染出了与《只此青绿》同色的丝巾。那一刻的激动难以言表，他深刻体会到了自己为何常在染坊中热泪盈眶——那是源自血脉深处的对中国传统文化的自信与尊严。

《诗经》有云："七月鸣鵙，八月载绩，载玄载黄。我朱孔阳，为公子裳。"中国的植物染技艺有着悠久历史，早在周朝就有以植物染技艺在纺织品上着色的文献记载，甚至设有专门的"染草之官"。汇聚山河草木颜色的植物染，是古人与自然的一种相处之道，亦是现代人探寻与自然亲密共处的途径之一。

世间的所有美丽皆源自大自然的馈赠。植物染出的织物环保安全，带有草木的芬芳，其提取后的废弃物又可直接回归自然。这种取于自然，还于自然的生态循环方式，与当前提倡的绿色低碳、厚植生态的新发展理念不谋而合。

李金豹出生在河北沧州农村，他热爱花草树木、泥土山石，而植物染工艺本身便是对自然的一种崇高敬意。当他初次接触植物染时，被植物、空气、阳光、水在时间中相互作用的神奇变化所震撼——那是空气流淌的痕迹、水泡的聚散涌动、草木的吐纳呼吸。当植物染液渗透进每一丝纤维之中时，草木的精魂便以另一种形式重生了。在草木与布的巧妙结合下，布料借助草木的力量染出具有生命力、浑然天成的自然色彩。手工植物染出来的织物穿在身上，就像披上了春风；铺在桌上，就像铺开了湖水。

花开十月植物染工坊不仅是一个网红打卡地，更是一个传承与发扬优秀传统文化的驿站。它不仅让传统手工艺在新时代焕发出新的光彩，更为乡村注入了一种全新的生活方式。它引领着更多人利用身边的一草一木、一枝一叶共同绘制出一幅幅文化传承与乡村振兴的美丽画卷。

走出花开十月植物染工坊时已是夕阳西下时分，近处的房屋与树木，远处的稻田与池塘都被染上了一层温暖的金黄。

小城的微光

　　在云梦小城，每一缕微光都承载着不凡的故事，它们如同夜空中最细腻的笔触，勾勒出一幅幅关于温情的画卷。

　　傍晚时分，当烈日的余威逐渐消散，梦泽湖畔便悄然换上了夜的华服。湖面上的灯光，如同点点星辰落入凡间，四架石拱桥在灯光的轻抚下，化作了连接现实与梦境的桥梁。每一盏灯，都似乎在诉说着自己的故事，或悠远，或温柔，它们交织在一起，绘就了一幅流动的光影诗篇。湖心岛上的彩灯与文峰塔的璀璨，不仅照亮了夜的轮廓，更点亮了人心中的温暖角落，让人在微醺的夜风中，平添了几分夜风微醺的妩媚。夜幕下的梦泽湖，一桥一塔都有故事，一光一影都是精彩。

　　这座城市，处处与光有关。小城之光，不仅仅局限于这梦幻般的景致，更深深植根于每一个普通人的心中。曲阳河畔，从荒芜到繁华，从无人问津到灯火阑珊，是光，赋予了它新的生命。灯光下的秦简法文化广场、子文与黄香文化区，不仅仅是历史的印记，更是小城精神的传承与发扬。在这里，每一盏灯都仿佛在低语，讲述着过往与未来，让过往的辉煌与今日的繁华交相辉映，共同织就了小城独有的文化脉络。

　　我在这座城市工作、生活，接触最多的是这座城市里的人。前些年，我因右膝盖受伤，在家休息。发现卫生间台盆下漏水，呈喷射状。无奈之下，我给常来家里维修的方师傅打电话。没想到，一刻钟后，方师傅提着工具包和配件吭哧吭哧上了楼。

方师傅进门查找原因，是三通铜管裂缝喷水。家里先前安装的是太阳能热水器，后改换了煤气热水器，有一截进水管可以卸掉。只见他麻利地关上进水阀，卸掉一截软件，再两头对接，打开水阀后，漏水止住了。

我起身想用单脚落地给他倒茶，他大着嗓门说："你不方便就不要动了，我不喝茶，还要去赶活。"

我把工钱递给方师傅。他说没换配件，不收费。大热天的，我执意要给辛苦费，他还是那副粗门大嗓："你这个人好啰唆，这点小事，我还收钱？"

方师傅临走时，丢下一句话，依然气高声大："你养伤要少动，有事打招呼。"粗门大嗓的背后，是一份豪气与仗义。

我身边就有一位普通的 90 后小伙子小李，十年光阴，对于许多人来说，可能是职业生涯的几次跳跃，或是生活轨迹的几番变迁，但对于小李而言，他休息时间坚持参加志愿活动，风雨无阻。在福利院，不仅为老人们提供日常的生活照料，如理发、剪指甲，还会和他们一起包饺子，共度佳节，让老人们感受到家的温馨。小李利用周末和假期，组织志愿者团队，为乡村留守孩子们带去书籍、文具，开展趣味教学活动。他积极参与美化家园的活动，带领志愿者们清理街道垃圾。他的行为逐渐影响了周围的人，越来越多的人加入志愿服务的行列中来。

我见到他，对他说："小李，坚持这么多年，真不容易呀！"

他笑了笑说："也没啥，参加志愿活动成了一种习惯，我也收获了快乐！"

每当夜深人静，漫步于小城街头，我总爱凝视那些路灯柔和而温馨的光芒，它们不仅照亮了前行的道路，更温暖了人心。远处居民楼的万家灯火，每一盏都代表着一个家庭的温馨与安宁，它们汇聚成海，照亮了小城的每一个角落，也照亮了我们共同前行的方向。

云梦小城，这座我生于斯、长于斯的地方，四十多年的时光里，我见证了它的变迁与发展，越发感到，无论是方师傅，还是小李，他们都是小城的点点微光，更是夜空中最亮的星。

一朵向晚的花

提起春姐，就让我想起民国的才女，留齐耳短发，穿宽松的棉麻衣服，在画布上肆意挥洒，涂抹五彩斑斓的颜料。阳光下，她的眼神干净、空灵、执着，是表里如一的澄澈，是风烟俱净的安然，连那一丝丝倔强，都带着遗世独立的骄傲和清高。

55 岁的春姐，从一名下岗纺织女工，华丽蜕变为一个印象派画师，让我萌发了拜访春姐的意愿。在慢慢认识春姐的过程中，让我相信了，只要心中有梦，逐梦的路上从来不问年龄。

初识春姐，源于一次偶然的约稿。老同学向我推介她，我随即向她约稿。收到她发来的几幅画作，造型简洁，构图拙朴，色彩明丽，不禁让我眼前一亮，想到了凡·高的一句话："颜色之间的变幻具有难于言传的美。"照片上的春姐，犹如在茫茫沙漠中一株与众不同的绿植，她不像这个时代的人，清新脱俗得如尘埃里开出的花，眉眼间透着不愿向生活妥协的倔强。

第一次见到春姐，是去年夏天。我去登门拜访，刚进她家小区的院门，远远地，一眼便看到人群中前来接我的春姐，优雅、温润、清瘦，穿一身素雅的棉麻衣，阳光般的笑脸，虽然风霜晕染了她的眼角，但眼神恬淡、从容，一种似曾相识的亲切油然而生。

步入春姐的家，我以为走进了一间丙烯画的梦幻世界。柜子、防盗门、冰箱、空调柜机……每一处可落笔之地，都涂抹着色块。墙壁挂着一幅幅作品，大大小小，琳琅满目，俏皮、夸张、稚趣，活灵活现，鲜艳的色调与白色的墙壁形成强烈的反差，极其惹眼，细微处透露出一丝张扬和不羁。喝着她自制的花茶，看着她手工扎染的蓝花桌布和门帘，我仿佛被带到那个久远的年代。

春姐38岁那年，从省棉纺厂下岗了，开始重新找工作，干过销售、做过服务工作，但不管白天工作有多累，每天晚上都会看书，唯有书本的滋养，才能抚慰她悸动的灵魂。阅读了大量古今中外的书籍，她开始提笔写作，写自己的生活，写美食、游记，写儿女情长，写细枝末节，用文字记录生活的点滴，抒发内心的情感，以网名"碧萝春"在论坛上穿梭，发帖分享。

她喜爱花草，我看见一阳台的青枝绿叶，生机盎然。她亲近普洱，喝一口，温润中夹杂着欢喜。她说："茶，就应该是这样，能沁人心脾，又有人间烟火的味道。《红楼梦》中妙玉的茶太过孤傲，太过清冽，少了烟火的温度，高处不胜寒。"

那些年，春姐在打工的同时，情趣盎然地打理生活、经营爱好，硬是把一碗白米粥煮成了八宝粥。她喜欢并享受着这种宁静的状态。

有一天，春姐无意在微博偶遇赵丽华的几幅画作，简直是惊鸿一瞥，色彩欢快明朗，构图本真质朴，一种原生态的美震撼了她，潜藏在生命中不自知的火苗瞬间被点燃。

年过半百的春姐，似乎被一种神秘的力量召唤着，不顾一切地闯进去，她疯狂地爱上绘画。上网查看丙烯画的工具，购回丙烯颜料、调色板、画笔等工具，不知道从哪里下笔，又去微博上寻找别人的画画视频，当看到赵丽华在柜门上作画的介绍时，春姐想到厨房吊柜上的几扇柜门，心里一阵窃喜，这不就是现成的画板吗？她爬上架梯，拿起画笔，颤巍巍地构图描线，手笨拙生硬，一幅轮廓画下来，耗时不少，然后调色、上色，汗水湿了衣衫，却不觉得累。慢慢地，一幅幅卡通画初具雏形：一只青蛙坐在莲叶上咧嘴笑，两只鱼儿在水草边游动，福娃亮着小眼睛……这些诞生在橱柜门上的处女画，虽然很笨拙，线条不流畅，涂色不均匀，让春姐看到了自己对色彩和造型的无知，意外收获却是：绘画时有种欢愉，无与伦比，是从来没有过的。自此，她一头扎进画里。

她老公和儿子压根儿就不相信她能画画，也只当她好玩、打发时间。2015羊年春节前夕，寒冬腊月的夜晚，她独自坐在灯下，她想画幅吉祥画献给羊年。画画改改、涂涂抹抹，当画布上出现一只白色卷毛的逍遥羊，半蹲在绿色的草地上扭头回望时，天边露出了鱼肚白。老公和儿子起床后，看到这只憨态可掬的羊，不禁莞尔，无法相信这是她画的。从那以后，家里每周就要举办她的个人画展，她沉浸其中，不亦乐乎！

绘画，是春姐以前做梦也没有想过的事，却真实地成为日常生活，一点一点琢磨，一点一点模仿，一笔一画勾勒，时间伴着画笔一天一天地流逝。她不再是以前的她，红黄蓝亦不是从前的红黄蓝。她说："一个悲观的人找到了信仰，找到了活着的理由，那就是美，我的生命应该在那里。"

那天，廊坊的阳光很好，车窗上映照着斑驳的树影，春姐心中有音乐缓缓升起。那天，自学绘画一年的春姐，跨过江汉平原，越过江河山川，千里迢迢奔赴她心中向往之处——梨花公社。赵丽华老师在四合院厚重的木门前，展现着蜜糖般的笑容迎接前来做义工的春姐。

义工的日常劳作量很大，每天早早地起床，洗衣做饭、种菜浇水、养鸡喂狗、喂鹅捡蛋、采花插瓶，她还自己垒灶台、码鸡窝。从早忙到晚，一件接一件的事，按部就班地进行。按规定义工第一个月是不能摸画笔的，但每次赵丽华在院子里作画时，她都借故到院里干活，醉翁之意不在酒。

忙了一天下来，春姐坐在丁香树下，与学员共进晚餐，听赵丽华讲常玉、凡·高、毕加索、莫迪利阿尼、马蒂斯、康定斯基、蒙德里安、米罗、蒙克等中外名家，聊旅游、文化、美食……然后坐在摇椅上看星星。但更多的时间是看书，梨花公社的书多得数不胜数，春姐挤压时间，踮起脚尖阅读。

一个月后，春姐在赵丽华的辅导下，临摹凡·高的《收获景色》，纯净的碧蓝天空，远处青色的群山，几簇绿色矮树丛和一片金黄色的田野，远处露出蓝天。黄色田野中，蓝色的手推车和红色的犁铧，秋天绚烂、澎湃的主题，是生命与力量，无拘束、无遮掩，不媚俗、遵循大自然的轨迹，倾听自己内心的呼唤，春姐压抑不住内心的激动和热情，一笔一画用飞舞的线条和强烈的色彩，来抒发这种蕴藏的未知激情，好像要把身体里的美好都激活，接受一场心灵的洗涤，也改变着她的思维方式。

在早晨的清新里，在午后的阳光下，在傍晚的微茫里，在任何一个可以安静的时光里画画，她喜欢这样的状态，即使四周喧嚣嘈杂，她也会让时光安静下来。

王小波说："井底之蛙也拥有一片天空。那么，无论多么平凡，也要努力让自己的天空多姿多彩。"画画，是春姐为自己打开的一扇明媚之窗，让一个下岗女工，从一个纯粹的家庭主妇，邂逅画画这盏航标灯，开启了她在画布上描绘春天的模式。

如果不是画画，她可能会是居家过太平日子的精致女人，享受人生静好也是许多女性求之不得的。但，这世上总有一些人遗世而独立，是向晚而开的花，带着阳光的温度和青草的气息；是九月菊，独傲于世间之外；是清茶，守候红尘之外的安宁、明亮。这世上，有的人，自带光芒，生命状态无比鲜活生动。让人的目光，无论离得多远，会不由得被她所吸引。我想，春姐就是这样的女人。

我依旧关注她新出的画作，依旧喜欢看她满阳台的郁郁葱葱，依旧喜欢和她在一起。我们约着去郊外，采野生金银花苞自制花茶；约着黄昏去散步，她依旧一身宽松素雅的棉麻衣，两个人在晚风中并行，因为懂得，即使一句话不说，就已经很美。

我们不惧怕老去，因为除了年龄，过去也会更加饱满厚实。哪怕发间的白发再多，它们增添的也是生命无限宽阔的可能。我们慢慢聊着，她语速慢，却能穿透光阴。是的，她就是时光深处，开出的一朵向晚的花，摇曳生姿。

木匠张师傅

　　木匠张师傅，这个名字从我童年的记忆深处悠然响起，它不仅仅是一个称谓，更是对父亲精湛技艺与高尚品格的颂扬。在我的记忆里，父亲总是穿梭在乡间的每一个角落，"串百家门，吃百家饭"，这句话仿佛为父亲的一生做了最贴切的注解。他不仅是家中的顶梁柱，更是邻里间不可或缺的好帮手。无论是建造新房，还是打造家具，父亲总是全力以赴，从不敷衍了事。

　　"身怀一艺，顶种二亩地"，这是父亲常挂在嘴边的话。在那个物质并不充裕的年代，父亲的木匠手艺成为我们家庭的重要经济来源。每到一家，他从不偷工减料糊弄主人。哪怕是一把普通的椅子，父亲也做得十分讲究，几乎不用钉子，都是榫头互相套好，这样结实耐用，连椅子底下也细细刨平，露出木质纹理。父亲常说"慢工出细活，能工出巧匠"。

　　父亲的工具箱里，每一件工具都像是他的老朋友，它们陪伴着父亲走过了无数个日日夜夜。那些锯有长锯、短锯；刨子有粗刨、细刨、光刨、槽刨等；凿子有各种宽窄厚薄尺寸口径的……这些工具的手柄都是结实的槐木或枣木做成，它们熟悉父亲的指纹、汗水，甚至偶尔的血液，麦色的木柄上经过岁月的浸润，泛着幽幽的光泽。

　　记得小时候，每当我即将开学，父亲总是会在灯下为我制作课桌和板凳。叮叮当当中，锯末和刨花像积了一地化不开的雪。父亲满身木屑，穿梭在木料间，用墨斗拉线，用耳朵上夹着的铅笔做标，用木拐尺折弯测量，眯着一只眼睛看木条的直线……他与木头为伍的样子专注而从容。

我喜欢看父亲刨木，两个食指顶在刨口的两侧，两个拇指置于刨把后，平行发力，重推轻拉。薄薄的刨花像绸带一样从刨嘴里吐出，像木头开出的花朵，发出欢快的哼哼声。刨花一圈圈地堆在父亲脚下，慢慢淹没了他的双脚，刻意氤氲起刨花或涩或甜的木香。

开学那天，父亲背着做好的桌椅送我到学校，教室里都是大大小小高低不一的桌椅，而我的桌椅是全班乃至全校最奢华的，唯一有屉肚的。

那年腊月，家里无钱置备年货。父亲把门前的几棵杨树锯掉，在院子支起砍凳，早晚在那里噼里啪啦忙活，有时手握曲尺，量量这截木头，又量量那块木头；有时闭上右眼，用左眼瞄。一闭，一睁；再一闭，一睁，拿铅笔在木头上画一个记号；墨斗在记号上垂下来，轻轻一"啪"，一条墨线准确无误弹在木头上面。他闭上左眼削木头，右手的斧子利利索索地咬着，啃着，落下纷纷扬扬的小木片。树干变成了或长或短或窄或阔的木料，又变成条条框框、板板块块的木材，父亲将它们组合成桌子和条凳，送到城里的家具店，换回了一家人的年货和我们新衣。

20世纪80年代，农村建房主要靠木材，柱子和梁组合成房子的骨架。特别是上大梁，较为隆重，房主通常要择吉日、放鞭炮、焚香祭祀。这个时候，父亲俨然一副指挥官的模样，随着"敬天、敬地、敬先人"的声音响起，鞭炮齐鸣。大梁送上房顶，包着红布，挂着篾筛，筛里有张红纸，写着"上梁大吉"，还有一副用来辟邪的桃木弓箭。只听父亲一声"上大梁",木工、泥工、瓦工、小工便按照各自的分工忙活起来,不到半天时间,房屋的骨架屹然矗立,而我惦记的是什么时候父亲站在屋顶上开始撒喜糖。

　　随着时间的推移,社会在不断地进步和发展。新潮的家具和建筑材料逐渐取代了传统的实木家具和木材建房。父亲的木工手艺也逐渐被边缘化,但他在我心中的地位却从未改变。他依然是我心中那个最好的木匠师傅。

爱笑的女人

在我家门前的路口，常会出现一个摆小摊的女人，看上去五十岁的样子，身形瘦小，头发略显稀疏。每天上下班，我总要经过那里，无论何时相遇，她总是以笑容相迎，那份亲切感，仿佛她是我家的一位远亲。

她的小摊其实就是随时节变化卖些应季果蔬，地瓜上市了卖地瓜，莲蓬成熟了卖鲜莲子，还有柿子、甘蔗、荸荠、香瓜、菱角等，应有尽有。隔三岔五，不管她卖什么，我都会去那里买一点儿回家，顺便聊上几句。渐渐地，我们熟络起来，在攀谈中我才知道她的诸多不幸。

她和丈夫双双从棉纺厂下岗，家里负担重，老人身体不好，夫妻俩不得不背井离乡打工。然而，命运多舛，几年前，丈夫在一次安全事故中去世。她经过一年艰难维权，带着一笔不算多的赔偿金回家。然后，公公婆婆先后患病离世，一家五口只剩下她和儿子相依为命。更不幸的是，儿子因长期缺乏关爱，在学校遭到霸凌，慢慢患上抑郁症，不得不休学。她带着孩子辗转北京、武汉治疗，几乎耗尽了家里所有的积蓄。幸运的是，现在儿子病情好转，已经能正常上学。为了补贴家用，她开始在批发市场进货，摆起了这个小摊。她说等儿子高考后，要带他出去看看风景，以前在外奔生活，对他的关爱太少了。说这些的时候，她的眼中闪过一丝愧疚，仿佛让儿子遭了这么多罪，这一切不幸和贫穷都是她的错。

有时，我会看到她儿子来帮着推三轮车，一个腼腆的男孩，文质彬彬，戴着眼镜，嘴角总是挂着一抹微笑。记得夏天时，她坐在路边卖新鲜莲子和菱角，衣领上还别着一朵洁白的栀子花。我路过时，她拿出几朵栀子花送给我，说是家里有个小院子，种了很多花草，她希望儿子一年四季都能看到家里有花盛开。她比别人都实在，把莲子从莲蓬里剥出来按斤称，也不短斤少两，她会把老了的莲子挑出来，单独便宜一点卖。在儿子面前，她总是一副开心的笑脸，将内心的苦涩深深埋藏，正如莲子将苦藏于莲心之中，展现给世界的只有甜美的微笑。

提到儿子，她的脸由于兴奋，沟壑显得更深了。她说，我儿子休学一年重新上学了，心理咨询还不能间断。儿子很懂事，学习很刻苦，作文总是被老师当范文，成绩也稳步上升，每次考试成绩排名都在往前进。对她而言，儿子能正常生活便是她最大的满足，成绩好坏不重要，重要的是他快乐成长。

每次见到这位爱笑的女人，她总是将自己打理得干净利落，情绪饱满，面带微笑地坐在那里，成为街头一道独特的风景线。生活，生是既定的宿命，活则是我们赋予生命的意义与责任。我们每个人都有自己的轨迹和舞蹈，正如汪曾祺在《人间草木》中所写："如果你来访我，我不在，请和我门外的花坐一会儿，它们很温暖，我注视它们很多日子了。"汪曾祺的一生虽历经坎坷，但他却始终保持着对生活的热爱与对美好的追求。这样的句子看似是一个人在花间，活成一朵花的样子。实际上，汪曾祺的一生经历了无数动荡，幼时生母去世、青年时期因战乱颠沛流离、中年时期又被下放，但他却依然秉持着对美好的体悟。

在这个世界上，总有一些看似微不足道的事物，却能在不同的环境中给予我们不同的心境与力量，让我们像花一样，无论环境如何，都能绽放出属于自己的光彩。在纷扰的尘世间，正是这些令人感动的人和事，让我们感受到了生活的温暖与希望。

前几日，我又看到了那个女人，依旧是笑眯眯的，稀疏的头发烫成了波浪卷，显得年轻了许多。三轮车堆放着水灵灵的荸荠，她娴熟地削皮清洗。见到我，她兴奋地说："儿子在全校中学生征文比赛得了一等奖，非要我用他的奖金去烫个头发。"

我在心里默默祝福这一对母子，我想，无须过多的安慰，这个爱笑的女人，超强的自愈力让她如墙缝里长出的一朵花。

人参至交

去看中医。挂专家号，挑选的主任医师，想象着一定是位鹤发童颜一仙风道骨的资深中医，笔走游龙地开方子。进入诊室才看到，眼前这位中医，端坐沉静，清瘦儒雅，是个温和的中年医生，他给我开方子，字迹清秀，不草，不飞，一笔一画流畅而不轻率。

我主诉症状，头痛、咳嗽、鼻塞、乏力。中医望闻问切后，给出结果，寒湿之邪在表，肺气不宣，舌苔白腻，难抵风邪，需益气解表，散风祛湿，扶正祛邪。方子上只写了五个字，人参败毒散。

我转述给中医理疗诊所的朋友老陈，他给了一句话，头痛医脚，好中医。

认识老陈，缘于十多年前，经常伏案工作，肩颈难受，引得头昏脑涨，寝食不安，夜不能寐。老同学将我带到老陈的诊室，我见他年纪不大，说话斯斯文文的，心想能"手到病除"吗？我虽然信任老同学，还是带着疑惑接受治疗，无非是推拿和针灸。治疗过程中，我了解到，他也算是科班出身，上过两年的中医推拿学校，后到南方工作，曾赴京师从名老中医王友仁教授，并一直保持联系。他从医近十年，在当地已声名远扬。

一周的治疗，病痛明显缓解。每次做治疗时，都会和他聊天，随着聊天的深入，见我对中医如此感兴趣，他还利用晚上散步的时间，在电话里给我讲人体的脏腑经络、五行相生相克等，经他推荐，我找来《中医基础理论》的书认真学习。这样不经意间，他为我打开了另一扇窗，重新构筑了我对人体脏腑的认识。

随着时间的推移，我们从医患变成朋友。我身体上的结点痛点，隔着推拿手法布，他也能知道经络疏通状况，僵硬、梗阻、透气等。

我无从知道他辨别的手感，他治疗时如何运气，这是他的领域，是他经年累月钻研业务积攒的体悟，他用自己的密码与我身上的经络穴位交谈。我已经感受到，他用一种虚无的方式感知世界，老陈能把虚无握在手里，真切地抚摸虚无，一一唤醒它们。于是，一些隐蔽的痛点，在我的身体里浮游出来，有时在肩胛骨的拐角，有时在腰椎的屋檐底下，老陈招呼它们，它们应声而出也好，装聋作哑也罢，都是他和它们之间的秘密交手。

常常，我身上的那些疼痛与老陈狭路相逢，一些资质浅的痛点便会灭掉。对潜伏者，老陈五指发功，直达经络。他不是对谁都迎头痛击，有时候仅仅是将痛点激活，将穴位唤醒，让潜伏者暴露行踪，自行淹没于敌我战争的汪洋大海。

人参败毒散又名十味汤，由柴胡、甘草、桔梗、人参等十味药材制成。服药几日后，风感症状加重，鼻涕哈欠连天。向老陈咨询，老陈说，这是调动了脏腑的能量，千军万马直驱风邪。人参固五脏，是调肺气固脾胃的佳药。方以人参败毒为名，正是以人参一味，培正气，败邪气，鼓动邪气从汗等出去，方能风调雨顺。

正气不足，风邪入侵。这看不见的风，在我体内神出鬼没，居心叵测地流窜。我却不自知，人总是试图了解世界，了解他人，其实连自己都未必了解，对自己的缺点不敢正视，甚至根本无从认知，有的时候，别人来提醒自己都未必能醒。

某日，在水果店里买了一个泰国榴莲，回家切开，果肉浅黄，黏性多汁，吃起来酥软甜蜜。第二天，便口舌干燥、咽喉肿痛。向老陈求助，老陈说，榴莲属热性水果，其性热而滞，吃多了，会导致体内火旺。他一直主张，一方水土养一方人。这一片土地的风土人情，蕴养着生于斯长于斯的每一个人。每个地方有每个地方的特点，每一方水土都有自己的秉性，生活在什么地方，就吃什么地方产的食物。按照本地环境和气候调养身体，才能达到阴阳平衡。

以前在冬天，我有一个爱好，就是去汗蒸房，蒸得大汗淋漓，心跳加速，认为出汗是排毒，有益健康。次数多了，总会在晚上咽喉干涩难受。老陈却告诉我，中医告诉我们，要随着春生、夏长、秋收、冬藏的规律去调整举止、思路、行为。冬天是闭藏的季节，汗水也是人体的津液，汗出多了就是损耗。对于我晚上去健身房运动，老陈言，日出而作，日落而息，夜里就该休养生息，晚上锻炼，实则是逆身体而行。我的一些喜好，在他看来是没有遵循道法自然的规律，并不利于健康。

后来，老陈还传给我《黄帝内经》《四气调神大论》等讲座的音频，我利用零碎时间反复听，也与他探讨一些健康常识。在我眼里老陈不仅通达医理，而且有贯通南北的生活态度，活得明白。

人参被誉为"百草之王"，李时珍说它根如人形，谓之神草。现存最早的中药学专著《神农本草经》中，人参属上品，是一味名贵中药；在我生活中，老陈又何尝不是如人参一样，是一位珍贵难得的朋友。

世界万物的特性均对应着人，互相映照，互相牵制，互相成全。年轻时元气充沛，宛如初升的太阳，世界尽收眼底，哪怕山高路险，也能垂直攀登。而今，人到中年，每每活到胸闷心悸、阴虚气短，身边有个人参类的朋友，用以补气健脾、滋养心性，顿觉安慰。

戴花的女子

戴花的女子，无论古今，都透着中国女性的韵味，如工笔淡彩，细致入微又朴素纯净。我以为女子一生，都应该保有一份朴素纯真，任凭世事变迁，山河流转亦不改初衷。爱戴花的云儿，如同一幅淡雅的水墨，不经意间，便在心头晕染开来。

在江汉平原北部的小乡村，初夏黄昏，篱笆旁的栀子花开了。瘦弱的云儿站在树下，融进夕阳的光晕里，她伸出瘦弱的手臂，犹豫着该摘下哪一朵花。

记忆里的云儿，如同田野间自由奔跑的鹿，无拘无束，充满了生命的活力。栅栏门被推开了，云儿蹦蹦跳跳地跑进来，向我展示她乌黑发辫上的栀子花。云儿是我的玩伴，我们两家相邻，她长我两岁，生得白净秀气，在一群皮肤黝黑的小伙伴中格外亮眼，如路边的杜鹃，没有人呵护也能开出美丽的花。

村前有条府河蜿蜒而过，河堤坡上野草丛生，野花散布。沿河坡边有片林子，树木葱茏，遮天蔽日。放学后，云儿喜欢带我跑到河边采野花、摘桑葚、拔茅根，我俩跑上跑下像两只快乐的精灵。

然而，命运总是爱开玩笑。有一天云儿突发重病，持续昏迷，醒来后却不正常了，10 岁的云儿得了精神病，吓坏了 8 岁的我。当我看到她时，她张牙舞爪地咿咿呀呀叫，身子摇摇晃晃，嘴角歪斜流着口水。我顿时蒙了。

母亲说云儿连续高烧，烧坏了脑子。

我童年的小伙伴，从此在人间摇摇晃晃。

后来，我转到城里上学，回家的次数也少了，自然不再和云儿一起去河边玩耍。随着时间的推移，我和云儿之间的距离越来越远。

17岁那年，我再次见到云儿，她手里拽着一把野花，摇摇晃晃地指着河堤，咿呀地说着什么。我惊讶地发现，云儿乱蓬蓬的头发上，戴着几朵黄色的野菊花。

母亲说，云儿恋爱了。自从恋爱后，云儿就爱美了，标志就是头上不停地戴花。

云儿的恋人是邻村的一个聋哑青年，家境贫寒。残疾配残疾，贫穷对贫穷这样的组合，在我的家乡很常见。一个轻微智障，一个听不到世界的声响。这样门当户对的组合，是正常人的谈资，于他们未尝不是苦难人生中开出的妩媚花朵。

春天来临时，河堤上野花开不尽，云儿头上的花儿戴不完。聋哑青年经常牵着摇摇晃晃的云儿，去河边采野花。他把喜欢的花儿摘下，插在云儿的发间。

春天，云儿的头上，有黄色的蒲公英、红色的紫云英，还有桃花、杜鹃、野蔷薇……整个春天，在云儿的发间和聋哑青年的手指上，次第开放。

这样的两个家庭，这样的两个青年。纵使不是天造，在地上也很般配，两家将婚事商定在5月，生活似乎见到了亮光。

事情出在暮春。他们在河边采花，聋哑青年追赶一朵被风吹跑的花儿，不小心滑进了河里……残疾人也有爱情，可是，再温情的河水也会淹死人。他们灵光一现的爱情葬送在河水里。

那年初夏，19 岁的云儿，戴着一朵金黄色的油菜花，咿呀地指向河边，含糊不清地对我说，河边曾有一个给她戴花的男子。

当我问云儿，为啥喜欢戴花？云儿轻抚花朵，张嘴带动面部有些狰狞地说："美！"

云儿妈说，她那么爱花，还不是因为那个聋哑青年爱给她戴花！我听了，突然觉得，那个聋哑青年虽然说不出话，却表达出这世上最动人的情话。

夏日的午后，雨骤初歇。府河岸边绿柳如荫，芳草萋萋。我和云儿再次来到河边，她迈着惯常摇摇晃晃的步伐，弯腰从路边的地里扯下一朵向日葵，对着水面想戴上，向日葵太大，不方便戴在头上，她便将向日葵抱在怀里。河水里，映照出一个女子朴素纯真的笑脸。

微信时代的爱情

　　小萱近来在微信朋友圈的分享似乎愈发频繁。不只我有所察觉，几位朋友也看出了这一变化。往昔，小萱偶尔在朋友圈分享些育儿常识，而如今，她发圈的频率明显增高。去半秋山享用西餐，遇见有趣的美食，新添置了衣服，或是做了个满意的头发造型，她都会自拍后分享至朋友圈。

　　我倒并不介意小萱的"刷屏"行为，只是心中好奇：究竟是什么，让小萱有了如此变化呢？

　　小萱本是个温婉文静的护士，在一家医院住院部工作，22 岁那年大学毕业，她嫁给大学同学，婚后生了一个女孩。然而，自孩子出生后，家中常是鸡犬不宁，孩子半岁时，小萱便离了婚。她带着女儿回娘家，与父母共同生活。如今，孩子 3 岁了，小萱过着单位和家两点一线的生活。

　　渐渐地，小萱向我们透露了原委：她恋爱了。对方帅气逼人，是一名手持手术刀的外科医生，更为难得的是，他未婚。医生与护士的组合并不鲜见，在为小萱感到高兴的同时，我心中却隐隐有些担忧。

　　小萱说："他追求我许久，为我唱了很多情歌，还录制下来，发给我。"小萱红着脸说："他每天给我发微信，都是脸红耳热的情话。"他还说不在乎她有孩子，也不在乎父母反对，发誓一定会呵护她到永远。

小萱觉得甜蜜，我们也为她感到开心。

爱情，不止一种模式、一种传奇。女人在微信朋友圈的分享，是浮在面上的状态，那是一个个小喜悦、小纠结、小欢心——我渴望得到你的关注；我所分享的一切，都是为了告诉你，期待与你的互动。

如果所有的男人都懂得那份细腻与婉转，世上就会多许多百年好合的佳话。可惜，那个外科医生终究没给小萱这份幸运。

小萱发现，他给了她那么多的情歌和情话，却吝啬得不肯给她的朋友圈点一个"赞"，更别说参与的热情了。他究竟有多爱她，无从知晓。我们只知道，后来，小萱与外科医生分了手。再后来，她有了新的男友。这个男人同样很少在朋友圈给她点赞，却将小萱的每一条分享视作号角。这，才是好男人应有的担当：小萱的女儿生病了，他在医院日夜陪护；小萱值夜班没吃饭，他二话不说，直接把热菜热饭送到科室。他拼命挣钱，买房装修，然后深情地说："我们结婚吧，我想永远照顾你和女儿。"

我想，真正想给你幸福的，不是那个唱好听的情歌的人，也不是那个甜言蜜语的人，更不是在你朋友圈使劲点赞的人，而是默默地看了你的朋友圈，懂得你所有的苦与累、悲与痛，然后起身用实际行动，给予你温暖的人。

时间的馈赠

居住在县城，最大的便利莫过于生活的半径小。当然，也可以说是一种缺憾。正因为小，所以一切显得集中、便捷，很少将时间浪费在路途上。我住在县城东，当初住过来时，这里还是一片荒郊，没有一条好路，更别说有路灯。然而，仅仅几年的光景，这里摇身一变，成为全县的政治经济新区。一栋栋楼盘拔地而起，道路宽敞开阔、四通八达，周边生活设施一应俱全。相比那些大中城市转地铁、坐公交的人们，我是实实在在得到了时间的馈赠。

然而，经济下行，县城的餐饮生意清冷了许多。尽管表面上看，人们的生活似乎并未受到太大影响，旅游依旧兴旺，麻将室日夜繁忙，但街道商铺的清冷却如同这渐浓的秋色，有种藏不住的萧瑟。我家附近，店铺转让与招租启事如同比赛一般张贴出来。有一家酒店，在半年之内换了三次老板，每次没开满两个月就关门歇业。

过了一段时间，又有新的老板在那儿倒腾，招牌换了新的，外庭装饰又焕然一新，一盏盏大红的灯笼亮起来了，华丽又喜庆。这些装修的背后比投入真金白银更为巨大的，是创业者最初的激情和心血。可惜那些喜庆的灯笼也没有带来酒店红红火火的持续经营。生活无法被境遇绊住，它得一直往前走。那些老板们只能重新抖擞起精神，像纤夫一样，拽着生活前行。

做新闻采访时，认识了一位养花的女子汪丽，她从小喜欢花花草草，初中毕业后总找鲜花店打工，几年的时间掌握了花卉保鲜知识、技巧，采购销售相关渠道等。后来，她结婚成家，辞别了在都市鲜花店的工作，回了老家生活。习惯了与鲜花为伍的日子，汪丽感觉心里空落落的。于是，2014 年，她用自己的全部积蓄在娘家的自留地盖起了一座大棚基地，尝试温室种植花草。她通过买教材自学、在网上搜视频学、向专业人员请教等方式，经过摸索，汪丽的养花技术日趋成熟。她把花卉大棚从娘家转到婆家，购置了滴灌式供水系统，节约水资源和营养液，效率高了，利用线上线下双管齐下的营销方式，她家里的境况也随着花卉产出越来越好了。

正当汪丽的美丽事业蒸蒸日上的时候，遇到了雨水充沛的早春。大棚里花卉一片片被淹死，她只得重新播种育苗。汪丽淘汰掉不适合本地气候和土壤的花卉品种，大面积种植非洲菊和尤加利，少量种植增加了黄英、水晶草、向日葵等。养花就像养孩子，需要细心呵护。她在花棚里守着清晨的第一缕曙光，送走天边的最后一抹晚霞。经过一年的栽培，一垄垄的非洲菊，黄的红的粉的争奇斗艳，竞相绽放，叶态小巧可爱，枝干柔和的尤加利长势喜人。

然而，刚有起色，汪丽的花棚又受到了淡季冲击。销路不畅通，最严重时花棚里的花采摘出来不能发货，眼看着娇艳的花朵在家里失去了颜色，汪丽的日子举步维艰。好在她及时调整思路，精心育花。花的品相好，行情也上去了，挽回了一些损失。

从白手起家，到 6 亩地 9 个花卉大棚，她从摸索花卉品种，到拓展花卉市场，一路走来，虽然充满了艰辛，但汪丽脚踏实地一步一个脚印迈过来了。

　　而今32岁的汪丽，在时间的洗礼下，从一个爱花的青涩少女，变成了两个孩子的妈妈，她依旧干净、秀丽，散发着一种岁月静好的娴静之气，完全看不出她是个在花棚里挥汗如雨、形象潦草的花农。

　　生活多不容易，它总是与我们的意愿梦想错道而行。但汪丽在花朵的滋养下，在时间的缝隙里对抗漫长的庸常与粗粝，绽放出了属于自己的光彩。

古稀追梦人

在湖北云梦这片古老而充满活力的土地上，有这样一位不凡的"老通讯员"——陈保忠。他，以一部相机为伴，携一册笔记，握一支笔，踏遍城乡的每一个角落，用五十年的时光，书写着对新闻事业的无限忠诚与热爱。即便步入古稀之年，那份对翰墨的钟情，依旧炽热如初。

退休前，他曾任县人民法院副院长，然而，从花甲至古稀的悠长岁月里，他并未选择安逸的晚年生活，而是以一种近乎执拗的热情，继续穿梭在街头巷尾、村湾田埂之间，用镜头捕捉生活的瞬间，用文字记录时代的变迁。一辆破旧自行车，承载着他沉甸甸的梦想与责任，风雨无阻，前行不息。

晨曦初露，他踏着晶莹的露水出发；夜幕低垂，他披星戴月而归。无论是酷暑的烈日，还是寒冬的凛风，都无法阻挡他追寻新闻的脚步。他深入田间地头，与瓜农、果农同甘共苦。他的镜头下，清明河乡贫困户刘云香靠花卉种植脱贫致富，深挖其背后的故事，改变了刘云香的生活现状；云梦胡金店镇下刘村聋哑盲人刘三毛，仅凭一双手的感知，练就编织筲箕等竹篾制品的好手艺，经他报道后，引来了中国残联网、澎湃新闻等四面八方的关爱，他用镜头讲述无数普通百姓在平凡日子中的不凡故事。

这样的事例数不胜数，他拍瓜农、果农、蔬菜种植户，为清明河桂花村推介甘蔗，为隔蒲潭镇陈刘湾巨型南瓜拍视频，拍道桥镇的十里鲜花长廊。他去工厂车间、农家小院、道路桥梁的施工现场，凌晨到龙虾基地拍捕捞龙虾，夜晚去拍头顶探照灯摘毛豆的村民……哪里有新闻现场哪里就有他的身影。

当人们进入梦乡时，他还坐在案头整理一天的拍摄资料，从标题、行文到图片，坚持做到有高度、有宽度、有深度、有温度、有力度，张张"沾土气"，篇篇"冒热气"。他先后注册了视觉中国、希帕中国、新华社全球图片总库、光明图片等图库，有万余幅图片入库，有千余篇消息、通讯、调查报告等被《人民日报》《光明日报》《中国日报》《农民日报》《湖北日报》《孝感日报》《中国记者》等百余家报刊、电台采用，有百余篇新闻和图片获省、市、国家级奖。

在他的镜头里，乡村的一草一木皆是风景，一砖一瓦都有故事，湛蓝的天空、苍劲的古树、鲐背老人的生活……他的照片反映的不仅是乡村的美景，更是群众的幸福生活，让许多在外的游子了解家乡的变化，以解乡愁。

哪怕是除夕夜，陈保忠吃完年夜饭，背上相机走出家门，在路口拍摄执勤的交警、清扫垃圾的环卫工；正月初一，他来到府河桂花潭大桥，拍摄捡拾垃圾的志愿者；正月初四，恰逢立春，他来到田间地头，拍摄劳作的村民……仅在2022年春节期间，他就采写了《小城云梦，为春节回家的小车安个家》等10多条接地气、暖人心的新闻，在"今日头条"推送图文100多次，其中《菜薹走俏了　八十岁婆婆坐花轿》荣登"今日头条"湖北热榜第7名。他说："用图片、文字、视频讲好身边故事，记录社会日新月异的变化，用第三只眼观察生活，我们都是追梦人！"

陈保忠的追梦之路，离不开家人的支持与理解。幸福的家庭是他坚强的后盾，让他在追梦的路上无后顾之忧。他常说："一辈子爱上与文字打交道，这是一种情结，成了一种生活方式。一天不写，一天不拍，就好似缺少点什么，浑身不自在！"

"莫道桑榆晚，为霞尚满天。"陈保忠的生活因热爱而精彩纷呈，每一天都充满了新的风景与故事。他乐此不疲地按动着快门，记录下生活中的每一个瞬间，用光影书写着属于自己的传奇篇章。在新时代的征程上，他用自己的行动诠释着追梦人的真谛——无论年龄几何，只要心中有梦，就能成为一束光。

乡村剃头挑子

20世纪80年代，云梦乡村活跃着一批担着挑子走村串巷，给村民剃头的手艺人。他们农忙时耕作，闲暇时则化身剃头匠，赚取些微收入以补贴家用。

平日里，哪家办大事，剃头师傅就要应邀前往，为宾客剃头；而在无特定场合时，他们则挨家挨户，为村民们提供上门服务。村民们多采用包年制，每年支付五元至十元不等，便可享受便捷的理发服务，走到哪家剃到哪家。剃头师傅不赶忙时，还会为顾客刮胡子、刮脸、掏耳朵等，提供多项服务。那时候，每个村庄都有专门的剃头师傅，久而久之，剃头师傅之间便形成了一个不成文的规矩，他们只在自己负责的村里剃头，绝不染指他人地盘。

民间谚语"剃头挑子一头热"，形象地描绘了剃头师傅的行头：扁担的一头是剃头工具箱，类似于微型的床头柜，却多了一个靠背，剃头时用来当凳子坐，内置三个抽屉：第一格放钱币，第二、三格分别放置围布、刀、剪、梳子之类工具，这是"冷"的一头。另一头则是一个长圆筒，里面放个铁皮炉子，炉里燃着红红的煤球，上面有盛水的铜盆，底部有三条腿，其中一条腿向上延伸成旗杆，挂着一尺来长的蹭刀布，油黑发亮，这便是"热"的所在。

剃头师傅们各有绝技，我儿时曾目睹王师傅为爷爷理发的情景。他手法娴熟，银剪飞舞，如燕穿柳，先以泡沫润滑，接着把肥皂泡沫抹在爷爷下巴上，再捂上热气腾腾的毛巾，取出亮堂堂的剃刀，在磨刀布上来回磨蹭几下，掀开毛巾，顺着爷爷的胡子一刀一刀唑唑作响地刮下去，接着是脸颊、额头、脖子。爷爷微闭双眼，不吭一声，任凭王师傅倒腾，脸上露出惬意的神情。接下来是掏耳朵，王师傅拿出一个竹筒，倒出一大把长长细细的掏耳工具，爷爷朝着光线充裕的地方坐好，王师傅将不同的掏耳工具伸进他的耳朵，片刻工夫，便将耳内的污秽取得一干二净。

"剃胎毛"更是王师傅的绝活。通常家人将婴儿抱在怀里，婴儿头皮薄如蝉翼，王师傅并不紧张，先将剃头刀在蹭刀布上反复摩擦，直到刀刃锋利无比，再将婴儿的头轻轻地捧着，前后左右，剃刀在婴儿头皮上游刃有余，婴儿居然不哭不闹，一缕缕细软的胎毛纷纷飘落，片刻之间，婴儿的头发被剃个精光。

记得小时候我睡觉落枕了，头转动不得，涨痛难忍，爷爷就领着我去找王师傅，他让我坐下来，两手将我的头抱着左拉右扯一阵之后，再把肘关节、肩关节上的穴位逐一掐捏，然后捧住我的头，左右摇晃，像打太极拳一样，接着将我的头猛然往左一扭，只听见颈关节"咔嚓"一声，还没等我反应过来，他突然又把头往右边一扭，又听到一声"咔嚓"。瞬间，一股热流在我周身从上而下涌动，我顿觉清爽，头自然不疼不涨，活动自如了。

乡村剃头挑子，是一门古老的职业。随着大街小巷里发廊、发艺馆、造型吧、美发店等如雨后春笋般迅速崛起，一个属于剃头挑子的年代，无可逆转地渐行渐远，走向谢幕，如尘封的岁月沉淀在记忆深处。

一棵老树的归宿

　　春回大地，玉兰树褪去叶子，光秃秃的树枝上结满了花骨朵。春风吹过，雪白的花瓣聚簇成一朵朵花苞。80多岁的老杨，挨靠在玉兰树下的躺椅上，闻着玉兰花扑鼻的清香，沏上一壶老酒，啜上一口，望一眼老树，浅尝小酌。

　　恍惚中，老杨好像看到了母亲在玉兰树下剥棉桃，一个个裂开的褐色的棉桃里，剥出白色的棉花，放到簸箕上，旁边的小男孩缠着要她讲故事，一个又一个，那些故事像村头的井水一样，可以汩汩地一直往外流。

　　炎热的酷夏，知了鸣叫。玉兰树的绿叶子一簇一簇茂密地堆在一起像一把大伞，连阳光都无法从缝隙折射进来，树荫给一家人带来清凉和芬芳。老杨从地里干活回来，在老树下放一张竹床，晚饭端上来，一家人围坐在竹床边吃饭，老杨啜一口烧酒，望一眼老树，一身的疲惫消散了。三个孩子都在玉兰树下渐渐长大，小儿子也上小学了，此情此景如画般美好。

　　有一天，小儿子用削笔刀在玉兰树上划出了一个"杨"字。傍晚老杨回家，小儿子兴奋地说："爸爸，玉兰树也姓杨了，你看。"老杨一看，火冒三丈，顺手就是一巴掌，欢天喜地的小儿子惊愕地看着爸爸，随即响起惊天动地的哭声。

　　老杨把树划伤的地方用塑料袋包扎好，把儿子抱在怀里，又恢复了一贯的温和，讲起这棵玉兰树的故事。那时老杨还没出生，奶奶刚嫁到杨家就生了怪病，浑身起疙瘩，钻心地痒。缺医少药的年代，四处求医不见好转。后来，奶奶从娘家得到一个偏方，并带回一袋玉兰树叶，煮水擦洗。几天后，疙瘩渐渐消了，病好了。老杨出生后，奶奶便从娘家嫁接回一棵玉兰树苗，栽到院子里。

小儿子停住了哭声，看着爸爸，又看看玉兰树，想起过世的奶奶，眼泪又滚出来了。

一年又一年过去。孩子们在玉兰树的庇护下，都上了大学飞走了。又一年花满枝头，老杨坐在树下喝茶。孙子在地上捡花瓣，朝老杨蹒跚着跑来，胖乎乎的小手指着玉兰树说"老树爷爷"，老杨脸上也开出了一朵花。他抱起孙子，给他讲老树的故事，就像当年母亲给他讲故事一样。

后来，孙子要上幼儿园，他和老伴到武汉带孙子。老杨去了两天就回来了，说是住不惯电梯楼，其实是看不到玉兰树，心里空落落的。

这天，老杨被通知到社区开会。他是个老党员，邀上几个老哥们，打着背手，带头朝社区办公楼走去。

会上讲的内容，老杨只听了一半，脑袋发蒙。县里要建楚王城遗址公园，整个村要拆迁，腾地出来，建设田园城市。他没有像以往一样发表意见，一散会，就默默地独自回家了。

回家后，老杨给孩子们打电话，没人惦记拆迁费，只是问老树怎么安顿。放下电话，他走到玉兰树下，像是在自言自语，又像是在和树说话。

三个月后，村里不断有人签订拆迁协议，社区干部一次次找老杨谈心。老杨除了叹气，也不多说啥。

晚上，老杨又梦到母亲，在玉兰树下扎草把子。借着月光，母亲抓起一把稻草，来回折几下团成一尺来长八字形的草把，麻利地抽一小撮稻草从中间围圈系上，随手抛出一个优美的弧线，渐渐堆成一座小山。慢慢地，那个山变成了母亲的坟茔。

社区干部又来家里，和老杨商量，联系了园艺工，可以帮老杨把玉兰树安全移植到他指定的地方。老杨四处托人，想给老树找个新家，却没找到合适的。村里的老哥们多数随子女换到电梯房，老杨越来越坐不住了。

一周后，老杨哪儿都不去，守着他心爱的玉兰树，静静地修缮着枝丫、黄叶，风轻轻地吹动着他的白发。

最后，老杨与社区同时签订了两份合同，一份是老树保护协议，一份是拆迁协议。把老树捐给政府，用于楚王城遗址公园建设，是老杨为老树寻到的最好归宿。

儿子开车回来接老杨，老杨的背愈发佝偻，颤颤巍巍地走向玉兰树，双手轻轻抚过老树干、枝丫、枝叶，驻足凝望许久。

车子启动，老杨再次回头，老树粗壮的枝干插入湛蓝的天空，把整个大地染绿了。

第三辑 时光里的絮语

家乡的草木

　　家乡的小村坐落在府河岸边，村里多草木。柳、柏、杏、杨、梨、桃、榆，蒲公英、狗尾草、金银花、苍耳、酢浆草、婆婆纳，等等，其他的绝大多数只认得样子，却叫不上名字。正如乡村里的孩子，无论走到哪里，也走不出村庄的记忆。

　　二十几年前，父母拆屋改建，父亲沿院墙边做了一个花池，正好远房的表哥从他工作的乡政府带回了几株银杏苗，送了一株给我家，父亲很随意地栽种在花池里。五六十厘米高的树苗，瘦骨嶙峋的，显得弱不禁风，我对它成活的期望并不高。我当时对父亲在花池里种树并不理解，那些乡野的紫茉莉、牵牛花、美人蕉都又贱又好养，不需要打理成活率也高。父亲却要种上一棵树，是拴牲口？是用以乘凉？还是舍不得表哥送的那棵树？

　　多年以后，那株银杏树已参天耸立，树冠若伞，撑开来，罩住了半个院子。树干由当初的锹把细，长到今天的齐腿粗，树皮皴裂、皱褶。它和父亲一样，饱经风霜，活出了岁月该有的粗糙、沧桑。如今，当它真正在泥土里扎稳脚跟，能拴住一头牛时，牛，已经不知去向了。它留着空荡荡的腰身，等不来一根缰绳。如今，当它真正铺开枝叶，把巨大的阴凉投向庭院时，乘凉人，已经离开故土。树干上灰褐色的疙瘩，是大地结出的瘢痕。树间那些漏落的光线，是一棵树内心难以言说的秘密吗？如今，当它真正长成了一棵树该有的壮实威武，却没有欣赏它的人。

好多年过去了。一晃眼，又是一年。

在村庄，万物都呈现出衰败之意，输给了时光和现实，唯有草木，逆势而生。院子里那棵银杏树还长着，它和我们不一样，我们想尽办法试图走出村庄，再也不用面朝黄土背朝天，不用起早摸黑，不在泥水里奔生活。而它，无路可走。它生在那里，就注定一直生活在那里，别无选择。但它无怨无悔，从生到死，而我们在它漫长的岁月里，不过是几次花开花落，叶子黄了又青。

在父亲第二次中风住院之后，母亲不知听谁说，家中树木太旺盛了，就会吸纳人的精气神。父母便把他们身体上出现的各种疾病怪罪于这棵银杏树，怪它长得太过枝繁叶茂，太过张牙舞爪。父亲出院后，接着又是母亲胃病住院，更加重了父母对那棵银杏树的芥蒂。终于等到入秋后，树叶黄了落了，没有春夏时沉重，我们不惜花重金请人用吊车来锯走了那棵树，父母也因此了却了一桩添堵的心病。

当我再次站在院子里，回想着它曾经遒劲的枝干，浓密的树荫，扇形的轻罗小伞让满院尽是黄金甲。这些年，唯有记忆对一个人忠心耿耿。面对那个截面的树桩，我不知道该说什么。

记忆中的银杏树，沾满了年少的光泽，在树下看书写字，穿一身花布棉衣。而后来到了城里，清洗骨头上的泥土，过滤血液里的质朴，剔除皮肤上的烟火，最后，完全伪装成了一个城里人，粉墨登场，穿行在街角、闹市。而一棵树，不管多少年，从不曾想过要逃离，它站在高处，目睹一个乡村的变迁，悟透了这人间世道，从容经受被锯走，是否有过一丝不舍与哀婉？

在我还是一个孩子时，我站在府河堤上，极目远望，用一个孩童的眼光俯视我的村庄，我从未想过要寻找外面的繁华、灯火、喧闹。

于慢慢长大中，我盼望逃离，逃离村庄的一切，抖掉身上的泥土味。我的父母也支持着苦心经营着我的逃离，他们不想让子女再走他们的后路，也不想让子女活成他们的翻版，最后，我逃离了。用一场场考试，彻底混迹于小城，有一份安身立命的稳定工作。

当我又一次站在府河堤上，站在童年嬉闹之地，遍野的草木，吮吸着每一粒露珠，愈发生机盎然。在美丽乡村的变迁中，唯有草木，坚守着故土，让我心怀愧疚。秋天远了，猛一抬头，堤下一排排松树，正在抖落疲惫，在大雪来临之前，储备御寒的能量。

梦回老家

　　昨夜，我又梦到一个叫三向屋的小村。梦里，我是步行回家的，从建设路往西走，一直走到老家的院门口，还没进门，便惊醒了。不觉愕然：四十多载蹚过的痕迹，怎可只用一夜的时光，匆匆丈量呢？

　　其实，那个村庄很小，小得像蚂蚁一样横卧在一马平川的江汉平原上。远远望去，像一架钢琴并排在府河堤脚边。关于它，我总有说不完的话。比如那里因为读书风气好，考上大学的人多，便有了"状元湾"的美称；那里有慈爱的邻居高奶奶，父母外出干活总会托她看管幼小的我和弟弟，而她对我们总是视如己出；那里还有一排排高低不一的瓦房，屋顶的烟囱升起一缕缕炊烟；错落的田埂，还有四季里一茬一茬的庄稼花草，沟渠，姹紫嫣红，芳草萋萋，且活色生香的小村日子。这些年，我不断地重返那里，与亲人和记忆重逢。

　　我生在那里，长在那里。村后的打麦场一定会记得我。麦收时节，村里的男女老少都在那里碾麦子。被碾过的麦秸秆堆起来，打麦场上像长出一个个的蘑菇，散发着好闻的麦香气息。木叉此起彼伏低低的震颤声，铁叉滑在地上响亮的金属声，像双声部的高低音；搂耙与麦粒摩擦闷闷的嚓嚓声，木锨响亮的哗哗声，每个声音里都能感觉到麦粒欢快地滚动、蹦跳。月亮升得很高很高了，热火朝天的打麦场终于平静下来。

秋天来了，棉田里一片雪白。打麦场上排列整齐的棉花晒架，木桩钉着像五线谱一样的粗铁丝，竹竿竹晒垫一顺展开，从地里摘回来的棉花就铺开晒。被太阳晒久了，一些红红的棉铃虫热得从棉花里拱出来，从竹晒垫缝里漏到地上。我常爬到晒架下逮棉铃虫。玩累了，便放松地在棉花堆里打滚，棉花软绵绵的，暖烘烘的。

转眼，到了我上学的年纪，父亲对我的学习极为重视，说爷爷读了二十多年的书，没有赶上好时代，回家种地，不会抡锄头、搂耙子，日子越过越穷，到了我和弟弟这一代，要换一种活法。母亲也苦口说教，娃呀！瞧你这瘦弱身子，来场大风都能给吹到天上去，怎么吃得消一天到晚永远干不完的农活？你得好好念书，这面朝黄土背朝天的日子，难熬呀！

后来我渐渐懂得，父母勒紧裤带，固执地花高价把我从村办小学转到城里上学，让我接受更好的教育，将来能过上城里人的生活。这种想法，应该是从吃公家饭的堂哥那里产生的，他每次回村里，白衬衣、皮鞋锃亮。母亲常说，吃公家饭风吹不上，雨淋不着，日头再毒辣，也晒不着，端的是铁饭碗，多好呀。

多年后，如父母所愿，我通过读书有了一份工作，成为吃公家饭的城里人，我以最快速度熟悉了城里的一街一巷，一砖一瓦。小城的一片云、一朵花、一棵树、一栋高楼，日日和我亲近起来了。我结婚生子，置房安家。四十多年过去了，我的青春不再，我的梦想如一颗种子，在这里生根发芽，在岁月的磨砺中繁衍生息。那个叫三向屋的小村，我仅成为它身边来去匆匆的过客。

父母隔三岔五会打电话告诉我村里的变化，谁家盖了新楼、谁家添丁进口了、谁家孩子考上重点大学、哪家的老人患上绝症等。村庄站在那里，时间的印记，命运的轮转，都是那么清晰。

一代代人出生，一茬茬人离开，在村庄，人如同庄稼，眼见着长大，眼见着衰老，眼见着先后被收割。

我依旧会间或在周末回家，我曾熟悉的牛羊欢唱、鸡鸣狗吠已不再现了，屋顶没有了烟囱，低矮的瓦房、檐下的燕子窝、晴天灰雨天泥的通村路都变了，瓦屋变成了楼房，砂石路变成柏油路了，路边竖起了太阳能路灯，一种无以言说的陌生感和距离感在拉扯着我。

这个老家当初是我自己立志离开的。作为一个内向的孩子，从小我想的就跟小伙伴们不一样，我要离开，离开乡村，离开这个村子一辈一辈人的生活模式，我不能被一个村庄困住，不想在长长的地垄沟里完成自己的一生。那时候觉得无数的远方都在向我招手，远方的灯火有着无尽的诱惑。

离开家乡四十年，现在的我才真切地感受到，有些东西是走不出去的。这四十年，那个村子一直都活在我身边，它活在我的血液里，活在我的灵魂中。见识过城市的繁华与喧嚣，感受过人性的明亮与幽暗，体验过人情的冷与暖，虽然我在时光中变换容颜，但经历沧桑之后，心底里仍是那个乡村少年。

我的父母依然坚守在这片故土上，我曾经住过的老屋，早已变成了三层的小楼。家里所有田地都被城市扩张征用，当年的打麦场，已经变成村里的菜地，不复当年的热闹。晚风依旧吹着，月光亦如当年，明晃晃的，却怎么也照亮不了往事。我突然如倦鸟一般归来，父母自然是满心欢喜。头发花白的母亲围着锅台忙活着，她希望拿出家里所有她认为好的食材，烹饪成一锅滚烫浓香的菜肴，让我端起来，一口一口地吃下去，连同这老家的味道。

原来人无论多大年纪，都需要一个故乡，需要有一个父母守着的老家。

时光里的絮语

习惯养人，日常养心。懒惰，这把无形的利刃，在时间的侵蚀下，就会疏远很多值得我们紧握和拥有的东西。比如对父母的问候、对爱人的包容、对孩子的耐心、对自然的热爱。很多时候，发现一些事情渐行渐远时，肯定都有它必然的原因和轨迹。

周末回娘家，推开院门时，父亲正在晒太阳，母亲在择菜，他们都有些诧异，在知道我回家没紧要事情时才说："怎么没有电话先告诉一声，好准备你喜欢吃的菜。"

我蹲下来要择菜，母亲说不用我帮忙，厨房是她一个人的舞台。我如客人一样坐下，也就半个月没回来，父母就在跟前，他们似乎是这一瞬间，才有了白发，有了皱纹，有了老年斑。曾几何时，父亲还健壮着，母亲手脚麻利。可是看到他们有些蹒跚的步伐，对智能手机学了又忘的无能为力，对数字电视不会随意换台……我分明看到的是两个孩子，对子女的依赖远胜曾经的强干。

父亲早晚要自行注射胰岛素，服用控制血压的药。母亲的胃病需要每餐用紫砂锅熬粥调养，他们用自己理解的方式，养护着久经风霜的身体，好像肩负着一种使命，那就是不能生病，不给孩子们添半点儿乱。

在我记忆里，父母一辈子辛苦劳作，给予我的教育，对于内心情感的表达方式，都是节制的、羞怯的，哪怕是心里怀着深深的想念，或者浓烈的化不开的血缘之爱，从来都不会用语言表达。

印象中，他们最大的愿望就是让三个子女跳出农门，不再像他们一样，过面朝黄土背朝天的生活。而当我们渐渐长大后，上学，工作，结婚，离家，离开父母，好像都是顺理成章的事情。然而，每每在夜深人静时，总又暗下决心，等忙完了这一阵，一定去看看那个只有父母在的家，陪他们唠唠嗑，手把手教他们使用智能手机，但很多时候总归会有新的借口代替，归根结底都是被一个"忙"字代替。

相反的，经常是我上班后，父母会打开我的家门，帮我收拾屋子，送来饺子、花生等，他们知道我有业余写作的爱好，总在心疼我的忙累，能为儿女分担一点儿感到欣慰。父母虽然走在黄昏的夕阳下，却一心向阳。

我每天生计之外忙里偷闲写点文字，不时发表于报刊。而我之所以能把写作当成一种爱好坚持到现在，也正是因为有了父母、家人的这份宽容与理解。多年来，虽然磕磕绊绊，但也是认真的，一路走下来，有欢心有幸福，也有无法回避的失落，但时刻也不会忘记，怀揣一份接近完美的心意，努力着，坚守着，珍惜着。因为我知道，无论我走多远，父母和血缘亲情都是根，只要父母在，每迈出一步都会感到亲人们投射在背后的目光，有了这一份殷切又厚重的期待，也因此在心里多了几分感动和踏实。

时光匆匆，人到中年后，看着女儿一天天长大，并远赴海外求学，对她的牵挂成了心上最柔软的一部分。同时，对父母的体谅和理解也多了几层，给父母打电话的时候，更多的时候学会了倾听和安慰，学会了宽容，把一些不该说的话，默默地咽回去。

家长里短，各有心安。陪伴不是日日相见，而是时时刻刻都懂得让父母放心省心，每时每刻都记得所走的每一步都要端端正正，每一件事都尽量做得平顺而有意义。

春天的怀念

　　我出生时奶奶就不在了，从小是爷爷带着我在家乡的小乡村生活。从我记事起，爷爷就在生产队养猪场干活，他一个人喂养十来头猪，每天挣七个工分。20 世纪 70 年代末，人的温饱问题刚刚解决，喂猪主要依靠野草和塘堰里的水浮莲。

　　每天天不亮，爷爷就起床割草。回家后随手扔几把青草到圈里，小猪们甩动着尾巴边吃边在猪圈里撒欢，这时爷爷的眼睛会眯成一条缝。

　　后来，农村实行家庭联产承包责任制，生产队不再集中养猪。爷爷开始放牛，从此与一头老黄牛如影随形。不管他是养猪还是放牛，我总是他身后的小尾巴。

　　家乡的小村，坐落在府河岸边，村前有一眼望不到尽头的堤坡，坡上草籽随风播种，满坡都是疯长的草木，是放牛的好去处。

　　春雨过后，堤坡上的青草格外肥嫩，绿莹莹、水灵灵的。它们无须修剪，想怎么长就怎么长，长成自己喜欢的姿势。趁天气晴好，爷爷带着我去放牛，我偷懒不想走的时候，要么是撒娇要爷爷抱，要么坐在牛背上，悠然自得。嚼了一冬枯草的黄牛，看到青草，眼里有了光芒，摇头摆尾朝堤坡走去。

　　每次放牛，爷爷都会背上一个簸筐，筐里放把铲子，用来捡干牛粪。我嫌脏，用手捂着鼻子和嘴。爷爷却说那些香喷喷的菜都是牛粪肥出来的，牛粪不仅不脏，还有股青草的味道，滋养田地。

读了多年私塾的爷爷，捡完牛粪，便坐在路边教我写字，"壹、贰、叁……"那时，刚入学堂的我，并不认识大写的数字，爷爷用树枝在地上一笔一画教我，我也学着爷爷的样子，拿着树枝在地上画出一个个歪歪扭扭的字，抬头看到爷爷浑浊的眼睛里满是慈祥的笑意。

除此之外，爷爷还教我"人之初，性本善。性相近，习相远……"我鹦鹉学舌地跟着爷爷念，像唱儿歌一样，并不知道是什么意思，也不知道这些歌词是哪些字，后来才知道我这唱的是《三字经》。

但不管我是在学写字，还是在唱儿歌，只要听到卖麻花、冰棍的叫卖声，我就抱着爷爷的腿，缠着要他给我买，每次我都能得逞。

冬日的午后，阳光暖暖的。爷爷把牛牵到村口的山墙边晒太阳，牛站在墙边，看上去是那么的幸福和安详，光滑的皮毛像绸缎一样在阳光下闪亮。爷爷却闲不住，拿了一把铁锹，在村口补路，雨水冲洗过的路面，有深浅不一的沟壑，为了维护路面平整，爷爷铲来一些沙土，填平压实。我也要跑去给爷爷帮忙，即使是添乱，爷爷也总是好脾气地依着我。

春耕开始了，布谷鸟在田野间歌唱。爷爷赶着黄牛，把一袋袋种子和肥料拖向田间，那是爷爷的疆土，也是祖祖辈辈传下来的疆土。爷爷在春风里弯腰、起身，拉犁、撒种，他的足迹就是盖在疆土上的印章。

岁月如梭，当我从光滑的牛背上下来的那一天，我也长大了，长大了的我离开了爷爷，离开了家乡。都说孩子是会被娇惯坏的，好在爷爷的仁厚和善良，给了我更多的正面影响。我没有成为那棵长歪的小树，而自小得到了太多的关爱，也让我能够以善良之心对待周围的人和这个世界。

后来，勤劳一生的爷爷离开了人世，长眠在家乡的土地里。他对我山高水长的恩情，我此生再无法报答。母亲常说："草木有情，尘土有灵。"村庄是有记忆的。比如，爷爷走路的姿势，路旁的草会记得他的样子；爷爷修补过的小路，会记得他脚步声里的喜怒哀乐。

又是一年春回大地，我在梦里依稀看到熟悉的黄牛，扬起脖子，头朝着月亮哞哞地叫，声音悠长而干脆。满天繁星，我突然感到爷爷还活在天空的星星上，他的目光从不曾离开我。

面粉飞扬的日子

　　父亲生病痊愈后，体力大不如从前，母亲提议把家里闲置了几年的压面机卖掉。看着那套锈迹斑斑的压面机，静默在墙角，失去了往日的光泽，它满身的沧桑，铭刻着我们家三十余年的光阴，见证了父母半辈子的喜怒哀乐……

　　20世纪80年代的农村，生活艰辛，我家六口人，上有老下有小，家大口阔，我们姐弟仨都在上学。母亲起早摸黑在地里劳作，擅长木工的父亲，隔三岔五到邻村做木工活挣工钱，即便如此，也不足以支撑我们的教育支出。十岁那年，父亲托人将我从村办小学转到城里上学。为支撑一家人的生活，农忙之余，父亲先后发豆芽、做瓦匠、打糍粑，还贩卖过水果，最后决定在家开挂面作坊，借钱买回一套二手压面机，开工生产。从此，面粉飞扬的日子伴随我家三十余年的光景。

　　做挂面，先是将面粉和水按照比例放入搅拌箱中，关盖，开闸。一阵"嗡嗡"声，不停搅拌面粉形成面疙瘩。机身剧烈振动，机箱缝里不断有面粉冲出，漫天飞舞，常常弄得父亲身上、脸上、眉毛上全落一层薄薄的面粉，像是蒙上一层白霜，让父亲看上去十分沧桑，让人心疼。

　　压面是将面疙瘩从滚筒中压为初坯，为了面条的筋道，需要周而复始地碾轧几次。上下手搬动面卷，是个体力活，掌握面坯的厚薄匀称却是个技术活，通常是父亲调节好滚筒的间隙，再交给母亲操作。我有时会帮母亲打下手，卷面坯或者送面筋，这活偷不得半点懒，稍一分神，手推送面疙瘩的节奏跟不上轴承运转，面坯就会连不上扯断，影响面条的质量。卷成大筒的面坯足有几十斤重，需要用不同型号的机刀，切出品种不一的挂面，有细面、宽面，还有韭菜叶宽窄的，用竹竿穿上托起，举到晾晒架上整齐排列，一架架面竿像列队的士兵，一根根面条在阳光下熠熠生辉。待晒干后，一架架收进屋里的案板上，切成等份的包扎起来。

清晨，父母便忙碌起来。父亲用自行车拖上两货篮挂面，运到铁西市场去赶早集。沉重的货篮在车后，父亲只有匍匐着奋力蹬踏板，车子前轮才不至于翘起来，风里来雨里去，从不曾间断。母亲则用板车拖着挂面，到航运早市上占摊位。天寒地冻的清晨，母亲长满老茧的双手常被冻伤，脱下手套可以看到红肿的手背。即使母亲用口罩和帽子把头捂严实，她的脸和耳朵也无一例外地被冻成紫红色，天气回暖后钻心地痒。

挂面的俏与滞是分季节的，如果能早点卖完就可早收摊，如果卖不完，到了集市散场也得拖着剩下的面条回家。但不论多晚，他们都舍不得在外吃早点，而是回家匆匆吃一口，赶紧又投入新一天的生产中。家庭作坊，挂面晾晒靠太阳，只要天气晴好，就得加班加点生产储备，以便雨天停工时，还有囤积的挂面可以卖。

为了不耽误责任田里的庄稼，父母趁晒面的空当，会立马赶到地里去劳作，等面条晒得差不多了，又匆匆回家，一架架地收到案板上，包扎好，整整齐齐地码成一座小山。夏日的天像孩子的脸，说变就变，雨也来得急，有时父母刚到地里，就变天了，他们就飞一样往家里跑，盖上遮雨布，生怕一场雨淋坏一架子的面……这样面房到地里两头赶的日子，持续了三十多年，换回了我们姐弟仨的学费……

无论是酷夏或是严冬，无论是晴空万里还是风雨交加，只要想起压面机转动的岁月，总感到那轰鸣的机器承载了父母太多的艰辛，那单调的声响包藏着一种亲切，滋生出无限的回味，一层层地碾轧着我鲜活而清晰的记忆。

我无法计算父母这些年搅拌了多少面粉，碾轧了多少面坯！那声响，从早到晚，从春到秋，轰轰隆隆的一年又一年，似一首唱不完的岁月歌谣。可我知道，那飞扬的面粉染白了父母满头的黑发；那轰鸣的声响，带走父母年轻的容颜，带给父母满脸的皱纹和周身的病痛。

五年前父亲生了一场重病，关停了压面作坊，压面机开始被闲置、被冷落，渐渐地退出了我们家的舞台。唯独父母压面的身影，落在他们周身的面粉，深深地刻在我的脑海。

岁月悠悠，倏忽间，我已迈进了中年的门槛。不管阅尽人间多少沧桑，但只要回想起压面的年月，那些沧桑、厚重、遥远与亲昵的日子，总让我生出无限怀恋。它作为父母谋生的一种工具，延续了传统的生活习俗和生存方式，还折射出乡村发展的进程，传递出千千万万与父母一样的农民，用坚实的脚步丈量着这片赖以生存的土地。

在我的耳畔，时常会萦绕着那一串串压面的歌声，既单调又愉悦，既熟悉又遥远，听着它，人生路上再多的弯曲，只要咬紧牙关，一点一点把烦恼、苦闷和疲倦抛在身后，生活才会慢慢呈现出细腻和清香。我记忆的天空，总有一缕洁白的云朵在轻盈地飘啊飘，那就是我家面粉飞扬的日子！

我的阅读启蒙

很多年以后，我依然记得自己站在一个高高的五斗柜下面，努力地踮起脚尖，两只耳朵紧张地聆听着屋外的声响，两只眼睛热烈地看着柜子上一本闪闪发亮的书。我把那本破旧的书悄悄地拿下来，那是一本没有封面、书角卷起的书，里面都是中国民间故事，我做贼一样心虚地翻着，最终又放回了原地。那一年，我八岁，很少走出村庄，除了语文教科书，家里没有多余的课外读物。后来，这本没有书名的旧书还是被爷爷帮我"借"回家了，也正是它打开了我童年阅读的大门。

这本书因为被我视如珍宝，像注入了灵魂一般，里里外外散发出一种朴素典雅的气质来。回家后除了吃饭，读这本书就是我的全部。民间故事包罗万象，呈现出人间百态，常将善恶、美丑、勤劳与懒惰等进行对比，爱憎分明，加之幽默风趣的语言，即使有不认识的字，也没能阻挡我与这本旧书的亲密；即使是囫囵吞枣地读，也津津有味，仿佛每一个字都是一颗闪烁的星星，每一个故事都是一朵智慧的花，忽然间我好像拥有了一座流光溢彩的图书馆。这本书我痴迷地看了一次又一次，以至于我能把每个故事完整地复述出来。

以当时的识字水准，我的这种阅读还算不上真正意义上的阅读，充其量只是对文字魅力的粗浅认知而已，在当时它却像沙漠里的一泓清泉，滋润了我的心灵，让我在故事中体悟纯真和善良。

没想到读过的旧书很快就有了用武之地。我在小学四年级时，被父母从村办小学转到城里上学，寄住在县城的堂嫂家里，那是原县招待所的两间简易住房。当时是1983年，堂嫂的儿子正在上幼儿园，那个年代还没有所谓的亲子阅读，堂哥堂嫂忙于工作，放学后通常是我这个十岁的小姑带着四岁的侄儿玩。每天晚上，哄他睡觉的办法就是讲故事，那时不像现在少儿读物应有尽有，我也没办法对着现成的书读故事，我只有把那本旧书上的民间故事，搜肠刮肚地一个个讲出来，有些情节加了我个人的杜撰，还会渲染一些场景做铺陈。

每讲完一个故事，他就会忍不住追问："那后来呢？"我就会深思，然后绞尽脑汁地编出一个续集，引得他仿佛穿越到故事里，和主人公同悲喜共患难。那样的夜晚，四岁的他，眼中仿佛落进了星光，是那么亮。

这些睡前讲故事，变成了我的自由创作时间。每当讲出美妙的情节，我的眼前总会浮现出不同的美丽景象。那是我通过阅读创造的一个个世界，我让所有的故事都按照我自己的想法发展。当时的我爱上了这种感觉，也爱上了阅读。

后来，堂哥给我们俩订了一份《少年文艺》期刊，侄儿因识字不多，对这个杂志并无多大兴趣，却成了我的至爱。每月堂哥从单位带回一本《少年文艺》，我捧在手上，如故友重逢，深吸着油墨的清香，有种无与伦比的幸福，至今想起心里依然有甜蜜的感觉。我废寝忘食地阅读，在我眼里，每一个文字都是变化无穷的魔块，它们巧妙地组合起来，就是一枚趣味横生的魔方；每一个文字都是闪耀光芒的珍珠，它们有序地穿缀起来，就是一件精美绝伦的首饰；每一个文字都是清脆悦耳的音符，它们巧妙地糅合起来，就是一支悠扬神奇的乐曲，但它们更像一根蜡烛，点亮了我的童年时光。

有了这本杂志，我便有了进入学校交流书柜的入门券。记得每到周末回家，我都会换回一摞课外书。夜深人静，一轮上弦明月从窗户照进房间，照在我的书桌上，也照在我的床前。我沐浴在月光的清辉里，好像这温柔的月光是从李白的《静夜思》里照进来的。我在书中感知生命的愉悦，精神的光亮，灵魂的静美。古人曰："坐拥书城，南面称王而不换。"而年少的我，沉浸在一窗明月半床书的阅读里，经历着一场场与书中故事主人翁的邂逅，让我体会到什么叫怦然心动，什么是醍醐灌顶，什么是快意恩仇……读多了便有仿写的欲望，我的作文成绩快速提高，经常被老师当成范文。读着，写着，那些开在记忆里的花就开在了字里行间。

正是那段时间，书给了我最初的阅读体验和阅读喜悦，我开始向往远方，向往海阔天空，向往山川河流……对于一个生活在平原、从未走出县城的孩子，阅读就像一阵春雨唤醒了一朵花。父母只要看到我在看书，就不让我干活，不管我是看的课本还是课外本，在他们眼里都是学习。因为我的这份喜爱，堂哥坚持为我订阅《少年文艺》，直到我初中毕业。也正是我的亲人们，用他们淳朴的爱和善良，为我的人生铺就了温暖的底色，让我在阅读中学会了如何善待世界，如何去热爱土地和生活。

直到今天，我依旧喜欢在夕阳下，眯着眼看已经不再强烈的光，微黄或橘红。记忆的大门打开，一缕浸润书香的味道在我身边慢慢浮起，还是当年的味道，很熟悉。突然让我想起林海音在《窃读记》中的一句话："记住，你是吃饭长大的，也是读书长大的，更是在爱里长大的！"

母亲的庄稼

母亲打来电话说:"回家来,地里的花生拔了,都晒好了!"

家里几亩地被征用后,只剩下半亩地,父母舍不得荒废,种上应季的蔬菜、瓜果、蚕豆、黄豆、棉花等,一年四季那块土地上都有庄稼萌动生机。收获的果实源源不断地送到我和弟弟家里。

几年前,母亲在电视养生节目中,听说红皮花生是补血佳品,每天吃补血效果明显,而且不像药物会产生副作用。她好像得到重大喜讯一样,开始每年给我种红皮花生。我从小贫血,为此她操了不少心,六十多岁的母亲,只要对儿女有益的事,总是乐呵呵地给我们做。

春日里,母亲拿出备好的花生种子,放在太阳底下晒两天。就和父亲一起扛上锄头,花三天时间,把地深翻一遍,松软的土地像母亲做的棉花被。母亲说:"花生躺在这样的被褥上,才能睡个好觉,醒来伸个腰,就举着小手钻出地面。"为了让花生容易浇水,母亲把苗床整成垄,也有助于提高花生的收成。

夏日里,她小心翼翼地锄草,生怕弄伤了一棵苗。火辣辣的太阳晒在背上,她的衣衫湿了又干,干了又湿。但只要看到有小苗歪倒,她缓缓蹲下身,轻轻把它扶起来,用小木棍支好。在母亲眼里,这是在拯救一个生命,一个蓬勃生长的生命!

　　母亲的庄稼地里从不用除草剂，怕土地板结，又担心除草剂的药性长到花生里。地里也不施化肥，只用农家肥，她说给自家孩子种的花生，用最老的种法，吃着味道才好。

　　气温越来越高了，我回家对母亲说："天热了，就不下地了，免得中暑摔倒。""不碍事，正中午没出门，哪会摔倒呢？"母亲漫不经心地回答。

　　弟弟却说："不是这样的，有一次妈就跌倒在地上，好长时间起不来。"母亲忙说："那是低血糖犯了，头晕，没有一点儿力气，想起来就是起不来。"我问："然后呢？"弟弟说："缓了一下，自己慢慢坐起来了。""这样不行，得吃药。"我叮嘱母亲。她辩解说："在吃呀，一直在吃，一顿都有少。"我劝母亲说："我们家这地不能再种了，再种会出事。"母亲却说："这和种地有什么关系？看着地里的庄稼，我心里就舒坦。""可是种地后你身体不好呀！""哪儿不好？下地锄草，空气多好。""反正我们要你身体好，不要你的菜，那黄豆、花生，超市里多的是。"母亲生气了，不理我们，我们也生气了，但是还得理她。

　　母亲终是没有再摔倒，父亲却在2015年意外摔伤，连夜手术摘除脾脏，手术过程很是惊险，但总算平安推出手术室，我们都松了一口气。弟弟说："等爸出院了，就和妈一起住到我家，妈那点儿地就不种了，要照顾病人，哪有时间种了。"

　　父亲出院时，执意要回祖屋。母亲一边照顾父亲，一边往地里赶，从来没有冷落她的庄稼。三个月后，父亲的身体居然恢复得很好，听弟弟说他也下地了。我不放心，赶回家对母亲说："别种了，你本来就胃溃疡严重，你不能再出事。"母亲不说话，父亲也不说话。

　　傍晚，父亲在院子里收晾晒的花生，对上前帮忙的我说：

"这地荒着多可惜呀！来年再种点'懒庄稼'，不需要多少力气打理，自己吃的菜都要去买，多费钱，再说家里的人情往来重，能省点就省点吧。"我说："你们俩一个月的社保有三千多，不够我们给呀！"父亲摇摇头，说："那个钱我们要存着，年纪大了哪能没个三病两痛的，留着备用。你们也不容易，我跟你妈能动就动哈。"

晚饭后，母亲拿出备好的塑料袋，往里装满花生，送我和弟弟走，说："你爸身体好了，比啥都好，等我们都做不动了，再找你们要。"

我们走了，路过一方田野、一泓池塘、一片树林，也告别了天边的夕阳。我无来由地想起，母亲曾在这里锄过她的地、拔过地里的草、浇过她的庄稼、照顾过她的病人、打扫过她的屋子、想念过她的孩子。突然间，我的眼睛潮湿了，原来我们都是母亲的庄稼。

田地的守望者

深秋的斜阳把腰塘的水染成金红，塘边是一小块黄豆田，饱满的豆荚弯着腰，仿佛在向大地鞠躬。母亲掩饰不了的喜悦，那语气仿佛是迎来一场大丰收。原来，她和父亲在村后的腰塘边开荒了一小块空地，种了黄豆。虽然今年干旱，因在塘边，浇水比较方便，秋收了一百多斤黄豆，把两位七十多的老人高兴得像孩子似的。

母亲说到腰塘，让我想起儿时散布在村子里的每一块田地，都像家里的孩子一样，有自己的名字。那时候，村里人的心思似乎都扑在地里，唤起孩子的名字，一贯粗嗓门，而说到田地呢，开口闭口则是我家的"三里地""八斗畈""曲塘田"……完全是一副温柔的声调。

我出生成长的小村，属于城西郊，在府河桂花潭堤脚边，在村子错落的版图上，所有庄稼地都在村湾的北边，地块呈现出不规则的形态，大小不一，高低稍有错落。村民往往按其形状或所在地，给每一块田地命名。方形的就叫四方田，旁边有渠道的就叫渠道边，像葫芦形的就叫葫芦畈，在堤坡脚下就叫堤脚丘，在离村三里开外的地方就是三里地……那时候，每一块田地就像每一家的孩子，这个比喻一点儿也不夸张。一块块田地就像一口口碗，装着乡民们绵长的日子。

　　农村实行家庭联产承包责任制，分田到户，一家老小共六口人，分了五亩三分地，父母都是种庄稼的好手，家里三亩旱地种过棉花、小麦、黄豆、芝麻、油菜等农作物，两块水田种上水稻，一年中种植和收获两季水稻，稻田与村庄构成一幅醉人的田园画卷。

　　后来，我们姐弟仨都到了上学的年纪，家里的开支越来越大，父母一边种地，一边从事不同的副业，做过木工、打过糍粑、发过豆芽、压过挂面等，但不论从事哪一项副业，家里每一分地他们都没有敷衍对待过。

　　自20世纪90年代起，村子里的年轻人不再愿意延续父辈过面朝黄土背朝天的日子，向往外面精彩的世界，都加入打工的行列。过完年去南方的一拨人走了，清明节后上东北的一批人也离开了，村里没有了以往的热闹声，春耕时，地里只剩下老人的身影。

　　慢慢地，旱地只种一些"懒庄稼"，水田也由两季稻改成一季稻，后来有的田里连一季也不种了，任其杂草丛生。母亲说："现在种田政策这么好，不用交税，还有补贴，这放在以前哪里想得到呀！"父亲接过话题："那么好的地，荒着真可惜。"

　　后来，村里人口结构变化大，对田地进行调整，因为爷爷早已长眠于地下，我们姐弟仨都进城有了工作，家里只分得两亩地，父亲为此郁闷了好一阵子。村里的荒地也流转给种田大户，地里长着庄稼，父母便没有再为荒地而叹息，继续安心打理自家的两亩地。

　　前几年，由于城市的扩展，村里的土地全被征用了，家里一分地都没有了。经村里几位老人的强烈要求，把村后稻场留下了做菜地。我家分得一小块，不足一百平方米，变成了父母的菜园。每次周末回家，如果父母不在家里，我肯定在菜园能找得到他们。

从此，一年四季，那块地里长出各种时令蔬菜，经常吃不完，父母到处给亲朋好友送菜。在饭桌上，父亲谈得最多的，就是他的菜，哪里该松土了，啥时候要安苗了，萝卜秧要浇水了，白菜该去捉虫了，大蒜秧密了要拔稀，开春才能结出蒜薹，似乎那块小菜园里，有讲不完的故事……母亲说："种菜就像养孩子，要细心，不马虎，菜才能长得好。"我理解父母对于田地的那份情感，他们骨子里把自己的一生与泥土紧紧地联系在一起。在他们看来，有地就有依靠，种田就是种希望。

秋阳当空，我开车回家，路过一片稻田，一阵微风从田野吹过来，我仿佛嗅到了泥土的清新，稻花的清香，还有我期待中浓浓的豆香，都令我陶醉。

我家三代女性求学记

"吾家世守农桑业，一挂朝衣即力耕。汝但从师劝学问，不须念我叱牛声。"偶读陆游的诗句穿越时空，不由得让我想到自古以来，农家孩子要想改变命运，唯一的途径便是读书。中华人民共和国成立后，随着温饱问题的解决，教育成为普通家庭的首要追求。我家三代女性的求学之路，正是改革开放四十年来社会变迁的生动写照。

母亲生于1951年，她的童年不幸遭遇了"大跃进"时期的饥荒，生活困苦，食不果腹。然而，命运在母亲12岁那年出现了转机，她得以踏入校门，尽管那时的学校条件简陋，孩子们混编在一个班级里学习。然而，好景不长，外公和大舅的相继离世，二舅的应征入伍，家中劳动力骤减，上学不到一年的母亲不得不放弃学业，承担起家庭的重担。尽管老师舍不得成绩优异的母亲，多次上门劝说外婆，想让母亲返校，但由于家境所困，母亲最终没能重返校园。不过，母亲并未放弃对知识的渴望，二舅从部队寄回一本《新华字典》，成了母亲的老师，她劳作之余起早摸黑自学，还参加了村里的夜校。这份坚持让母亲能够识字看书，成为乡亲们眼中的"文化人"，小小年纪就当上了生产队记工员。

队长安排几个社员挖藕。母亲拿着记工本记工，在事由栏要写上"挖藕"两个字，但她没学过"藕"字，更不会写。字典也不在身边，怎么办？母亲灵机一动，在"挖"的旁边画出两节藕的形状，回家查字典把"藕"字找出来，再写上去。像这样临时抱佛脚"画字"的经历，更让母亲体会到读书的重要性，而母亲这个记工员的身份从娘家又带到了婆家。母亲的求学经历虽然坎坷，但她对知识的渴望和追求却深深影响了我。

中国人有个传统，长辈往往会把自己没有实现的梦想和愿望，加倍寄托在下一代身上。我出生于 70 年代初期，那时的教育条件虽然有所改善，但依旧有限。入学前，身为木工的父亲利用几个晚上，给我做了一套桌椅。报名那天，父亲背着桌椅把我送到学校，其中有多少期许，当时的我无从体味。那时，教室里都是学生从家里自带的桌椅，高矮不齐、大小不一。而我用的却是全校最奢华的，唯一有屉肚的课桌，老师常借用存放教具。学校的条件差，冬天，外面大雪，教室内就是小雪。破了的窗户，多是用尼龙布或报纸遮挡。授课的老师，多是从村里上过中学的人中选来的，师资匮乏自不必说，虽然这样，我依旧热爱学校，喜欢上学。

随着家境的逐渐好转，父母将我转到了县城最好的小学——城关一小（后更名为云梦实验小学）就读。初中毕业后，我顺利考入了中专，毕业后成为一名乡镇政府工作人员，实现了家族中"跳农门"的梦想。不久，国家扩大办学渠道，开始兴办电大、函大，凡没有上过大学或有学习愿望的人，不管年龄大小，都有再次学习的机会。我在工作之余参加函授学习，了却了未圆的大学梦。随着年龄的增长和阅历的增加，我喜欢用读书来充实闲暇时光，热衷于书香浸润的生活。

改革开放让我国城乡面貌发生了翻天覆地的巨变，"学有所教"的目标正在变成现实。我的女儿上幼儿园时，学校增设了英、汉双语班，她有幸成为双语班的第一批孩子。到了她上小学的年纪，教育的发展，电化教学优先进入了县实验小学的课堂，初中上的是外国语学校，直到跨进大学的门，她一直行走在绿树成荫的校园，坐在宽敞明亮的教室，有科班教师传道授业，成长为充满活力、独立的年轻一代，有良师为友，益书相伴，歌声笑声读书声声声入耳，家事国事天下事事事关心。今年大学毕业的女儿跨出了国门，踏上了海外求学的征程，在我们家族中书写了最远求学新篇章，圆了我家几代人的读书梦。

我家三代女性的求学之路，是改革开放四十多年来社会变迁的缩影。从母亲在饥荒中坚持自学，到我在乡村与城市的跨越，再到女儿享受优质教育资源并走向世界舞台，我们见证了时代的进步和祖国的繁荣。

父母的菜地

回娘家看望父母，他们刚从菜地里回家，说天气转凉了，要种上秋白菜，等夏季的豇豆、茄子吃完了，又有新鲜的菜可以接上趟。看着母亲从菜地里摘回的一篮子蔬菜，鲜嫩清秀，没下锅就让我口味大增。

我家位于小城的西郊，家里的责任田都被征用后，就剩下一小块菜地，紧邻一汪池塘。父母把菜地打理得井井有条，种上蔬菜瓜果，一方面当成休闲打发时间；一方面抚慰对土地执着的热爱，顺便充实家庭口粮。

我们姐弟三人散居在小城，有各自的工作和家庭，平日里也只是周末和节假日回家看看，劝他们别过度劳累，却无法参与他们的劳动。我甚至好些年没有踏进那块菜地，虽然离老家也就十多分钟的车程，我总觉得那是父母的田园，那些农活不是我所擅长的，我也不可能从中得到任何乐趣。

今年春天，母亲的菜地里长着绿油油的白菜、脆嫩的白萝卜和莴苣，每次去菜地，总发现有人趁夜帮他们收割了蔬菜，母亲在一阵咕哝之后，反倒把地里的菜多拔一些，放到左邻右舍门口。老两口吃不了那么多，特殊时期接济一下乡邻，总比烂在地里好，他们最怕浪费东西。待地空出来后，继续开垦恢复田园，种上下一轮蔬菜。

　　近七十岁的父母，嫌菜地面积太小了，好些作物种不了，又在池塘坡边开辟了一小块旱田，种上花生、黄豆等。上个月父亲生病住院，母亲到医院照料一个星期，父亲出院回家后，陪父亲到菜地里巡视一番，旱地里已经长出不少杂草。好在有些跟着杂草竞争，也长得理直气壮，母亲这里拔两根草，父亲那里拔几根歪斜的篱笆柱子，尽管病后初愈，身体尚虚弱，看着地里的蔬菜神情却十分愉悦。

　　我忽然理解了，菜地对父母的意义，就像他们在电话里说的，只有天天在菜地干活，才能不想东想西忧心孩子们过得好不好。他们不一定要种什么，只要有地就试着播种，好好地观察，见证农作物成长，自己能吃上新鲜放心的菜，还能给孩子送一些，即使有时被人偷摘，那又何妨。他们不一定要劳作多久，一整个白天的时间，累了就休息，饿了回家炒地里的菜吃，在树荫下乘着凉风，脑海中源源不断地浮现农作物生机勃勃的模样，可以完全不用理会外在世界的纷扰，兀自平静心安。那是属于父母的私密空间，一个完全由他们打造的、不拘形式的田园世界。

与花草为友

　　朋友家阳台的落地窗上，挂着一盆茂盛的紫玄月，长长的紫色藤蔓垂挂着，仿若瀑布般倾泻而下。饱含水分的叶片两端微微翘起，如同弯弯的月牙，在正午的阳光照射下，若玉簪透碧，或若紫色凝露，尽显质朴素雅，瞬间一丝暖意涌入心头。

　　见我这般喜欢，朋友说紫玄月是扦插繁殖，随即剪下几枝肥硕的茎叶，让我带回家扦插或水培都行。不过现在气温较低，成活率不高，实在没插活，等开年再来剪一些回家。

　　天寒地冻的时节，很多植物都进入冬眠状态，我还是欢天喜地地把几枝紫玄月捧回家，抱着试试看的心态，用温水水培，放在卧室内当成好友，能不能安家落户尚不明朗，我还是如客人般善待它们，感激它们。即便结果未知，这份对生命的尊重与感激，已让我心满意足。毕竟，在纷扰的世事中，唯有文字与花草，能够让我心平气和地修复被生活消耗的元气。

　　我开始每天认真地给它们换一点点的温水，天晴的时候，把它们放到窗台上晒太阳，充分享受阳光的恩泽，下班回家再把它们搬回卧室。

　　一周后，我欣喜地看到茎的底部冒出几根小小的根须，细细的。慢慢地，根须像老者白色的胡须多了起来。我笃定地认为，紫玄月是听懂了我的感谢，正在努力地生长着。

　　这不是我第一次为花草动容，从出生到成长，我一直生活在小县城里，激励我、陪伴我并带给我安慰的，永远不只是人，还有我喜欢的这些花草植物。

　　我出生的小村前有一条清明河，河边的大堤宽广平缓，从堤脚到堤顶百余米，堤坡铺着厚厚的草坪，随公路像一条巨龙绵延数十公里，路边长着乔木灌丛。每年春天来临后，就会变成一汪色彩的海洋。

　　雨后的彩虹不过赤橙黄绿青蓝紫，河坡和堤脚却囊括了世间所有的颜色。钱锺书先生说："春天是该镶嵌在框子里看的。"紫花地丁一到春天一片片紫色的小花就盛开在堤坡。三月盛开的点地梅，白花，小巧玲珑，聚集在一起，像天上的繁星点点。五月，矮小的婆婆纳，铺天盖地像一颗颗蓝色的小星星，撒落在绿叶间。六月，金沸草细长的枝梗上面便有了一簇簇金黄色的小花。鸭跖草平时如杂草一样，但它开出蓝紫色的花就像一只只蝴蝶。到了七月，河堤上全都是盛开的田旋花，如一片粉白色的花海；八月，牛舌草开出蓝紫色的花；九月，美人蕉开花了，红的似火，黄的如玉；醉鱼草是在十月悄悄地开花。

　　河堤上的这些野花比人类更懂得尊重彼此，从不争奇斗艳，一些细小花儿，哪怕只有米粒大小也要纵情绽放。

　　我自以为出生在农村，无论长多大，都能认得出那些开在田野上的小花，但面对野外那风起云涌的野花，我真的傻眼了，芸芸众花中我能认得出来的只是最常见的，如蒲公英、凤仙花、狗尾巴草等，其余的每次都得借助手机上花草识别软件。花还是童年里见过的那些花，它们千年万年，不改初心地盛开着，记忆却无法数十年如一日地替我记住这些芬芳的名字。

　　每次行走在郊外，看着这些喜欢又叫不出名字的花草朋友，我开始自省。和宠辱不惊的大自然相比，人类真的太渺小了，无论是格局、见识，还是气度胸怀，都远不及草木。野生的花花草草，似乎都揣了同一颗慧心，要多坚忍就多坚忍，要多执着就多执着，不管周遭的环境多么恶劣不堪，哪怕无人看管，没人欣赏，都能心无旁骛地长成自己喜欢的模样。

风吟桂花香

　　傍晚，我漫步梦泽湖畔，蝉鸣和蛙声已消逝在风中，连同湖中那片红的粉莲花也隐匿在夜色中。踏上拱桥，向湖心岛缓缓行进，凉风拂面，携来缕缕桂花香，沁人心脾。

　　循香而行，我靠近了路边的桂花树。椭圆形的叶片间，循着香气走近路边的桂花树，只见一片片椭圆形的叶子，衬托着朵朵金色的小花，千层绿中点点黄，羞答答地惹人怜爱。风起时，一串串黄色的小金铃挤在一起，"巧笑倩兮，美目盼兮"。

　　风吹来丝丝凉意，却道天凉好个秋。眼前这小小的桂花，素净的黄，低调而明亮，让秋的薄凉多了一抹明媚与温情，缕缕清香，甜蜜而悠远，像萦绕在我生命中的那些亲情，不经意间，勾起了我辽远的回忆。

　　儿时的我，曾多么贪恋带着爷爷体温的桂花糖炒栗子。栗子上市的季节，年迈的爷爷看完皮影戏，总会从街上带回一袋桂花糖炒栗子，用牛皮纸袋装着焐在身上。我和弟弟迎着回家的爷爷，小手迫不及待地打开纸袋，瞬间，桂花和着栗子的香味，一如初秋植物的芳香，甜蜜地腻住毛孔，走入我的五脏六腑。看着一颗颗栗子油光发亮，裂口处是黄灿灿的果肉，我急不可待地剥一个放进嘴里，香甜软糯，入口即化！心里的那种欢喜劲真是无与伦比。

　　幼年"人闲桂花落"时，外婆总会拿出长长的竹篙，在桂花树下铺上篾簟，摇打一树的芳香。年幼的我抱着桂花树，使劲摇动。摇起了一阵疏疏密密的桂花雨，我看着那纷纷扬扬下落的花瓣，欢呼着："下雨啦，下桂花雨啦，好香的雨啊！"那带着香味的桂花雨在阳光的映衬下闪着亮晶晶的光泽，我摇落的何止是桂花雨，更是摇落了满院的欢愉。转眼间，篾簟上铺满了厚厚的一层桂花，撩起了"一树浓香呢喃，一地落英低语"。桂花雨摇落完以后，外婆踮着小脚拣去花间的枯枝败叶，拾掇干净，晒上几天，待桂花枯槁，一颗颗花冠合瓣四裂，小小的黄色花苞里缠绵着浓郁的醉人清香。

　　我会看到外婆佝偻着身子忙碌，把洗净的干桂花和着面粉揉，给我们做桂花煎饼，吃一口唇齿留香。我喜欢吃外婆做的桂花煎饼，更喜欢看掉了牙的外婆嘴角抹开的温柔弧线，童年的天空在外婆的呵护下飘满了桂花的香味。

　　天已渐晚，夜色降临，桂花树依旧在秋风中轻舞，欢跳着、奔跑着，像赴一场秋的盛宴，飘飘洒洒地零落。我打开手中的书，少许花瓣不慎跌落在书本里，花瓣散发的馨香在书里酝酿，低头一地落英如雨，化为泥，香如故，它是一年至秋最佳的馈赠。

　　夜来，云破月来花弄影，月亮的清辉洒在我窗台，我梦到了那棵桂花树，弥散恬静柔和的香，桂香里有我爷爷在笑，还有梳着发簪的外婆……谁又能说，那天上闪烁的星星不是他们的眼睛？这年年岁岁盛开的桂花，不是他们的叮咛？那一颗颗桂花糖炒栗子的清香，还温热着我的掌心，那满口溢香的桂花饼，似乎还在唇齿间游走。原来那一树桂香从不曾吹散在风中，它一直盘踞在我生命里。

听听这秋雨

雨，对江南情有独钟，恰似雪对北国的眷恋。我的家乡云梦，镶嵌于鄂中腹地，正好在雨尾雪头，雪少雨多。入秋后，雨像一个贪玩的孩子，乐此不疲。几番秋雨，带来了<u>丝丝凉意</u>，也带来了无尽的思绪。

老家门前有条府河，河畔支流密布，犹如叶脉般细腻延展，仅一夜秋雨洗礼，府河水位便悄然攀升，水汽氤氲，弥漫天际。云梦多雨，素有水乡之称，与其说雨偏爱梦泽大地，倒不如说是云梦温和的气候，娇惯了这些雨水。

世间万物，皆有其性，性相近者，自然相安。雨雪同宗，文如其人。雨天写下的文字也像雨天出生的人，率真随性。那滴答滴答的声响，宛如时光的脚步，不紧不慢，却又坚定不移。每一滴雨，似乎都带着自己的故事，从高远的天空掉落，在与大地相拥的瞬间，绽放出属于自己的水花。

安静的午后，我独坐阳台，聆听潺潺的雨声，思绪不由自主地飘回了那段无忧无虑的少年时光。

十岁生日，姑妈送来一双我梦寐以求的雨靴，我抚摸着它，巴望着雨天快点到来。终于把雨盼来了，我穿着漂亮的雨靴，深一脚浅一脚地蹚水玩，用脚拍打屋檐下的滴水窝，让飞溅的雨花发出"啪啪"的响声，飞出一朵朵漂亮的雨花，和雨嬉戏，落汤鸡一般。直到黄昏，也舍不得进家门。

雨是多情的，像母亲的叮咛。那年在外住读上学，周末才能回家。母亲大清早到门前的府河边，从捕鱼老爹的船上，买回两条鲢鱼。鲢鱼豆腐汤，是我的最爱。母亲将它文火慢慢熬，鲢鱼和豆腐在锅中嘟嘟嘟嘟地冒着泡，热气腾腾，渐渐变成奶白色，揭开锅，浓香四溢。喝上一口，美味从牙缝舌尖落进喉咙，浸润我的每个细胞，传遍全身，驱散着秋日的凉意。

窗台上有菖蒲、紫玄月、铜钱草，经雨水冲刷透出本色的质朴。原来阴郁潮湿的雨，孕育出别样酣畅的感动。突然想到：享受雨趣是因为闲适之故。若是在雨中疲于奔波，怕只感到淋漓之苦。

斟一盏绿茶，于清香袅袅中和自己对饮。听着窗外的秋雨，一如蚕食桑叶或马踏积雪。仿佛昨日种种都随雨去，今后种种还随雨来，绿茶可祛火静躁，雨联通前世今生。

曾记得，老家院墙边开出鲜艳的紫茉莉。雨打花飘零，落红化成泥，滋养着土地。田沟里，雨水浸泡着繁茂的蒿草，一踩一汪泥水。戴斗笠的老人，弯腰挥镰割蒿草，一任雨水打湿他的手臂。这匍匐佝偻的身影，正是我熟悉的爷爷，雨丝风片还在，爷爷已没入黄土，无处寻见。爷爷的一生，就如这秋雨，默默地滋润着土地，却不求回报。爷爷离开时，是一个秋天没有到来的盛夏，但他忙碌的背影，成了我心中永远的定格。

淅淅沥沥的雨声，匆匆忙忙的人生。在人生的秋天，奔波中脚步略显沉重，但内心却因这绵绵秋雨而得以沉静。它像是一位善解人意的老友，用它那轻柔诉说，抚平内心的褶皱。听着雨声，想起曾经青春岁月，那时的梦想如同星辰闪烁，如今，岁月的磨砺让梦想渐渐沉淀，化为对生活平实的期许。

水润梦泽
SHUIRUNMENGZE

回首过往，有欢笑也有泪水，有争吵也有和解。那些磕磕绊绊的日子，是家的灯火，此刻在雨幕中显得格外温馨，那些日常的琐碎化作了心底最温暖的慰藉。

人到中年听秋雨，少了春的蓬勃，夏的热烈，却多了一份从容与淡定。学会接受生命中的不完美，也学会了在风雨中坚守内心的宁静与平和。

孩子，请你慢慢长

仿佛只是一瞬回眸，我的女儿已悄然步入"二字"年华，她带着几分戏谑笑道："就快奔三了呢！"然而，距离那所谓的"三"，尚有一段悠长的路要走。转瞬间，我们却已悄然老去，时光匆匆，不留痕迹。

忆往昔，某个宁静的夜晚，我与她并肩坐于灯火阑珊处，共诵古诗。她偏爱李白的豪放不羁，言其诗篇如行云流水，画面跃然纸上，那份永恒的青春气息令人向往。我则向她细述，李白之才，乃天赋异禀，放荡不羁，可以口吐半个盛唐，他的诗流畅天然，画面感强，永远气盛；而杜甫之诗，则是勤勉耕耘的硕果。我告诉她，即使天赋不足，后天的努力同样能铸就辉煌。那时，我并未明确指引她的未来方向，只愿那些美好的词句能深植她心，待将来回味时，成为一抹温馨的记忆。

终有一日，友人读罢她的文章，由衷赞叹："你孩子的文字，看似随性，实则韵味悠长，比我等老手更显深沉与嚼劲。"这番话，虽让我心中略感酸楚，但更多的是满溢的欣慰。教育之路漫长且不易，此刻，我不禁沉浸在她成长的点滴回忆之中。

记得她三岁那年，我与邻居在院中闲聊，女儿忽而匆匆跑来，稚嫩的声音里满是焦急："妈妈，妈妈，炉子上的水开了！"这一幕，逗乐了邻里的高爷爷高奶奶，也温暖了我的心房。

幼儿园时，她对世界充满好奇，一次偶遇一群小猪在草丛中拱土嬉戏，女儿很好奇，要凑近一点儿去看看。她走近后，反过来拽着我的衣角说："妈妈，你看，那只小猪在对我笑。"我很诧异，顺着她手指的方向，真有一只身上有点黑毛的小花猪，抬头望着她，那豆子般的小眼睛，咧开嘴的模样，的确是像在笑的神态，那份纯真无邪，至今仍让我动容。

四岁的夏夜，我因琐事心烦，独坐书房。她悄然而至，见我神色黯然，便跑去与父亲耳语，让他来哄我开心。那一刻，我仿佛看到了她小小身躯里藏着的大大智慧与温情。

小学时光，我们共度的每一个清晨与傍晚，都充满了不舍与牵挂。有一次，我骑车带她去超市，我只给了她三十元的支配权，任由她买自己喜欢的东西。她一会儿跑文具柜，一会儿跑零食柜，口里念念有词地计算着购物的总额，但不会超支，这个游戏我们一直玩了好多年，只是金额随着年龄的增长会增加。看她穿梭于货架间，看她精心计算着每一笔开销，那份成长的喜悦与满足，尽在不言中。回家的路上，她仰望明月："妈妈，你看，月亮和我一起走，它是在送我们回家吧？"这一发现让她很兴奋，手舞足蹈地坐在我身后。到家进院门后，我抱她下车，她再仰头看月亮，她不移动，月亮也不动，她自言自语地说："月亮把我们送到家，再转头去送别人啦。"那份天真烂漫，让夜色都温柔了几分。

如今，她已远赴武汉求学，在大四的忙碌中仍不忘家的温暖。准备周末回家的她，得知我要到咸宁学习，她表示理解，但那份对家的渴望与思念，我岂能不知？作为母亲，我的心总是被这份细腻的情感所牵动，多么希望她能慢慢长大，让我能多一些时间陪伴在她身旁。

　　这些年，我困在原地，怎么也洒脱不起来。总感觉女儿太敏感，不像别的孩子大大咧咧。一个母亲的心，怕也只有做了母亲的人才懂吧，多想对她说，孩子，请你慢慢长。

　　岁月如梭，我只能在她成长的路上，默默守望，如同那棵见证她成长的树，静静无言，却满含深情。孩子，愿你时光轻缓，岁月悠长，在成长的路上，每一步都坚定而美好。

机场送别

　　7月的晨曦轻轻揭开夜幕，武汉天河机场在晨光中显得格外庄重而温情，它不仅承载着万千家庭的离合悲欢，更仿佛被赋予了特殊的情感色彩，空气中弥漫着不舍与憧憬交织的复杂氛围。我们一家三口，于清晨8点抵达这座机场，炙热阳光透过巨大的玻璃穹顶，洒在光洁的地面上，与室内清凉的空气形成鲜明对比，每一缕光线都似乎在默默诉说着成长与放手的故事。

　　在安检队伍中缓缓前行，时间似乎放慢了脚步。我环顾四周，父母与孩子的身影交织成一幅幅动人的画面：有的紧紧相拥，传递着最后的温暖；有的默默对视，眼神中满是深情与不舍。这一刻，我仿佛置身于一个巨大的情感世界，被周围人的情感深深触动。我深刻体会到，人生的旅途，正是这样一场场告别与重逢的轮回，每一次的离别，都是为了更加美好的重逢。

　　我看着女儿万事俱备的神情，不再言语。直到办完所有登机手续，她扬起如花的笑脸，向我们挥挥手告别，走向安检通道。在她背影渐行渐远的那一刻，我深知，那个曾经被我细心呵护的小宝贝，已经长大成人，即将踏上异国他乡的征途，而我的心，也随之飘向远方。

　　其实，内心无时不在的矛盾纠结着，既希望她能勇敢地追求梦想，又担心她在外的安危；既渴望她展翅高飞，又期盼她能常回家看看；既希望她拥有属于自己的幸福，又渴望她能时常陪伴在侧。这份心情，不仅是我的心声，也是天下所有父母共同的心声。无论她身在何方，我的等待永不改变；无论她是否思乡，家永远是那蹒跚的身影、沉重的步伐，至今仍让我感动不已。年少时读来或许只是文字，而今已为人父母，在机场送别的那一刻，我才真正体会到那份刻骨铭心的亲情。年少时听过许多道理，中年后才懂得深情款款。人世间很多爱，期望的结果都是长相守永相聚不分离。只有一种爱，总是在不断地分离……人只有做了父母，才会读懂当初父母不厌其烦的唠叨里润泽的深爱。

　　只想对渴望飞翔的女儿说：这个世界上，没有任何人能像父母一样，爱你如生命。我们吻过你的小脸，洗过你的尿布，扶你学走路，教你背唐诗，带你看世界，你的生命，早已和我们的生命连在一起，无法分割。每个人在尘世间，都有自己的责任和意义。我们只能在路的这端，望着你的背影，给予你最深的祝福和祈祷。当你遇到挫折与困难，不必惊慌，我们一直都在家里等你。

　　愿小城的每一盏灯，能照亮你归家的路，温热漂泊的心房；愿我们母女一场，一路目送一路分别，我们的爱不因距离与岁月而浓淡。愿出征青春的你，历尽千帆，归来依旧是少年；愿驰骋梦想的你，眼中有光芒；愿展翅翱翔的你，记得在时光的缝隙里，回眸那双目送的眼睛。

你终究要长出自己的脊柱

　　此刻夜深人静，万籁俱寂，我的心便不由自主地飘向远方，那个你此刻安睡的异乡。虽然时空将我们分隔两地，但我的思念如同月光一般，温柔而坚定地跨越千山万水，只为轻抚你的脸庞，带给你我最深切的关怀与祝福。

　　你成长的每一步，从牙牙学语到蹒跚学步，从小学中学到大学，从出国读研到求职工作，在我眼里，都如同晨曦中绽放的花朵，明媚而生动。我时常想起自己年少时的光景，那是个物资匮乏的年代，在我出生成长的乡村，我的童年如同田野间随风摇曳的稻穗。那时的我，上学时除了手中紧握的课本，鲜有课外书籍可读，外面的世界仿佛被一层薄薄的雾霭所笼罩，那些关于梦想的种子，只能深埋于心田。

　　人总会这样，自己不曾得到的，就希望能加倍地给予孩子。在我成长的乡村，上学时除了课本外鲜有书籍可读。因此，在你小的时候，我们家书架上堆满了各种各样的书籍，我想让书本给你搭建一座座桥梁，引领你探索未知的世界，在书海中尽情遨游，实现我儿时未曾触及的梦想。也许是因为阅读的原因，你从小学到高中作文成绩一直不错。

　　上大学时，你加入了学校学生会，组织各种活动，写新闻，还开了个人公众号，开始用文字记录日常生活和学习。我是个

"资深"文学爱好者,工作之余最大的爱好就是读书写作。当我看到你用文字书写的生活,窃自以为你有继承发扬我衣钵的潜质,欣慰的同时,也成为你自媒体的忠实粉丝。

2018年7月你到日本求学,暂停了在公众号上更新日常生活,我不甘心你就此放弃写作,但又不便强求,毕竟你有自己的生活与规划。你的一篇《深潜的时光》终于以文字的形式出现在平台上,后续你记录了在东京上学打工的经历、去各地旅游的见闻、遭遇地震的恐慌、读书观影后的感想……妈妈看着你记录的这些文字,仿佛拥有了生命,在跳跃、组合、碰撞,最终汇聚成一股溪流,缓缓流淌。

其实写作的过程也是一个梳理回顾的过程,是你平时观察、积累、积淀和思考的结果,它如同一面镜子,映照出你内心的风景,也映照出过往的足迹。手指轻敲键盘,那份静谧而专注的时刻便悄然而至。这不仅仅是一个创作的过程,更是一次次心灵的洗礼和升华。在写作中,你会放慢脚步,去聆听内心的声音。那些平日里被忙碌生活所掩盖的思绪和情感,在那一刻如潮水般涌来,你捕捉并记录下来的文字,它们不仅仅是过去的印记,更是你前行的动力和支撑。

你在东京的宿舍上网课、开视频研讨会,相比平常上学,省去了往返挤通勤电车的麻烦,剩下的时间被追剧、玩游戏、看综艺节目占据。我除了提醒你吃好喝好睡足,增强免疫力,还希望你能抽空记录一下生活。

写作不仅是一种表达技能,更是一种生活的态度和方式。它能让你在忙碌与喧嚣中找到一片宁静的天地,获得成长和力量,成为你生命中最美好的陪伴和见证。当然不是让你以此为业,只希望通过日常不间断地训练,你能拥有这种能力。我更想通过文字了解你的生活和动态。我采用不同的方式鼓励、引导你,总觉得只要自己尽力了，你的人生便会少一些遗憾。"我都这么大了，知道该怎么安排自己的生活和学习，不要总对我不满意，总不相信我。"你不满我的啰唆。诚然，很多时候，我们想给的，你却未必想要。

作为父母，很多时候的焦虑，不是低估你防范风险的能力，更不是对你的未来缺乏信心。我们之所以在某些建议上格外执着坚持，并非因为我们认定自己一定是正确的，而是因为这是我们在能力范围内所能给予你最好的。就像你爸会时常发消息问你，生活费够吗？动不动就喜欢给你转账，因为你的懂事与自律让爸爸心疼；就像在大学时，不管你怎么强调将来不会去教书，我们也坚持要你把高中教师资格证考下来，只是希望你将来就业多一种选择；就好比我们给不了你钢筋铁骨，但想让你多穿件衣服，奢望着有衣服替我们为你遮风挡雨，摔倒时就不会太疼。如果你将来能幸福，我们的一生便圆满了。

但这话我终究没有说出口，有些事情，还是应该让你自己在成长中去慢慢理解，不想让你有心理负担，觉得父母的付出，无论你认不认同，需不需要都必须接受。

毕竟，20来岁的人生无法理解40多岁的无奈，我们之间不仅隔着岁月的长河，更有着不同时代背景下形成的独特视角与理解。我们不能陪你走完人生所有的路，不能帮你挥刀除掉黑暗中所有的妖魔鬼怪，但还是想对你说，虽然每个人都要对自己的生活和选择负责，但你并不是一座孤岛，你的身后，永远有我们温暖的目光与坚实的臂膀。当你需要时，只需转身，我们就在那里，给予你最真挚的鼓励与帮助。你终究要长出自己的脊柱，无论你的故事是平淡如水，还是波澜壮阔，我们都愿意成为你最忠实的听众。我们渴望听到你的笑声，也愿意分担你的泪水。未来的日子里，无论你走到哪里，无论你成为什么样的人，希望你依然能保持纯真和热情的灵魂。

悦读，从听书开始

随着科技的飞速发展，人类的阅读方式正经历着前所未有的变革。书籍，这一传统知识的载体，如今已不仅仅局限于视觉的享受，更融入了听觉的盛宴。用耳朵"阅读"，正悄然成为众多读者青睐的新风尚。

回溯数十年前，我初次邂逅听书，是在一位盲人朋友的启发下。他手中的小巧听书机，仿佛开启了一个新世界的大门，让文字以声音的形式跃动，自由穿梭于耳畔。那时的我，因长期面对电脑工作，视力逐渐亮起红灯，医生的忠告让我开始寻找既能满足阅读需求又不伤眼的阅读方式。于是，听书，这一既保护视力又延续爱好的方法，自然而然地走进了我的生活。

在万物互联的今天，手机上的听书软件如繁星点点，为我的阅读之旅增添了无限可能。我精心挑选喜爱的书籍，置于软件的虚拟书架之上，只要条件允许，便让耳朵成为我探索知识海洋的航船。这一转变，不仅让我的阅读量实现了飞跃，更让听书成为我生活中不可或缺的一部分。

在厨房的忙碌中，听书成为我最贴心的伴侣。锅碗瓢盆的碰击融进朗读的声音中，厨房瞬间有声有香。择菜切菜、蒸煮煎炒或刷洗抹扫的机械动作，尽管一再重复，也不觉得枯燥，心思都在书中了。做家务特别适合听名家经典散文，如某一篇特别喜欢，一次听不够，可以反复循环播放。代入感强烈的文字，常常喧宾夺主，将家务变成陪衬。一日三餐平淡普通的日子，顿时有了诗情画意。原来人间烟火气，真的是最抚凡人心。

傍晚散步，我喜欢听历史类书籍，戴上耳机便出门。在高楼林立的城市建筑中穿行，身边是络绎不绝的车水马龙，耳畔却是浓墨重彩或风轻云淡的历史场景。走在街巷中，我仿佛穿越古今，感受历史的厚重与沧桑。

跑步的时候也听书，风声和读书声同时进入耳朵，让枯燥单调的跑道变得生动有趣，步履也随之轻盈矫健，在大汗淋漓中与书声为伴，有一种愉悦在心底升腾，顿时感到听书如同给阅读插上了翅膀。

睡前听书，也是一种绝妙的享受。临睡听书，思想处于半迷糊状态，在听书中逐渐被带入梦境，仿佛身临其境，跟随名家走尽天涯路，喜亦喜，悲亦悲。

诗人西川曾说，"听书"这一阅读形式古今中外早已有之，无论是我国古代的诗歌，抑或非洲大陆的歌谣，最早的阅读就是口口相传的，声音的传递，使文字获得了不同的质感。

这让我想起小时候听广播的情景，20世纪70年代末，收音机在农村还是稀罕物件。我四五岁时，我妈买回了一台收音机。我最喜欢听的是中央人民广播电台的《小喇叭》栏目，安静地坐在小凳子上，我仔细听着每个故事，沉醉在对故事的想象中。对于从小听着收音机成长的我来说，听书，其实就是一种生活的回归。

视力渐呈衰退之势的年岁，"听书"又恰到好处地来到和进入了我的生活。用耳朵"阅读"，心会一点点沉静，像一棵小树在阳光下呼吸，尽情享受着大自然的恩赐。以这样灵动的方式与声音为伴，我置身在有声世界里，听名家美文，也听经典小说，安静地思考，与内心最真实的自己在文字里静默相逢。

近年来，只要有朋友抱怨忙得没有时间读书，我就把听书方法热情推荐给他们。在互联网语境下，用听书来阅读，希望有更多的人融入数字传播时代。

自从爱上了听书，手机成为我的读书利器。每天早上醒来，我会第一时间打开听书软件，起床穿衣、洗脸刷牙，出门路上，所有零碎的时间都可以用来听书，在声音里，一段段文字像笑着走来的春天，让内心在尘世喧嚣中开出了一朵一朵的花。

飞鸟相与还

我家住房的斜对面的一片林地里，树木葱茏，有一拨拨麻雀、白鹭、布谷鸟、鹧鸪、鸽子、画眉，还有一些不知名的小鸟出入。我居住多年的小城，正在执"绿"为笔，向美而行。生态文明建设的成效让每一位云梦人举目可见、伸手可及、亲身可享。

生态越来越好，鸟越来越多。这个初夏，我每天在一阵阵鸟鸣声中醒来，而我母亲园子里种的枇杷、柿子、青菜等，经常被鸟儿啄食，她不但没有赶走这些鸟儿，还为它们留食。

麻雀是留鸟，不会迁徙。它体型娇小矮圆，像一团蓬松毛线球；前额、头顶至后颈部栗褐色，头侧和颈侧纯白色；颏及喉黑色，颈背有灰白色领环；上体棕褐色，腹背及羽翼灰黑、黄褐色粗纹相间；腹部黄灰色；尾巴棕色、羽缘褐色；脚趾粉褐色。一双乌黑的小眼睛闪烁着好奇与机警。它的小嘴短而尖，油黑油黑的，如同一个小小的锥子，能够轻易地啄食各种种子和昆虫。每当它们发现食物时，小嘴巴迅速而准确地啄向目标，那份专注与敏捷令人动容。

麻雀不惧人，常集群活动。我居住的一楼有几排电杆线，我在楼上推窗，时不时看到有麻雀站一字排开，齐整地停歇在电杆线上，发出"叽叽喳喳"的叫声，小脑袋不时地转动，好奇地观察着周围的世界，一会儿把嘴巴啄进自己的羽毛。偶尔，它们会突然飞起，在空中划过一道优美的弧线，然后又轻盈地落回原处。它们有时也会在我家窗台防盗网上停留。

记得，几年前我家阳台来了一对斑鸠，探头探脑觊觎我家阳台几天后，它们决定在阳光充足的空调外机上筑巢。两只斑鸠每天不辞辛苦地衔来枯枝、干草，堆垒成窝。有时会在房檐上来来回回踱步，咕噜咕噜叫着，歪着脑袋机警地注视窗帘后的动静。在我拉开窗扇的一刹那，它们敏捷地抖翅飞开。几天时间，一个简易鸟巢即见雏形。巢穴用干枝细草支棱着，边沿不整，略显粗陋，不太讲究细节，像是走的简约风，巢穴虽陋却能育儿女。

又一日早晨，鸟巢里赫然出现两枚鸟蛋，斑鸠夫妇开始抱窝孵化，两只斑鸠轮流值守，外出的觅食去了，留守的蹲卧在鸟巢里，用体温培育新的生命。但任何一丝丝的风吹草动，立马展翅就飞，抛家别卵在所不惜。不过也不飞远，就落到电线上，聚精会神向窗内瞭望观察，直到确认没有人类活动迹象，才敢战战兢兢飞将过来，蹑手蹑脚潜伏到了窝里，睁着两只滴溜溜的眼睛，蹲守在鸟卵上，并保持高度警惕，不放过任何一息可疑动静。

终于，在一个阳光明媚的早晨，小斑鸠们破壳而出，它们羽毛未丰，眼睛还未完全睁开，但已经能够发出微弱的叫声。斑鸠父母轮流照顾孩子们，喂食、保暖、清理巢穴……每一个细节都充满了爱意。我经常站在阳台后玻璃窗观望，大气都不敢出，生怕惊扰到它们，随即轻手轻脚退回客厅，感叹生命的繁衍与传承是如此美好而神奇。

随着小斑鸠们的长大，它们也面临着离开巢穴、独立生活的挑战。在一个清晨，我醒来时发现小斑鸠们已经不见了踪影，飞向了更广阔的天空。斑鸠的离去并没有让阳台变得冷清，每当听到远处传来斑鸠的叫声时，感觉来我家阳台筑巢的斑鸠，仿佛它们从不曾离开过一样。

飞鸟相与还。生命因缘而起，因善念而美好，感谢这些鸟儿给我和家人美好的缘起。

季风流动，云卷云散，在广袤的天地间，晨曦微露，或是暮色四合之时，看到每一个"飞鸟相与还"的景象，那灵动的身影划出优美的弧线，它们不仅仅是天空的精灵，更是生态文明的守护者。

致我们逝去的青春

一

5月的江城，天空湛蓝，似无瑕的翡翠，一扫暮春的阴霾，清亮而纯净。江滩公园绿树成荫，丰茂的水草延伸着茎叶，把根深深埋在泥沙里向水中蔓延，沿岸一丛丛芦苇，叶片直立向上，就像一柄柄绿色的小剑。

我站在江滩，望着一路向东的江水，脑海中显现起多年前的一幕，我的心就像被什么击中一样隐隐作痛。

那一年5月，我20岁，在江城上大学。学校刚结束了一场田径运动会，同学们周末都在寝室休整。一个室友突然喊我："林曦，门口有人找。"我推开半掩的门，看见一位长发清瘦的男生，一身风尘仆仆的样子。似曾相识，又有些陌生。我有些茫然。"请问，怎么称呼？"

"刘杰。"听到这个名字，我的脸一下子红起来。

我熟识他俊秀的字迹，却不曾见过本人，他是我通信两年的笔友，突如其来面对时，我除了惊讶就只剩下慌张了，在文字中我们是再熟悉不过的朋友了，那一刻，我却有些羞怯。看见他眉弯处一抹浅笑，我躲闪着视线，不好意思低下头，心底荡漾起一种莫名的涟漪。

　　风从树叶滑过指尖，红蔷薇爬满校园的绿墙，和着那些盛开的凌霄花儿，在阳光下摇曳生姿，散发着一种蓬勃的气息。穿白衬衫的他，明眸皓齿，衣袂飘飘，一个翩翩年少，一个懵懂青涩。

　　我们相约一起去江滩公园。那天我穿着绿色的运动装，黑白方格发箍套在齐耳短发上。我们并肩走在公园的小径上，走在树木的浓荫下，花儿在微风的吹拂下，频频向我们点头示意。

　　江水缓缓流淌，天边片片霞光如雾似纱。我们坐在江滩的草地上，鼻息之间弥漫着绿的清味，水的温润，草的清香。耳畔有蛙声、鸟鸣、涛声。他从包里取出一把口琴，专注地吹了起来。我借着余光打量着他，长长的睫毛，挺拔的鼻子，略带忧郁的眼神，透着一股书卷气。琴声清脆、悠扬，流淌出青春的悸动和惆怅。一曲结束，他不经意回头与我有点慌乱的目光相遇。

　　他从小酷爱音乐，但家境贫寒。很小的时候，他就会用柳树枝做柳笛，拽着正在孕穗的麦苗秆做成麦笛，无师自通地吹出各种音符。8岁那年，在田里拾稻穗卖钱，去离学校不远的供销社买了一把心爱口琴，他第一次拥有了一件属于自己的"奢侈品"。由于父亲常年生病，让拮据的家庭雪上加霜。一次病情的加重，父亲永远闭上了双眼，在他高考前三个月。高考前一个月他无来由地发烧，持续半个月，最后他以几分之差落榜。班主任上门家访，建议他复读一年。面对任劳任怨的母亲，他毅然带上心爱的口琴，坐上去往深圳的绿皮火车。

　　他在建筑工地上，从搬砖、拌灰、扎钢筋到放线、打尺，白天在工地上挥汗如雨，晚上在灯下啃一本本建筑专业书籍，他要给母亲和妹妹撑起一个家。跟着工地过着四海为家的生活，日日奔波的纷繁日程中，没有给自己留下片刻喘息的机会，紧绷的生命之弦从不曾放松过。唯有那把口琴，每次吹起总带来一丝慰藉。

一年后，他凭着自己的勤奋好学，从技术员做到了项目经理，依旧奔波在各个工地，不知多少灯下苦读的日子，他通过了国家注册建造师考试。这次因工程项目部转战异地，路过江城，贸然来到我的学校。

5月的阳光是明亮的，那种明亮让人感到特别的清新和舒服。那些被照得鲜亮的绿树枝叶，花花草草的鲜活、灵性和荷尔蒙一样冉冉升起，水波与心潮一起涌动，微波荡漾的粼光闪烁着江水的晶莹。

现在回忆起来，我们还太年轻了，不会创造生活里的美好，紧张地期待着有什么发生，结果是什么也没有发生。

二

短暂地相见之后，他就要离开了。我送他去火车站，长长的铁轨伸向看不到尽头的远方，我有些难过，还有一些不舍，这种感觉真真切切。他匆匆来，又匆匆地走了。我不知道，那个午后，激起春风般荡漾、清泉般涟漪的眷恋，他能带走吗？

然而我该说什么，该做什么呢？

人类的本能像石头一样坚硬，像流水一样温柔，像带着籽的青草，一切为自然打开，为生命打开，为幸福打开。虽然无法预料这世界上的一切该怎样延续，但是我肯定，我和他的相遇，是久别重逢。

17岁那年，我帮同桌写了一封回信——不久自己都不记得内容了。未曾料到，在我上大学后，他的信如期而至，仿佛是冥冥之中的事。20世纪90年代，没有网络和电子通信。我与他书信往来两年多，那些信纸仿佛成了时光的容器，承载着彼此的喜怒哀乐。从最初的生涩问候，到后来的畅所欲言，每一个字都是心灵的倾诉。我向他讲述我在学校里的迷茫与探索，挫折和欣喜。我们彼此分享诗歌、阅读、天气和心情。文字像是有魔力的丝线，将两个陌生的灵魂越拉越近。在他的信中，我看到了生命的坚韧与不屈；而我的倾诉，也给他带来一些心灵的慰藉。虽然未曾谋面，但通过这一封封书信，我们仿佛已经参与了彼此的生活。每一封信，都是我们成长的见证，都是我们心灵的共鸣。

天地间总有那么一种说不清，不用说清，也无法言说的东西存在着，摸不着看不见，像风，从指尖滑过，把这样一种人和那样一种人连了起来，斧头砍它也砍不断，刀子割它也割不开，它叫什么呢？其实，什么也不叫，什么也不是，它只是证明我们有相同的气场，证明，证明人间值得。

火车缓缓开动，他在车窗边回过头的微笑很勉强。有种割舍不下的，互相尊重和互相理解的感情在心底发酵，但彼此都没有说出任何特殊的约定，只剩下祝福与珍惜。我在站台上久久伫立，目送火车渐渐远去，直到从视线里消失，那长长的铁轨仿佛承载着无尽的牵挂。

第二天课堂上，老师给我们上古代文学课时，说到柳永的《雨霖铃》："此去经年，应是良辰好景虚设。便纵有千种风情，更与何人说。"我的耳畔又回荡起口琴声。

那年的秋天，我收到他自南方寄来的明信片，一幅旷原的风景画背后写着：五月的江滩，遇见的美好，永远眷恋镌刻在心头。

20岁的我，从他身上第一次体会到人的真挚与纯粹，这种体会不怕被千山万水阻隔，也无法被沧桑岁月阻挡，我感谢在青春年少时曾经与他遇见。

生活压力大于生活本身，他和我一样青涩，一样无助，我们给不了对方一个光明的未来。我们再也没有联系，那时我们还太年轻。

三

我曾无数次一个人站在江滩边，回想起那天的午后，仿佛他就在我的身边，我用他的眼睛眺望着河面，用他的呼吸吮吸着潮湿的空气。风在耳边起舞，我看清楚了，我看清楚了，地上星星点点的小草，在渐煦的阳光下，钻出刚刚变酥变软的泥土，拭尽眼里的苦涩，抖落一身的沙砾，开始用心歌唱，用力伸展，一个个绿色的音符，似他的口琴声韵，拨弄着江水、草木、花儿。

那是一种舒缓的，执着的，亲切的旋律，水流轻轻穿透，在静默中缓缓展开，像风信子在夜间悄然绽放，像水仙花轻轻呼唤黎明，像绵长隽永细腻的幸福，深邃悠远充满内力。

我又仿佛听见了他的声音，看到了他的身影，眼神里既有憧憬又显迷茫，矛盾而忧郁。侧耳细听，分明有明亮如阳光一般的口琴声从江河上流淌过来，那是旧时光的旋律，那是青春的音符。

瓦蓝瓦蓝的江水，浸透了我的心房。久久地凝视中，突然分不清那躺着的是江水还是蓝天，地球上的生命都是循环往复，无限延伸的。一切在大自然面前是多么的渺小，人所有的痛苦、寂寞、委屈，又是多么地不堪一击。一个人的孤苦与惆怅、欲望及落寞，有时候是多么地不足挂齿。阳光明媚起来，土地里有无数强大的生命，挺直身子努力向上，我的心也随之柔软起来。

20 多年是一段很长的时间。不，与他的那次初见，我都有些恍惚了，但是这个恍惚非常美妙，非常受用，非常耐人寻味，是甜滋滋的，略微带一些苦涩味道，它能滋养我，丰富我，引导我，让我产生想象。

我又一次来到江滩，江水不再惊天动地，她温文尔雅，从容不迫、文质彬彬，随着微风荡起层层涟漪，逐渐延伸，渐渐弥漫，直到把一片瓦蓝的颜色，交付给欣赏她的所有人。

云彩把天空留在江心，我把青春的回忆留在波光里，是眷恋，还是思念？

飞逝的青春年华如蜉蝣一样短暂，午后的寂静，荡起了对江滩的深深的怀想，她永远在那里，依旧涓涓流淌，我独自回味着自己那些无尘净洁的青春年华……

我们虽然没有成为彼此的归宿，但我感谢在人生最美好的青春里遇到他，虽然当时没有学会爱和付出，但是至少在当时，我们互相陪伴，给予对方灿烂无比的初夏，见证了彼此未经雕琢的天真和纯真。

不是吗？任何结局，都是一种开始的象征。面对天空，江水闪烁着，犹如飞鸟的翅膀，跟着风，去向远方。

如今，我们天各一方，再无联系。人生起起伏伏兜兜转转，转眼间，此处经年，有过良辰美景，也有过灯火阑珊，我会在很多个美好的瞬间想起他，想起我在下雪的夜晚读他的来信，在昏黄的灯下给他回信的情景。看江面上徐徐升起的朝阳，我惦记的不仅仅是他，还有我们彼此拥有过的青春。

我家的"花客"

　　推开家门的瞬间，一股浓郁的芬芳扑鼻而来，惊喜地发现，昨夜尚含苞待放的百合，已悄然绽放三朵，宛如云端的仙子，静静伫立于玄关的花瓶中，瞬间驱散了我的疲惫，心旷神怡。

　　居住在小县城的我，以前日子过得简朴，去鲜花店买花算得上过于奢侈。于是，我转而开始买盆花养，终因采光、通风等条件受限，多以凋残告终。后来，我迷上了去田间地头采摘野花，带回家插进花瓶里，哪怕是叫不出名字的野花，哪怕是无人问津的路边花，也能绽放迷人的光彩。被带回家的花草有连翘、丁香、鸢尾、野蔷薇、桃花、杏花、蒲公英花、狗尾巴草等，这些到访我家的花，我都称之为"花客"。

　　后来，生活条件改善，女儿有时会拉着我去店里买鲜花，我家的"花客"从路边花走向了鲜花店。特别是女儿上大学后，每逢母亲节，她都会用自己勤工俭学赚来的钱在网上订购鲜花，当快递员抱着一捧鲜花出现在我眼前时，有一种幸福瞬间洋溢在心头。每次捧回家插瓶，保鲜期过了慢慢枯败，我仍然舍不得丢掉，整齐地排放在阳台阴凡下，与其说我是在自制干花，倒不如说我在留恋一段舍不得离开的美好。

　　花虽和吃的东西一样也是物质的，却又好像归属于精神层面，也许所有女人与花都有天然的情缘，对花都会禁不住欢喜，一股沁人心脾的花香，顿时就冲散了庸常生活笼罩的雾霾，让脸上焕发出光彩。

女儿到异国求学，离家两年多第一次回国，虽然经受了漫长的隔离期，但到家后第一件事便兴致勃勃地要买鲜花。好在现在早已不是"此花开尽更无花"的时代，无须"余既滋兰九畹兮，又树蕙之百亩"，有花农的辛勤培植，一年四季都有鲜花供应，而且冷链运输便捷，网上下单，次日便可送达。

国庆节假期，她买回了康乃馨、洛神玫瑰、洋桔梗、尤加利等。这些"花客"经过长途运输，略显疲惫，缺少水分和营养，打开包裹后首先得醒花，只见女儿用消毒液将水桶和花瓶清洗消毒，在水桶中加入适量清水，将茎干剪取 $1 \sim 3$ 厘米插在水里，使茎干更好地吸收水分，避免花苞碰水，浸泡 5 小时。醒过的花颜色格外艳丽，再依据花瓶的高度适当修剪浸泡在水中的叶片，并将花苞上萎蔫发黄的保护瓣摘掉，清洗干净后，一一安顿在花瓶中。放眼望去，正所谓姹紫嫣红，活色生香，整个家一下子蓬荜生辉了。

这些"花客"们来到我家，真不知走过多么遥远的生命途程，实值得我们当作"贵宾"对待，当然不忍心怠慢了它们。为了它们盛开的时间更长，不仅要观察水质的变化，适时换水，关心它们的灭菌和营养。花懂人的关心，细心呵护它们，它们确实会像杜甫所说"嫩蕊商量细细开"。

然而，我知道，它们一旦盛开，再怎么善待，可持续的时间还是太有限，凋谢几乎与盛开同时到来，容易让人有人生易逝的感伤。苏东坡有过"只恐夜深花睡去，故烧高烛照红妆"的名句，诚然，花朵在盛开时，最吸引人的，不仅仅是色彩，也不仅仅是花香，抑或姿态，而是一种充沛欲喷的生命力，在这个"高光时刻"，它们周身笼罩的芳华，似乎在展示一种神圣的天启。

　　人到中年，春来秋往，喜欢花草的情怀始终没变。不论我家的"花客"来自哪里，我不再计较花朵能绽放多久，欣赏过它们迸发全部生命能量尽情盛开的姿态，凋零了又何妨！

误入早集

李清照曾有过"误入藕花深处"的快乐，而我，却体验过一次"误入早集"的尴尬与懊恼。清晨，为了抄近道，我试图驾车从一条居民区的巷道穿过。

这条巷道两旁，建筑物与巷道规划模糊。早集依势而生，路两边自发的摊位紧密相连，一个挨一个，售卖着鱼、肉、米、面、水果、蔬菜及各色调味品，琳琅满目，热闹非凡，待午后便会自行散去。

我坐在驾驶室内，双手紧握方向盘，心中忐忑。两侧摊主领着各自名下的各种筐子，此起彼伏的叫卖声不绝于耳。此时，我深知，稍有不慎，就可能剐蹭或碾到他们任何一物，马上会有人拍我的车窗。

这个早集我并不陌生，也曾在此买过菜。路的尽头就是宽敞的珍珠坡路，而我的目的地也近在咫尺。我本想缓缓滑行，过了这几百米，就可以把这一段困境扔在身后了。

然而，生活总是充满变数。我们并不是每次都能顺利抵达终点。当车开到急拐弯处，一辆三轮车和一堆货物突然出现在视线中，占据了整个通道。一位大爷正低头搬运货物，抬头看到我驾的车，像是看到了一个庞然大物，一个意外闯入者，他的眼神告诉我：咋会有人开车过来？

　　我懊恼自己一念之差，一脚踩进这进退两难的境地。幸好，后面没有像我一样的闯入者，避免了出现新的拥挤。我虽想退回去，但看看后视镜里熙熙攘攘的人群、摇摇欲坠的板棚和各色菜筐，让我打消了这个荒唐的念头，甚至有弃车而逃的冲动。诚然，不是每个困境都可以随便扔下，多数时候，我们须独自承担和面对。

　　透过车窗，晨光洒在新鲜的蔬菜上，水嫩嫩地闪耀着光芒。不远处，热气腾腾的蒸笼散发着诱人的香气，摊主却因我的滞留而心生不满："快点开走，挡在这里我还怎么做生意。"此处不宜久留，我横下心，决定小心翼翼地前行。

　　我尽量不按喇叭，以免增加摊主们的强烈不满。正如贾平凹曾告诫司机："车子走进集市，莫要按喇叭，在这里你是弱势群体。"我探出脑袋，恳请大家让一让。那个大爷见状，使劲往墙角挪三轮车，拖着菜筐高声喊："可以过了。"我小心翼翼地点一下油门，脚又迅速回到刹车上，车轮转半圈停下来。摊主们开始主动给我腾地盘，挪筐子、移马扎等。我如履薄冰，一边不停地左右调整角度，谨慎驾驶，一边对自己的不合时宜，向摊主们道歉。"走，走，可以过。"有人在指挥我。在摊主们帮助下，我终于一步步突破重围，成功脱困。那一刻，我如释重负，虽然仅行驶了不到百米的距离，却仿佛耗尽了一身的力气。

　　这个清晨，我误入早集，又仓皇逃离。集市很快恢复平常，如大海一样波澜不惊，但生活还会像海水一般，总会有潮起潮落的时候。

汉水弯弯连万家

在中国，有一条美丽而清澈的江，她的名字叫汉江。如果说，长江和黄河是中华大地的两根大动脉，那么汉江就是一根蓝的自信的静脉，是长江中游最长的支流，也是当今中国中部区域水质最好的大河。

汉江，古代还称为汉水、沔水。自古便有"天上的银河"之美誉，其水质之清、流域之广，使之成为长江最为信赖的臂膀。从秦岭南麓陕南宁强县缓缓流出，她穿越了千山万壑，跨越了古今沧桑，最终在湖北汉口汇入长江，奔向浩瀚的大海。这一路上，她不仅塑造了壮丽的自然景观，更孕育了丰富的文化底蕴和生机勃勃的江汉平原。

一方水土养一方人。汉江在流经孝感汉川境内有 93 公里，一改山区段的汹涌，一路静谧温婉，迂回婉转，流出一个巨大的"N"字形弯，因此有"汉水弯弯"之说。悠悠汉江水，拳拳哺育情，它一直滋养着江汉平原的万物生灵。汉江水量丰富，水质较好，符合作为大型水厂集中水源的条件。自 2010 年起，汉江水便成为孝感及云梦等地居民的生命之源，清澈甘甜的江水通过一条条管道，流入千家万户，滋润着人们的心田。

然而，随着城市的发展和人口的增长，原有的供水系统已难以满足日益增长的需求。为此，孝感城区供水系统原水迁改工程应运而生，这是一场关乎民生福祉的重大工程。工程的推进，不仅意味着取水能力的提升，更标志着孝感及云梦等地居民将享受到更加稳定、优质的饮用水。2022 年 9 月，在汉川市城隍镇破土开工，取水口将由汉川市新河镇小河村向上游迁移至城隍镇新华村，工程正在紧张有序地进行。

我站在汉江堤上，远眺四野，天蓝水清，烟波浩渺；纵目驰骋，绿浪无际。即使在萧瑟的冬季，两岸植物，仍然是绿色葱葱，绿意盈盈。波光粼粼，水天一色，林水相依，鸥鹭翔集，风光旖旎。眼前的一江清水，润泽万物，比一江金子还珍贵。

江边用铁船搭设的水上施工平台，有戴着安全帽的工程人员在进行取水头部基础处理，江滩上搁置着预制成型的二十多米长的菱形取水箱，岸堤旁临时平整的场地上，电焊工人忙着水箱平台的焊接处理，一道道焊缝的焊接，一寸寸焊丝的熔化，他们在阳光下用匠心谱写优质工程。我走进直径达二十多米的取水泵房，只见几名技术工人正在安装地下结构的设备。预处理工程施工现场，有挖沟渠埋管线的民工，有刷墙檐的油漆工，有调试设备的工程师，有清理路面的工人……黄色、蓝色、红色、白色的安全帽，组成一派热火朝天的施工景象。负责人介绍有两百多名管理人员和工人铆足干劲，不断刷新工程建设进度，以确保按计划通水。

民以食为天，食以水为先，饮水安全是关系广大人民群众身体健康的重大民生问题，是最大的民生福祉。让千家万户都喝上放心水、健康水，用上稳定水、优质水，是城市高质量发展的重要保障。

水是生命之源，是一座城市的灵魂，解决供水难题，托起群众"稳稳的幸福"。汉水弯弯，不仅连接了千家万户，更连接了过去与未来，自然与城市。她见证了历史的变迁，也承载着未来的希望。在这个快速发展的时代，让我们共同守护好这一江清水，让她的灵动与纯净继续滋养着这片土地和人民，绘就一幅幅城水相融、和谐共生的美丽画卷。

又是一年中秋月

　　小时候在农村，中秋节前后正值秋收，家家户户都在忙，白天大人要在地里干活，只有晚上收工后才能闲下来过节。

　　记得多年前的那个中秋，母亲在外婆家帮忙干农活，直到收工后，外婆把秋天里收获的所有美味都摆上桌子，玉米棒子、煮花生、蒸红薯、红枣、柿子……当然还有平时不多见的肉和鱼，待到一轮圆月升起时，一大家人围坐在一起吃着，说着，笑着。月亮渐渐把院子照得亮堂堂的，一大家人的欢声笑语在夜色中飘荡着，褪去了大人们白天所有的劳累。那时的农村还没有月饼，我也不曾吃过月饼，但现在想来，那时留给我唇齿的余香却要远远胜过现在各式精美的月饼。

　　外婆家和我家是南北相邻的两个村，中间隔着三里长的沙石路，两个村虽无本质上的区别，但也有隔渠隔水的不同，我们村全是旱地，没有稻田，外婆家的村是以水田为主。吃完饭，外婆准备好一担稻谷，让母亲挑回家碾米吃。

　　我们出门时，月亮亮堂堂地挂在天空，仿佛慈爱的长辈，特地为我们举灯照路。我和母亲步行回家，我走在前，母亲在后面，那时我大约十岁。月光下的沙石路，似乎都是平的。

　　白天的暑热渐渐退潮，清凉的晚风从田野吹到路边的沟渠，又款款吹到我们身上，带着一股泥土的气息，夹杂着草木的芬芳和沟渠的水汽。

我看看头顶的月亮，看看脚下的路，像是在踩着一地细细碎碎的白霜。地里的庄稼一畦畦的黛色影子，在淡淡的月光里，像流水走过的脚印。路两边是长着水草的沟渠，幽幽地闪着银光。月色倾泻，笼罩的田野通透，落不进一丝邪心歹念。我的足音连着母亲的足音，像是在播种一粒一粒的豆子，走一步，种一粒。就这样，我们的脚印仿佛把连天连地的月光，踩出了许多个小窟窿，不由得让我萌发出对月光的愧疚，可是一抬头，月亮还是那么高远挂在天幕，月光依旧清透如初。

路过一汪荷塘，月光把盈盈的莲叶，带刺的莲秆都一一安抚得驯良寡语，温柔静谧。满月的光照之下，万物似乎都变轻了。近处的庄稼、草木、荷塘，远处的村庄、起伏的府河堤坡……它们立在大地上，像立在一张硕大的宣纸上，月亮变成了画笔，画出母亲和我小小的影子。

我突然发现月亮一直跟着我，我走，它就走，我停，它也停下，便好奇地问母亲："月亮跟着我们回家了，那外婆家还有月亮吗？"母亲愣了一下，说："外婆家也能看到我们头顶的月亮，我们和外婆家共着一个月亮。"这时母亲给我讲嫦娥奔月的故事，我听得出了神，也想偷吃仙丹，衣袂飘飘地飞到月亮之上，看看吴刚和那里的桂花树。

快到村口的时候，有一座座隆起的黑影，那是一片坟地，那里睡着我的爷爷、未曾谋面的奶奶、早逝的大伯，还有故去的村民，他们是我的亲人、乡邻，都睡在村旁的沙地里，像秋天的稻种。只是稻种来年还会发芽，而先人不会发芽。皎洁的月光下，一座座坟茔，依旧矮小，却也充满宁静。我们在月光下路过这里，像是走过一个个亲人的家门口，并不觉得害怕。

　　又是一年中秋夜，举头望月，皓月清辉当空照，种种温暖的记忆便一幕幕地在脑海中映现……

我家的照片墙

　　自迁居以来，家中镌刻了太多生活的痕迹，更让家的每一个角落都弥漫着温馨与故事。其中，最为引人注目的，莫过于那面由女儿精心打造的照片墙，它不仅是家的装饰，更是情感的寄托与时光的见证。

　　那年寒假，上大学的女儿临到年关才回家，也带回来了一些创意材料：彩纸、麻绳、小木夹子等，在客厅的过道上开辟出一面墙。墙面上有她小时候的涂鸦，她先贴上白色的自贴纸，恢复墙面的整洁，再在墙的右下角，用画笔绘上两株蒲公英，它们一高一低，相互依偎，仿佛在低语，一串串花瓣随风从一边延伸到另一边，似飞舞的精灵。

　　紧接着，女儿在墙的两端钉上钉子，扯上四条细麻绳，如同编织梦想的经纬。再把从家庭影集中千选万选出的照片，用小木夹一一挂上。这些照片如同时间的碎片，记录着家庭的成长与变迁。将照片以横竖交错、色彩和谐、单张与组照巧妙搭配的方式，一一夹挂在麻绳之上，远观之下，宛如一幅精心编排的五线谱，而那些照片则化身为跳跃的音符，弹奏出和谐的乐章。

　　每一张照片背后，都承载着一段段美丽的故事与珍贵的回忆。它们或展现着童年的纯真无邪，或记录着成长的点点滴滴，或定格了家人团聚的温馨瞬间。这些照片，如同时间的低语，让人在回味中感受到生活的酸甜苦辣，以及那份难以言喻的温暖与美好。

随着季节的更迭，照片墙也悄然变化，它如同一本活生生的相册，记录着家的四季更迭与岁月流转。春日里，我们仿佛能闻到桃花的芬芳，感受到春风的温柔。清寒未尽，空气微暖，"红杏枝头春意闹"。柳丝轻摇，河水静流，踩春南郊，徒步府河，欢歌丛林，"桃花依旧笑春风"。夏日蝉鸣，蜻蜓点水，"映日荷花别样红"。秋风起，黄花落，"枯藤老树昏鸦，小桥流水人家，古道西风瘦马"……串起点点滴滴的记忆碎片，静静地回味，像打开了记忆的栅栏，呼吸了新鲜空气。如拂开尘世的阻隔，是生活之外的另一种景象。

如今，女儿已远赴异国求学，但照片墙依旧静静地守候在家中。我总会不由自主地驻足凝视，依墙而立，午后的阳光透进来，我看着自己的影子，仿佛走进了时光隧道，车马流卒，或静或喧，良久。回过神来，像一个人在过去与现实之间往返。

生活单调而冗长，不时面对那一隅墙上的照片静看，光阴带走了时光，同时也留下了一些喜悦。

岁末清供

岁末之际，重读到汪曾祺先生的《岁朝清供》，他以大萝卜为器，插上大蒜清供在家里，还赞道："蒜叶碧绿，萝卜通红，也颇悦目。"汪老的随性可爱跃然纸上，那种漫溢着世间万物为我所爱的热情，犹如回荡在晴空里的钟声，像幽谷里的山泉，给人以心灵的慰藉。

"清供"一词，乍一看像个极其久远的词了，仿佛是一件历经时光雕琢的艺术品，散发出古朴的质感。据典籍记载，清供是将插花盆景、文玩古物抑或新鲜蔬果，放置在案头、厅堂以供观赏的一种传统文化行为。岁朝清供则是指在腊月的时候，人们以虔诚之心开始筹备清供，用以迎接新春的到来。

随着新年的脚步声渐近，每年此时我会提前为新春佳节的岁朝清供物色时令花卉，将新一年的期盼和祝愿寓于清供之中，平添吉祥如意，也算是心仪古人、附庸风雅吧。岁朝清供，当然少不得水仙。入冬后我便着手养水仙，挑选几颗洋葱头似的根茎丢在白瓷盆里，用鹅卵石固定，清水供养。白天把水仙放到太阳底下，晚上则将它移到室内，并将水倒掉保暖，第二天清晨再加水放到阳台上。渐渐就长出一盆亭亭青葱的叶子，开出一朵朵娇黄的花。窗明几净，水仙瓷盆清白色润，在冬日阳光里娇羞着垂下花盏，散发出清浅幽香的水仙，令人心旷神怡。

干莲蓬，自古就是清供的佳品。我有一种习惯，每年夏天吃莲子时，我总喜欢采摘一些新鲜带长柄的莲蓬回家，把柄捆绑一起倒挂在衣架上阴干。干枯的莲蓬像从远古走来，风尘仆仆，满面沧桑，却又沉默不语。那些黑色的莲子半裸在暗褐色的老壳中，有一种洞悉世事的沉静。造型优美的干莲蓬插于瓶中，供在案头，自有一份清雅的格调。只要内心清净欢喜，许多日常的物件都能成为清供的物品。

朋友电话相告，说院子里一树红梅花苞勃发，想折一些红梅枝给我送来，我有些不忍心伤害了梅树，又不好却了朋友好意，只叮嘱他少折几枝。不一会儿工夫，我便接到了朋友送来的红梅枝，梅枝清冽，冷香馥郁。清供梅花，既是一种高雅的格调，也是一种传统文化。

我清理出几个花瓶，拿出花剪，开始剪枝插瓶，口小肚大的素色瓶，供插大枝梅花，给人端庄稳重的美感；小口细颈之瓶，则插小枝梅花，更显灵动秀雅。梅花之美，在于其疏密有致、正斜相生、参差错落、灵动飘逸。细枝横斜如留白之美，花瓣点点似墨洒于纸。琼枝疏影间，暗香浮动。

看着插瓶的梅枝，想起了汪曾祺笔下的"岁朝清供图"：一幅古画上，一间茅屋，一个老者手捧一个瓦罐，内插梅花一枝，正要放到桌案上。题为"山家除夕无他事，插了梅花便过年"。此情此景，令人心生向往。

记忆便回到小时候老屋的清供，廊檐下挂着冬腊风腌，厨房里飘着香味。爷爷拿出吃剩下的大白菜，留着下面的一点儿白菜心和根，泡在碗里。除夕那天，红红的春联、窗花贴起来，大红的灯笼亮起来。家人闲坐，灯火可亲。白菜心里拱出一枝花梗，上面密密麻麻开着橘黄色的花蕊。那花蕊一直到正月都不会败，给热闹的春节增添一丝温馨。

　　岁末清供，其首重一个"清"字，不在雅俗繁简，而在心境清明。因为物无雅俗，全在于心，就像柳宗元说："夫美不自美，因人而彰。"无论是水仙之清雅、干莲蓬之古朴、梅花之傲骨，还是白菜心之花意，其实供的都是一份清心。

烟雨伍家山

天公不作美，下起了小雨，却没有影响我们如约出行的兴致。下午3点，我们冒着淅淅沥沥的小雨，驱车驶过桂花潭大桥，向应城市三合镇伍家山进发，车子一路由南向西蜿蜒前行。

据《光绪应城志》记载："伍家山，在县东三十里。因隐士伍员（非伍子胥）居之。""伍"乃楚著姓，此山盖伍氏所居，伍家山因此而得名。伍家山中的"伍岭樵歌"风景区，自古以来就是古蒲阳八景之一。

随着公路缓缓伸展，我们穿越村庄与民房，一边探寻路径，一边驱车深入。约莫半小时后，我们顺利抵达山脚，寻得一空旷之地停好车。随即我们撑起雨伞，探寻烟雨伍家山之旅。

雨中的伍家山，空气格外清新，植被被雨水冲刷后，所有的色彩都融化在水淋淋的碧绿之中，绿得耀眼，绿得晶莹剔透。这抹清新的绿意，仿佛在雨雾中流动，不仅浸润到我的眼睛，更渗透过我的心田。

路边的杂草长得生机勃勃，想用自己全部的绿色来覆盖和淹没身下略显张扬的黄泥沙土，为自己在这片天地间争得一席之地。途中，偶遇一丛丛的野蔷薇，繁茂的枝叶被雨水浸染了，柔美曼妙的身姿，衬托着素雅花儿，粉红的单瓣、金黄的花蕊。微风拂过，轻舞飞扬，抖落一片一片花瓣，似清淡无尘的精灵下了凡尘，清新脱俗。

伍家山海拔并不高，登山也只是一些平缓的坡路，行走其间，犹如闲庭信步，轻松自在。山野间，各色竞相绽放，星星般闪动的一点点红、一点点白、一点点粉、一点点黄、一点点紫，温柔着我们的视线，吸引了我们前行的目光。每一朵小花，都有自己生命的颜色，无论是否留意它存在，无论有没有人喜欢，它们都以自己独特的方式，诠释着生命的绚烂与多彩。

山间，不时传来布谷鸟那清脆悦耳的啼鸣，"咯咕——，咯咕——"之声，与雨打山林的沙沙声、水流的哗哗声交织在一起，构成了一曲独特的自然交响乐。在细雨中登山，别有一番风味，那份置身山林的轻松与惬意，让人不禁想起"一蓑烟雨任平生"的豁达与超然。

当我们登上山顶，放眼四望，却不见了"会当凌绝顶，一览众山小"的壮阔景象。晴日里绵延不绝的山峦，被雨气和云雾撕得东一块西一缕，还有流动的云雾，更添了几分神秘与变幻。远处的村庄、田野、树木，笼罩在烟雨中，犹如披上了一层晶莹的纱衣。大自然的鬼斧神工，将这一切雕琢得如诗如画，既似宣纸上的青山绿水，又仿佛俄罗斯风情油画的再现，更是希望与梦想在雨雾中的凝结。

在这里，没有钢筋水泥的冰冷与坚硬，没有人潮涌动的喧嚣与嘈杂，只有回归自然的纯净与宁静。其实，每个人心中都有一座山，那是我们穷尽一生都在翻越、攀爬的目标。我们总想着翻过这座山去看看外面的世界，但当我们真正站在山顶时才发现，那边的山更高、更远。而最美的风景，其实就在我们脚下这片被烟雨浸润的土地上。

珠海之行

秋日，我踏上前往珠海的旅途，去探望在那工作的女儿，心中满是对女儿独立生活新篇章的好奇与期盼。动车缓缓驶入珠海站，已是夕阳西下，晚霞如织，将这座海滨城市的轮廓勾勒得温柔而明媚。穿梭在椰影婆娑的街道，秋风虽带有一丝凉意，却吹不散满目盎然的绿意与花海的热烈，仿佛时间在这里轻轻放慢了脚步，让人忘却了季节的更迭。

女儿下班后在小区门口等我，她的笑脸犹如春日明媚，她细心地安排我稍作休息，自己提起行李上楼。此时，夜幕低垂，我们就近点了一份蟹肉煲火锅，热气腾腾的火锅不仅暖胃，更暖了彼此的心。随后，我们手牵手漫步于灯火阑珊的工业园区，高楼大厦间霓虹闪烁，每一束光照在她身上，绽放出坚定与从容。

踏入她居住的小屋，映入眼帘的是窗边绽放的玫瑰，粉嫩嫩的，南面的大飘窗，放着煮茶壶、香薰瓶；卫生间的吸尘器、拖把、吹风机、化妆品等，井然有序；厨房里，柴米油盐散发出烟火的滋味，生活的琐碎被她布置得既温馨又不失格调。每一个细节都透露着她对生活的热爱与追求。原来，成长不仅是年龄的增长，更是对生活品质与自我价值的不断探索与实现。

当夜，我们同床而卧，那些关于她成长的记忆如潮水般涌来。从幼儿园到小学，再到她高中离家住读、上大学、做志愿者、参加社会实践、实习、旅游……她每一次的离家远行，都让我更加深入地反思与成长。我开始关注她喜欢的公众号、乐队、综艺节目，阅读她看过的书籍、观看她喜欢的电影，甚至搜索她去过的地方。我拿起笔，用文字记录生活，用书籍拓宽视野，努力成为一个能与她并肩站立、心灵相通的母亲。在不断完善自己的人生地图中，我发现，原本以为是为她付出了一切，到最后才发现，其实真正成全的，是我自己。

珠海之行，女儿提前规划好了每一天的行程，从坐车、线路到进餐之类，事无巨细。我只需尽情享受美景、美食，保持与她相匹配的体力。我们游览了横琴长隆海洋王国、圆明新园、珠海博物馆和规划博物馆、情侣路、励骏庞都广场等地；在石景山乘坐索道，俯瞰城市风光；在拱北口岸感受人潮涌动。我们在大雨中领略圆明新园建筑群的雄伟，聆听珠海渔女的美丽传说，品尝广东传统早茶；在珠海博物馆观景窗远眺港珠澳大桥的壮丽；在夜色中的日月贝大剧院广场吃火锅，窗外万家灯火与海上微光交相辉映。

这段朝夕相处的日子，充满惊喜与感动，突如其来的小插曲，如被大雨淋湿鞋子衣服、身份证失而复得、在情侣路烈日下暴晒、在 5D 城堡影院重复观看《卡卡冒险记》……虽然有过意见不合的争吵，但吵过之后我们依然能举起自拍杆，头碰头在镜头前傻笑。对于我的失误，她总是从容应对，没有丝毫的抱怨与责备。这让我想起德国哲学家雅斯贝尔斯所言："教育的本质是一棵树摇动另一棵树，一朵云推动另一朵云，一个灵魂召唤另一个灵魂。"女儿以她的独立与乐观，让我感受到了生命层层打开的惊喜与愉悦。

这次珠海之行，我领略了这个曾经的小渔村，正散发着势不可当的光芒，与我居住的县城不可同日而语。我突然懂了，她为何执意要到离家很远的南方工作。其实，不管二十多岁的生活状态如何，那都是人生最美好的青春年华，她所追求的，不仅仅是一份工作，更是一种生活态度。她在哪里，哪里就是她的主场，而我能做的，就是在未来的日子里，站在她的身后，默默地祝福，在各自的旅途中，都能遇见更好的自己。

数枝红蓼醉清秋

无意间读到"秋水鹭飞红蓼晚",突然想起家乡,小村对面的府河,府河之畔,蓼花簇拥,临水照影,展露着它们独有的风姿。风起时,叶舞穗摇,一幅幅生动的画卷在眼前徐徐展开。

蓼,这乡间野趣中的一抹亮色,宛如邻家女孩乳名般亲切,纤巧而不失质朴。小满之时,它青茎碧叶,生机盎然;及至白露,花穗翻转,或嫣红如火,或淡粉似霞,浓香四溢,将一片深情倾洒于这方水土。花繁叶茂之际,红绿交织,层层叠叠,犹如天边晚霞跌落凡间,融入潺潺流水,令人心旷神怡,不知今夕是何年。

再次见到蓼花时,已是深秋时节。涢水边一丛丛红蓼,长势不太茂盛,不复往日的风情万种,无流连之戏蝶,无嗡嗡之蜜蜂,唯有秋风相伴,秋水共长天一色,让人顿感岁月之流逝,一如小河之流水,无声而执着。

曾几何时,蓼花的水灵在远古的诗词典籍里,成为寄托情思的佳句。"梧桐落,蓼花秋""红蓼渡头秋正雨""数枝红蓼醉清秋""秋波红蓼水,夕照青芜岸……"字字珠玑,走心入画,一袭绿波,一坡红蓼,沿着水岸长成一丛丛诗意。

在古往今来大诗人之中,最喜欢蓼花的也许是陆游。他的很多诗写尽蓼花的情状。《秋日杂咏》中"忽然来到柳桥下,露湿蓼花红一溪",而我最喜欢的则是《蓼花》中的"老作渔翁犹喜事,数枝红蓼醉清秋",晚年的陆翁,不再万里觅封侯,匹马戍梁州,早已放下功名,写出了一种旷达与潇洒。

水乡泽国的云梦,河湖密布,府河涢水湿地更是蓼花偏爱的栖身之处。在这里,蓼花在风中摇曳,观鸿雁南飞,听渺渺逝水,对波弄影,临水梳妆。它们依然努力绽放着生命的华彩,将美丽定格在这最后的时光里。

人到中年,秋来又何妨?不如像一丛丛朴素的蓼花,即使在秋霜中,该开花时就开花,深情地绽放,花至谢时自凋零,从容而笃定。

初冬的铜钱草

作家周国平曾经说过："独处，是灵魂生长的必要空间。"诚然，每个人的心灵深处都保留着一片静谧之地。某个夜晚，你蜷缩在沙发角落，内心的黑暗将你一点点吞噬，眼泪气喘吁吁地奔你而来，所有的委屈、失落、悲伤交织成网，将你紧紧包裹。此刻，无须旁人的慰藉，你深知，个人的苦楚在外界眼中往往微不足道。此刻，你并不需要有个人出现在面前，拍拍你的背，给你一个可以依靠的肩膀，你不需要任何徒劳的安慰，你清楚地知道，每个人的苦与痛，对外人而言都是微不足道的。

你只需要一场安心躲起来的崩溃和宣泄，需要从沦陷的情绪与生活里跳出来，心无旁骛地整理并疏通自己。凡俗的日子，留给你一个人悲伤的时间其实很有限，明天出门，在众人面前，你还会在生活中扮演多重角色。

正当你悲痛得忘乎所以的时候，猛地抬起头来，茶几上的一盆铜钱草，正探着亮晶晶的圆脑袋、带着几分天真与狡黠，静静地注视着你，那份柔弱的身姿，却有着不容忽视的生命力，悄然触动了你的心弦。

这盆铜钱草，源自好友的分享。初见时小小的叶片，像极了迷你版的荷叶，惹人怜，便心生欢喜，带回家置于阳台，悉心照料，浇水施肥，它则以茁壮生长回报你的关爱，日渐丰盈，出落得如清新脱俗的俏姑娘。细心看护中，你会发现铜钱草茎叶总会倒向太阳晒着的那边，如向日葵般对着太阳展露笑颜，那份生命的蓬勃向上，充满生机的灵秀葱茏，不知不觉，感染了你。低眉转眸间细细端详，心头洋溢出一种小清欢凝上眉尖，让你领悟到生命的力量在于向上的坚持！

初冬来临，你担心铜钱草受到风寒，将它搬进客厅安放于茶几上，室温下，它圆圆的叶片，越发出落得碧绿如洗，密密地向外蔓延，旁逸斜出几秆茎叶，青翠欲滴，莹润而不浅薄，桀骜而不孤寂，纤尘不染，像一幅素笺小画。

凝视着这盆铜钱草，让你想起年少的时光，那时与天很亲近，白日晒太阳，躺在堤坡草地上数云朵，初冬的云彩是大自然的诗歌，是一幅流动的写意国画。晚上晒月亮，在坑洼的土路，一蹦一跳的步伐，不在意尘土满身，不怕回家晚被父母数落，哼着自创的歌曲，星星全是你的朋友，你和它们讲述今天的游戏、天马行空的无忧无虑……还记得那次，你被溅了一身泥水，从田间抱回几捧野花草时的喜悦神情，感觉那个黄昏世界与你温柔相待。

你从小便对绿植情有独钟，喜欢在花花草草的世界徜徉，愿意用世间的草木，为自己打开与世界的通道，所有的坚持都是因为热爱。你时刻提醒自己，别被生活消磨了梦想与激情。在漫漫人生路上，每个人内心都有一片深渊，却始终只能独自临崖而立，方能成长。而那些长久以来让你心生欢喜的事物和人，都拥有改变你的力量，愿你如草木，不忘本心，保持朴拙、安静、清雅，又能随遇而安，自在生长。

扶贫记

在乡镇工作时，我所联系帮扶的村子，曾是 20 世纪 90 年代远近闻名的豆腐村，全村 380 户中，就有 345 户在外做豆腐为生。如今虽多数人早已转行，但青壮年劳力在外者仍居多。我突然感到，那个地处县城西北的小村，民风少有的醇厚，在这个效率优先的年代，它静卧在军港渠边，它的醇厚中夹带着质朴。

几十年来，我始终在本土生活、工作，像许多人一样没有真正离开过家乡，一直没断过奶。家乡给了我滋养，我的心绪也随着家乡的府河蜿蜒起伏着。

春节后，县里安排了一系列活动，要求每位帮扶人必须走访慰问其帮扶对象，了解他们节后的生产生活情况，防止脱贫户返贫的现象发生。

我帮扶的村子与我老家相隔不到三里路，并无本质上的区别，但也有隔渠隔水的不同。我老家以旱地为主，这里旱地水田兼有之。我虽不与它朝夕相处，但来去之间，鞋帮上免不了沾上了它的泥土，手掌上免不了沾了些它青涩的草香，心自然就有了某种牵挂和期许。村里的 11 户贫困户，每家我都去过无数次，每个人的名字我都熟记于心。

我结对的帮扶户田叔，是一位先天聋哑的老人，家里就一个儿子，15 岁便随堂姐到昆山学厨师。田叔住在两间破败的瓦房里，靠种点菜地、捡废品和低保维持生活。每次去他家，无论我是否空手，田叔都笑着用手势和我打招呼。

从小在贫困农村出生并长大，我对贫困当然熟悉，熟悉到心里又生出许多的痛来，就像田叔家的屋子里，不能用家徒四壁来形容，因为一间屋里有堆成小山的废品，另一间屋两头分别是灶台和床铺，没有一件值钱的家具……但我从来没看到过田叔愁眉苦脸的样子。后来，他家享受危房改造政策，房子拆除改建，竣工后田叔住上宽敞明亮的三间平房，田叔笑得更开心了。意外总是不期而至，田叔突发脑出血去世了。他的儿子小田常年在外，已出师上岗，一年之中几乎不回来，连面都见不到，我和他的联系只能通过电话和微信。

我给小田宣传扶贫政策，帮他代缴医保、社保，核实脱贫奖励金、地力补贴的发放等，他用微信给我传登记照、卡号、身份证，他称我张姐，朴素而真诚，就像照片中他憨厚腼腆的微笑。

我们到吴老伯家送慢性病卡，他家门口有块菜地，他说自己吃的菜，不下肥，不打药，拔了几袋白菜非要送给我们，我推辞，老人红着脸说这菜不干净。我知道，吴老伯比那棵白菜还要纯净。他老伴端出来一篮子橘子让我们坐下吃："后院树上摘的，很甜！幸亏你们帮着办了慢性病卡，不然我们老两口药都吃不起呀。"她用抹布把凳子擦了又擦，生怕我们嫌弃，他们把自己压得那么低，把我们这些所谓的城里人看得比什么都金贵。

这些村民秉持着滴水之恩涌泉相报的信念，即便是滴水之恩，实际上我也没有真的给予他们什么，就像小田这样的年轻人，他凭借自己的双手实现了脱贫，还努力开创着新的生活。

每次进村入户走访，我都会路过一大片田野，无论是春天的麦浪，还是秋天的稻穗，都是那样朴素与亲和。每次走过田野，即使是道路两旁已然枯萎的狗尾巴草，在这个秋日的暖阳中仍能让我感到丝丝的暖流。我伸手拔起一根狗尾草，发现它的根仍是那样鲜活脆嫩，让我忍不住对着它深深一嗅，我闻到了蕴藏着生命力的泥土香气。

花瓶与花儿

"你抱着花，我抱着你。"这句温馨的广告语引领我踏入一家花器店，我寻觅到了几个心仪的花瓶，满心欢喜地带它们回家。

我的指尖轻抚过它们细腻的纹理，思绪飘远，想象它们曾是一团泥土，在匠人的巧手中拉坯成形，浴火煅烧，尽管承受着遍体熬人的痛，但没有香消玉殒，而是以最美的姿态凤凰涅槃，变成一个个可以接纳花儿的美丽花瓶，似一场穿越时空的倩影霓裳之旅，置身于我怀中婉转地吟唱。

我将花瓶置于桌上，它们张开怀抱，等待着与花朵的邂逅。我试着将家里的芦花、向日葵等喂进它们的嘴里，但这些花儿小者不盈握，大者及人腰，我每放进一枝，便感觉特别难看。花与花瓶门不当，户不对，彼此不但没有成全对方，更是把对方衬托得不伦不类。我又到阳台上，把我平时精心打理的铜钱草、绿萝、菖蒲、紫玄月等与花瓶配对，眼前的情景，它们却是相互排斥，极不般配。无奈只得让它们闲置在家里，仿佛只为那份命中注定的相遇。

晨起推窗远眺，秋阳把大地勾画得如一幅淋漓尽致的油画，我与友人驱车前往伍家山踏秋。临近山脚，车窗外一大片鲜艳的红紫色映入眼帘。停车驻足，原来是一株株野蔷薇结出的小圆球，鲜红娇巧别致，一簇足有数十颗，挤在翠绿的茎上，就像一串串用绿线连起来的红铃铛。旁边，一丛丛紫菀花，微风拂过，玲珑别致的花朵轻轻摇曳，笑容可掬，仿佛在向我们致意。我立刻喜欢上了这些花儿果儿，在朋友的帮助下，我很快采到了一大捧紫菀，也朝野蔷薇讨要了好几串果子，满心欢喜地带回家中。

当我小心翼翼地把紫菀、野蔷薇果插进花瓶可爱的嘴巴里——哇！整个客厅都亮起来了！花与花瓶，相互喜欢着，虽非永恒伴侣，却在这一刻找到了彼此的和谐。隔一段时间，我便去郊外，给花瓶找合适的花儿更换。为花瓶换上不同的装扮，趁着初遇，趁着欢喜，留存它们靓丽的身影。这些照片，成了时光里温柔的见证，待到光阴蛀蚀，待到新桃换旧符，这些照片便可以讲述韶华里它们简单纯粹的相依。

爱美之心，人皆有之。一颗追求美好的心灵，一颗向美而生的心，怎么会舍得让自己与丑为伍呢？周国平说："对美敏感的人往往比较有人情味。"在追求美、欣赏美、懂得美的过程中，我们也是在不断发现自我、滋养自我的一个过程。那一身俗骨之人，对美盲视，亦被美鄙弃。每每看到花瓶里盛放的花儿，哪怕它是叫不出名字的野花，哪怕它是无人问津的路边花，也会在花瓶的映衬下，绽放迷人的光彩，让我看到一瓶花里因为欢喜而慈悲的身影。

世间万物，抑或人与人之间，唯有相互欣赏，彼此热爱、发自内心的需要，才能真正融入彼此的生命。每一个认真生活的人，都自带光芒，通常会被误以为是某种光芒厚待照耀了他。

"你抱着花，我抱着你"，这样的瞬间，让年华不再寂寞，时光不再空虚，你陪伴我的内心穿越旷野，正如爱尔兰克里夫特的低吟从远方传来："我爱你，不光因为你的样子，还因为和你在一起时，我的样子……"

千年"银杏王"

　　秋意渐浓，我驱车来到素有"银杏之乡"美称的安陆市王义贞镇的钱冲村，拜谒那棵三千多年的"银杏王"。

　　钱冲村不大，有"树"则名。深秋时节，步入村中，霜风吹拂，仿佛走进了一个金碧辉煌、惊艳夺目的童话世界。村中几十户农家散住在各个山角落，户户都有祖传下来的古银杏树，小小的村庄因古银杏声名远扬。

　　在银杏广场旁，我见到了这棵用木栅栏围起来的"银杏王"。它树冠塔形，胸径壮阔，宛如大肚弥勒佛，11根主枝张开，形如巨伞，黄叶满枝，在阳光下熠熠生辉，灿烂夺目，犹如一身披挂的大将军，威风凛凛，英俊潇洒，又好像挂满金饰的少妇，风姿绰约，动人心魄。

　　这棵古树曾历经劫难，一场大火几乎烧空其干，却奇迹般地重生。自西周早期至今，它历经三千余年风雨洗礼，见证朝代更迭，历史兴衰，依然枝繁叶茂，硕果累累。只是在主干基部留下一个大洞，可容4人游戏。后来，宽阔的树洞内，又萌生一株小银杏树，形成"树腹生子"的奇观。它充满千古绝伦的气魄与神韵，在于经历过风雨，在于承受过苦难。

　　银杏，这一古老树种，气质高贵，承载着一种精神内涵。在不同历史时期有不同的名称，如枰、平仲、鸭脚、白果、公孙树等。秦槐汉柏宋银杏，银杏文化盛于宋，当时银杏树苗被引种京师并由朝廷赐名，成为珍稀名贵之馈赠雅品。宋初始入贡，改呼银杏。

安陆的历史由银杏源起，文化从银杏萌发。清道光《德安府志》记载："有庙祀真武神，一银杏树树大数百围，千年物也。"相传唐代大诗人李白仗剑去国，来到安陆，娶了已故宰相许圉师的孙女为妻，育有一儿一女，"酒隐安陆，蹉跎十年"。《北周书》记载："旧俗每逢干旱，祷白兆山祈雨。""祭之，即日滂雨，岁遂有秋。"眼前的它，犹如一位智者，矗立在古老的钱冲村，守护着这片神奇的土地。

站在这棵三千多年的银杏树阔大的华盖下，心中充满敬畏。勤劳智慧的钱冲人在银杏树无私地庇护下，也更加爱护银杏树，人与树的关系亲密无间。银杏树花开花落，村民们在这山冲里生生不息。此刻，我的身心也被树荫庇护，伸出手掌接一束透过枝叶栖落、雕镂人心的阳光，感觉特别珍贵与温暖。闭上眼睛倾耳细听，我分明听到风吹银杏叶簌簌的声音。

冯骥才先生说："秋天从不表现自己，只是呈现自己。"我以为这话冯先生是对银杏树说的，秋叶如花，秋叶胜如花，银杏那一身不含一点杂色的金黄色，美到极致，那么炫目张扬，那么惊艳高贵，那么悠然自得，那么宁静舒畅。

银杏的果、叶、材用途广泛，具有较高经济、生态、药用和社会效益，安陆的银杏产业正风生水起，已经先后开发了银杏茶叶、银杏保健品、银杏酒、银杏食品等品种。我为这里的山民祝福，他们靠着一棵棵银杏树，过上了"守着美景，在家赚钱"的美好生活。当下，身历古今的"银杏王"更是子孙满堂，青春蓬勃。每年的冬春季节，高速公路和乡村道路上常有大货车把银杏树苗送到祖国四面八方，让绿水青山变成金山银山。

此刻，一行南飞的雁阵掠空而过，在辽远的碧空中发出有节奏的鸣唱，唐代大诗人刘禹锡的《秋词》便回响在耳边："自古逢秋悲寂寥，我言秋日胜春朝。晴空一鹤排云上，便引诗情到碧霄。"眼前萧瑟的秋日，已经胜过万物萌生、欣欣向荣的春天。

一棵千年古树，记载一种文化；一棵千年古树，见证一段历史。这棵千年"银杏王"守望了三千多年的沧桑，它与山为伴，与水相连，与人相依，阅尽人间沧海变迁，却终不改生命本色，显现着它独有的古朴与庄严，绽放出新时代的光芒。

在大悟，邂逅红叶天堂

山川如酒，滋养红叶的血脉

大悟，位于大别山西麓余脉。昔称礼山，已逾千载；今名大悟，亦名"中国乌桕之乡"。人们都说，霜叶红于二月花。可是，在四姑镇北山村，枫叶红却输给了乌桕红。

北山村，在千秋苍凉中醒来。秋越渐浓，北山的颜色就越红，那团团乌桕树，叶叶垂殷红。红叶夭夭，灼灼其华。红叶繁盛，犹如燃烧的火焰，似乎要照亮整个大别山脉。

红叶，是秋天的诗行，它们以自己的生命，诠释着秋天的故事和情感。这妩媚多姿的红叶，与秋天融为一体，形成了一幅幅绚丽的画卷。历代文人墨客也为之倾倒，陆游写过"乌桕遮山路，红蕖满野塘"，连辛弃疾也曾亲手种过它："手种门前乌桕树，而今千尺苍苍。"

漫步北山村烟霞间，山谷蜿蜒曲折，踏着斑驳的石板，在蓝天白云的映衬下，高大的乌桕丫枝舒展，遒劲气派，不知名的鸟儿在乌桕树间唧唧。色调的转换，视角的渲染，遐思汹涌，逸兴遄飞，每走一步都是仙境。仰望它们恣意的姿态，恰似一位历经岁月磨砺的巨匠，泰然伫立，意象万千，彰显着爽朗旷达、洁净洒脱。

　　大悟山水的厚重与谦和，滋养了乌桕红叶的灵气，红叶为山川点燃激情的红。长风过处，阳光喷薄而出，青山绿水、农家黛瓦，万叶婆娑，绚丽壮美，分外妖娆，给大悟注入了一份独特的醉人魅力。

　　乌桕红叶，书写壮丽的史诗

　　乌桕之赤，堪比枫红，象征着烈士们的初心与肝胆。在这片红色的沃土上，历史的风云翻涌，革命的火种撒播，孕育出无数英勇的开国将军和革命烈士。

　　在那段风起云涌的岁月里，大悟走出了 37 位开国将军。当革命的火种撒进大别山时，这里的每一个村庄，都有扛枪的好儿郎。投身革命的大悟人超过 16 万，其中有 7 万多人献出了宝贵的生命，烈士的血早已深深融进了满目伤痕的乌桕树。

　　在这片红色的沃土，山山埋忠骨，岭岭皆丰碑。这里的乌桕红，岂是霜雪所能浸染，那分明是一颗颗赤子之心，披肝沥胆，九死不悔，因光明而生，为信仰而战！

　　天地英雄气，千秋尚凛然。著名革命老区大悟宣化店镇，周恩来同美蒋代表，曾在此进行过谈判，探讨中国未来的解决方案。新城镇的徐海东大将带领全家 83 人参战，66 人战死沙场；"中国海军之父""中国航母之父"吕王镇的刘华清上将，以高超的指挥技术，屡立功勋，为全面加强国防和军队建设做出了重大贡献；出生于四姑镇的杨松为中国革命事业、解放事业和新闻事业，献出了 35 岁的年轻生命，用短暂而绚丽的一生诠释了忠诚使命、献身使命的庄严承诺……这里的每一片红叶上，都凝结着一段英雄的壮举，仿佛在诉说着一个个感人至深的厚重故事。

没有人天生就是英雄，这些鲜活的生命，都是父母心中永远的牵挂。他们有对亲人的无限眷恋——老母亲颤巍巍的身影，乡亲们亲切的呼唤声，屋后的柿子树挂满红灯笼，山间的溪水正汩汩而出，那些属于生的热烈、灿烂和温暖，没有人不留恋。但，为了打破这层层叠叠的枷锁，为了生的尊严和自由，为了燎原的火种和希望，大悟儿女从容交付青春和生命，无怨亦无悔。

青山不语，流水不争。大悟山超越苦难的智慧，已化作满山的红叶，成为大悟人永远不变的底色。

红色土地，绽放蓬勃生命力

凝视这一片醉美的乌桕红，感受到一种鲜活的、蓬勃的生命力。让我在秋的萧瑟里，体会到"我言秋日胜春朝"的明媚，"但得夕阳无限好，何须惆怅近黄昏"的豪迈；凝视那一片片醉人的红叶，心底涌出"老牛亦解韶光贵，不等扬鞭自奋蹄"。北山的红叶，从春到秋，由青涩到成熟，经过岁月的洗礼，释放出浓烈的生命色彩。

一方水土，养一方人。一代代大悟人不断擦亮红色基因传承的底色和成色，赓续红色血脉，用跳动、滚烫的心脏诠释着什么叫初心。对英雄烈士最好的纪念，是把先辈们开创的事业不断推向前进，在抚今追昔中坚定前行意志，不断持续激发新动能，推动经济社会跨越发展，造就了一幅幅革命老区换新颜的景象。

每一个英烈，都是一座精神的丰碑，红色是大悟的"根"与"魂"，大悟以红色引领打造文旅融合的新高地，中原突围纪念馆、鄂豫边区革命烈士陵园等传递着革命先烈精神，也带动了大悟经济文化的发展。以绿色打底擦亮乡村振兴新名片，三里茶园、十八潭景区、金岭村、八字沟……这些有山有水、有形有魂、有色有景、有韵有质的美丽画卷，成为大悟崛起的引擎和基石，见证了改革开放中大悟县创新发展的年轮与芳华。红叶在风中舞动着一个个奋起的节拍。我有理由相信，这片红色土地已成为人们心中最美的诗和远方。

延安印象

我从小的教育中，延安给我的印象无疑是古老而厚重的。我对延安的向往，是从小学课本里就埋下的种子，梦寐以求地想去趟延安。一次培训学习，终于如愿以偿走近延安。

经过一夜的火车，当我怀着激动的心情踏在这片让我心仪已久的土地上，它正沐浴在红日初升的霞光中。来接站的刘荣老师的笑脸像这初夏的阳光一样明媚。

巍巍宝塔山，清清延河水。取水延山安之意而得名的延安，倚山傍川。延安城处于"三山对峙，二水襟围"。"三山"即清凉山、凤凰山、宝塔山；"二水"即延河、南川河。"几回回梦里回延安，双手搂定宝塔山。"是每个人熟记于心的影像，与老照片不同的是，今日的延安旧貌换新颜。三条主街道顺着延河方向延伸，高楼大厦鳞次栉比。它是一座屹立于黄土高坡之上、沟壑梁峁之间，韵味独特的北方城市。

风雨百年，青史可鉴。步入梁家河，我仿佛能听到历史的低语，这条发源于黄土高原的河流，不仅滋养了贫瘠的山村，更滋养了无数革命者的心灵，承载着风雨、阳光和彩虹。杨家岭革命旧址，每一处都散发着历史的厚重感，中央大礼堂内仿佛还能听到七大召开的回响，半山坡上的窑洞，简陋却充满力量，它们是毛主席等老一辈革命家战斗生活过的地方，见证了无数革命先辈的英勇与坚韧。

　　我驻足凝思了许久，杨家岭的革命历史，如同一首华美的史诗，铭记着抗战时期抗联者的英勇无畏和豪情。置身一座座遗址中，感受历史、触摸历史，仿佛我们也都穿越回那个年代、那段火红的艰难岁月，与革命先辈对话，一起为着革命的胜利，为着心中炙热不变的信仰而拼搏奋斗。

　　作为一名文学爱好者，来到桥儿沟鲁艺旧址，心情是激动的，这里是中国共产党在抗战时期创办的第一所文学艺术的高等学府，是文艺人寻找初心的源头。翻开鲁艺史册，顿觉光芒万丈，发起人自不必说，茅盾、贺敬之、沙可夫、吴玉章、冼星海、何其芳、周立波、孙犁……这一个个名字，哪一个不是如雷贯耳、光芒四射？在抗战的烽火岁月里，鲁艺人创作了一大批优秀文学艺术作品，直接转化为中华民族保家卫国的精神武器。

　　延安的每一个角落，都藏着故事。走进一个个旧址，面对一幅幅泛黄的照片、一件件珍贵的文物，里面的一草一木、一砖一瓦，都在讲述着那段不平凡的历史。一道道山梁、一孔孔窑洞、一处处沧桑而粗犷的革命印痕，这里经历过血与火的洗礼，这里演绎过英雄们美好的梦想。窑洞门窗上红红的剪纸，土坎儿上、沟涧里回荡的山歌，腰鼓和缀着红绸的木槌，香喷喷的小米粥……这些充满生活气息和地方风情的意象，渲染出延安独特的文化氛围。

　　黄昏的南门广场上，在信天游的曲调中，腰鼓队队员们卖力地表演，他们头扎白羊肚手巾，腰缠大红绸带，每一个动作都充满了力量与美感。那一刻，我被深深地感动了，泪水在眼眶中打转。这是延安人民对生活的热爱与执着，是对这片土地深沉的眷恋与骄傲。

穿过历史的尘埃，走入那段不平凡的历史，静静地走着、看着、听着。短暂的行程，我收获了从未有过的认知。延安人民在那个红色的年代付出了巨大牺牲，用生命和热血赢得了全国的解放，而今天的延安人还是那样古道热肠，质朴美丽。无论是一路相伴的老师，还是酒店的服务人员、路边的清洁工，他们炙热的笑脸，和炙热的太阳一样，永远深深印刻在我的脑海。这里的每一个人都是这座城市的缩影，他们所散发的能量，传递的善意，让这座城市充满浓浓的人情味。

时间如笔、历史成书，延安是一本永远值得品读的书。每一次翻阅都能发现新的感动与启示。而我对延安的情感也将随着岁月的流逝而愈发深厚。一次延安行，一生延安情。这片红色的土地将永远留在我的心中，成为永恒的记忆与力量之源。

第四辑

品人间烟火

在云梦"过早"

　　小城云梦的清晨，是在"过早"呼唤中苏醒的。"过早"是云梦由来已久的一种习俗，也就是"吃早餐"的俗称，它深深植根于云梦的历史文化长河之中。

　　"过早"习俗由来已久，可追溯至清道光年间的《汉口竹枝词》。诗中就有这样的记载："且慢梳头先过早，糍粑油饺一齐吞。"民国时期，云梦水运繁荣，诞生了许多码头集镇，船只往来穿梭，商贾云集，他们带来了各地的饮食文化，各地风味小吃通过人员和商品的交流，与本土风味交融，逐渐形成了云梦独特的"过早"文化，渗透到云梦的大街小巷。繁忙的码头劳作加快了生活节奏，人们来不及在家用早餐，便在户外的小吃店用餐，这一习惯逐渐演变为云梦人不可或缺的生活方式。

　　时至今日，尽管码头文化的痕迹在多元化发展中有所淡化，但"过早"文化却历久弥新，成为云梦一道亮丽的风景线。清晨，小城街头巷尾遍布早点摊，满大街买早点的人，满大街边走边吃的人，热闹非凡。云梦的"过早"种类繁多，南北风味兼具，从面、米粉到油条、面窝、烧卖、汤包、豆皮、热干面，也有牛肉线粉、豆丝、水饺、汤圆，应有尽有，干稀搭配，美味可口。曾有网友分享过在云梦"过早"30天不重样的视频，足见其丰富多样。

　　"接你明天过早"，这句简单的话语，已成为云梦人之间传递情谊的独特方式。而"过早"文化，更孕育了云梦独特的"早酒"习俗。在这里，早餐不仅仅是一顿饭，更是一种仪式，一种对生活的热爱与尊重。

　　一碗香浓的蛋酒，是云梦早酒的入门之选，其制作讲究，选用本地优质糯米，添上酒曲，经过发酵化作白如玉液、甜润清爽的米酒。一匙米酒一匙糖桂花，待米酒和桂花美丽邂逅，再打入一个土鸡蛋，浇入滚烫的沸水，拌入一勺白糖，一碗香浓蛋酒就被端到了眼前，飘着缕缕桂花香。配上炸得酥脆油香的面窝、油条、烧卖、水汽包子之类，一起下肚，一整个早晨都充满了米酒的甜蜜和温暖。在云梦看"过早"的场面，就如同看一幅巨大的风俗画，更是在读一本民间烟火之书。

　　蛋酒和米酒的存在，对于云梦人来说更像是两份惹人喜爱的甜品，丝毫不觉得这是酒。米酒的出场也只是云梦早酒文化的"预告"而已，白酒的登场才是云梦人喝早酒的开始。

　　小城云梦有百余家早酒馆，在烧烤店、消夜店打烊不久之后，喝早酒的馆子就开始营业了，早酒的客人进店后，热干面、牛腩面、肉丝面等十几种面条随意点上一碗，耐心拌开，搭配一份素拼或卤拼，叫上几两散装高度白酒，谈天说地，吃完喝爽后，最后点一碗三鲜汤收尾，用新鲜的猪肝、五花肉、鱼肉和番茄做成的汤鲜美无比，趁着腾腾热气，食客们沉醉于这一碗欢喜之中。碗净杯空，心满意足和朋友道别。人间烟火味，最抚凡人心。

　　在云梦，每一家早餐店，每一份早点的背后，每一位来"过早"的人，都有属于他们的温情故事。"凌晨四点半我开始忙碌，日复一日接触滚烫的面条，手上结出了厚厚的茧，每日到午餐时间才有空吃早餐。"用双手编织着生活的烟火气。当皱纹爬上眼尾，当青丝变为白发，洪荒岁月的炉火湮灭，时代巨变的波澜不惊，最终都不着痕迹地投射在食物上，化作我们平凡的每一餐。这些看似不起眼的小店和摊位，是云梦市井生活的真实写照，也是无数平凡人努力奋斗的缩影。许多外出云梦人，无论离家多远，最怀念的都是云梦"过早"的味道。

我常去儒学街上吃三鲜豆皮，那里有许多不起眼的小店和摊位，多是夫妻搭伙谋生，各有分工，男人负责做早餐，一人料百味，一味总关情；女人打下手帮衬，外加售卖、餐后收拾等。没有多少文化和资本，就是靠着起早贪黑的勤劳和踏实，融入一个城市。而就是那些几毛钱几块钱的生意，不仅便利了大家，也支撑着一个个家庭，供一家吃穿，供孩子上学。我想我从这些小店里能看到平凡人的生活，他们都是不抱怨、不成为谁的负担，低调勤劳不怕吃苦的中国老百姓。

民以食为天，云梦的"过早"文化，这一团俗世的烟火气里，不仅承载着历史记忆与乡愁，更蕴含着无数小家的平凡梦想。市井长巷，聚拢来是烟火，摊开来是人间。在这里，生活被嚼得有滋有味，日子被过得活色生香，往往靠的不只是嘴巴，还要有一颗浸透人间烟火的心。

云梦鱼面

对于云梦人来说，一碗鱼面，汇聚河湖之鲜，是生态福地，鱼米之乡的自然馈赠，更是大泽湖畔、码头人家温暖而深切的乡愁记忆。

云梦县地处江汉平原北部，地形平坦开阔，涢水自西向东流经全县。境内多河湖塘堰，盛产多种鱼类，肉质肥美，各种鱼的吃法让人眼花缭乱，最出名的当数云梦鱼面，堪称湖北特色小吃，也是国家地理标志产品，有近两百年历史。

云梦鱼面的诞生是一次偶然，云梦棉纺织业早在清初就很有名，生产的白布结实耐用，因云梦以前属于德安府管辖，亦称"府布"，吸引南疆北国商贾千里跋涉来云梦采购。道光年间，白布街上的许传发布行已经成长为云梦县最大的布行，其生意兴隆，门庭若市，为了接待好南来北往的客商，许老板专门开了家客栈，聘请了当地以烹饪鱼丸出名的名厨黄师傅掌勺。一日，布行来了几位重要客商，许老板安排黄师傅制作新鲜鱼丸，款待贵宾客商。黄师傅手脚不停地忙了几个小时，制作了一大碗鱼泥放在案板上备用。又准备面粉和面做手擀面，一不小心失手碰翻装鱼泥的碗，这下鱼丸只得重新备料，弃之又可惜，还怕老板责怪。黄师傅灵机一动，便顺手把鱼泥和到面里，擀成面条煮熟上桌。客商吃了，个个赞不绝口，都夸这面条味道鲜美，问这面叫什么名字，黄师傅随口说出"鱼面"。就这样一传十，十传百，鱼面成了许老板客栈的知名特色面点。后来有一次，黄师傅鱼面做太多了，没有吃完，随手放在太阳下晒干存放。再次煮熟吃，不料味道更加鲜香好吃。真是无心插柳柳成荫！

　　许传发不仅用来招待客商，还把晒干的鱼面装到盒子里，作为礼品馈赠来自各地的顾客，这样云梦鱼面就在全国广泛流传。后来，一代一代的云梦鱼面人不断改良制作工艺和配方，便诞生了"中华老字号"云梦鱼面。

　　云梦鱼面之所以味道特别鲜美，自然离不开云梦所具有的得天独厚的物产资源条件。《墨子·公输》曾记载："荆有云梦，犀兕麋鹿满之，江汉之鱼鳖鼋鼍为天下富。"云梦民间有一首流传歌谣："要得鱼面美，桂花潭取水，凤凰台的粉，云台山上晒，鱼在白鹤嘴。"云梦城西郊府河有一"桂花潭"，清澈见底，潭水甘美有股桂香；"凤凰台"距桂花潭不远，传说凤凰在此栖落。桂花潭久旱不干，地势高阔，日照持久，所产小麦面粉筋道洁白。府河在"白鹤分流"处，所产鳊、白、鲤、鲫，鱼肥味美，是水产中之上乘。云梦鱼面鲜美的秘诀就藏于此，取"白鹤嘴"的鱼剁成鱼泥，用"桂花潭"水和面，切丝后放置"云台山"上晒干。

　　为了解云梦传统鱼面制作的流程，我来到了位于云梦铁西的刘文华的鱼面厂，他是云梦鱼面制作技艺非遗传承人。刘文华介绍，制作鱼面需要经历多道工序，首先是制作鱼泥。以4斤以上的草鱼和青鱼为主，宰杀后手工将鱼肉分离出来。只见工人们如庖丁附体，手起刀落，动作娴熟。剁成鱼泥后与凤凰台上产的面粉、淀粉混合，揉成均匀的面团，再切成小团状，用擀面杖手工擀成面皮，送入特制的蒸笼蒸熟。蒸好的面皮轻薄如纸，晶莹剔透，需要取出摊晾在架子上，阴干数个小时。等面皮不粘手，更有韧性了，再呈自然折叠状卷成条切丝，有经验的师傅通常一卷鱼面要切出 108 刀，切出的面如丝，色泽如银，故云梦鱼面又称"银丝鱼面"。

对于云梦人而言，鱼面已不仅仅是一份美食，更是一份乡土情结。每逢过年，鱼面是云梦人餐桌上的必备佳肴，有鱼面才算有年味。云梦鱼面的食用方法多样，可蒸可煮可炒可炸，吃法不尽相同，鱼面的鲜美却是别无二致，鱼香浓郁、风味独特、鲜而不腻。因为营养丰富，食之易于消化吸收，并具有温补益气的作用，被人们美誉为"长寿面"。

秋阳下，刘文华和他的员工将切好的鱼面放在簸箕上，搬到晒场上一行行整齐排列，接受阳光的烘烤，蒸发残余的水分，吸天地之灵气，取日月之精华。每根鱼面细如银丝而不断，整个晒场俨然是一幅充满韵律的画卷。

洗手做羹汤

唐代大医孙思邈提倡"安身之本，必资于食"。吃饭，原本只是为了"立命"，然而却能换来"安身"之效。怎么安身，考问着人们对吃饭的态度。不少影视剧作品中，常常会展现许多个吃饭的场景。那红尘里的故事，在杯盘与羹汤之间徐徐展开，饮食男女的爱恨情仇常常在饭桌前上演。

饮食对于我们而言，绝不仅仅是一箪食，一瓢饮，它更是一种心灵上的满足，其中充斥着无尽的爱与温暖。

正在上大学的女儿，吃腻了食堂的饭菜，常用外卖解决日常饮食。那些花样百出的外卖美食，虽然种类繁多，却总会勾起她对家里饭菜味道的深深怀念。放暑假后，她要回家住上半个月，首先声明回家后要吃家里的饭菜，哪怕是她爸自己开的餐馆也坚决不吃。母亲知道后，心疼我工作的劳累，主动要求来我家做饭。

家里使用频率不高的厨房，因为母亲的到来而热闹起来。在蒸煮煎炒的交响曲中，热气腾腾的饭菜纷纷上桌。母亲做的饭菜不一定能称得上色香味俱全，但我们吃起来却觉得口齿溢香。眼前的这些饭菜，不仅仅是我们用以果腹的食物，它还包含着一种外面美食所没有的珍贵东西，那便是浓浓的亲情。一家人围坐在一起，在自己熟悉的家里，那种温馨与惬意的氛围，是餐厅酒店绝对感受不到的。

　　我一直喜欢吃母亲做的饭菜，尤其是成家以后，这种感觉愈发强烈。我总会怀念起小时候，每天放学回家，家家户户都飘出饭菜的诱人香味，而我总是能够马上分辨出哪一样是母亲做的菜。

　　家，这个人类生存的基本单位，我认为最合适的表现形式，就是有人愿意为你洗手做羹汤。一个人吃饭的习惯是一道密码，只有共同生活多年才能掌握，父母或爱人做的饭菜总是那么可口，完全符合一个人的味觉需要，便是熟悉与陌生的分水岭，一旦掌握这一密码，就意味着彼此适应，就能打开通向亲密的大门。

　　一饭一蔬里，又何止是亲情？就连爱情也在这一羹一汤中演绎出浪漫情怀。看过卓文君和司马相如的爱情故事，那么"骄傲"的一个女子，为了她爱的男人，甘愿"自此长裙当垆笑，为君洗手作羹汤"。再轰轰烈烈的爱情，最终还是会一步一步地落实到柴米油盐酱醋茶的平凡生活中来。无须过多想象，当与她一起坐在桌前，吃着她做的饭，咸也好，淡也好，只要出自她的手，聊聊天，说说笑，这就是幸福；而从他眼里流露出来的怜惜，让吃饭不仅仅是果腹，而是一种情调。

　　杨绛先生婚后一直是家里的主厨，钱锺书先生为此写过一首《赠绛》："卷袖围裙为口忙，朝朝洗手作羹汤。忧卿烟火熏颜色，欲觅仙人辟谷方。"这样的男人对愿意为她做羹汤的女人如此关心，这样做羹汤的意义不也是一种很甜美温馨的享受吗？

　　炊烟袅袅，才叫作家。烟火袭袭，才是人间。诚然，每一个生命在年轻时都期待过轰轰烈烈的爱恋，但走过岁月沧桑后，才发现人世间亲情的温馨与爱情的美好，都离不开"我愿为你洗手做羹汤"这句话。在这一羹一汤中，蕴含着生活的真谛，承载着无尽的温暖与爱意。

春笋里的清欢

"食过春笋，方知春味。"一提起春笋，那份鲜味便在舌尖悄然生根发芽。春日的餐桌上，清甜鲜嫩的春笋总能给我们带来惊喜，仿佛一口咬住了整个春光，它更像是对味蕾与生活的唤醒。

我曾工作的县便民服务中心西北角，有一小片竹林，四季常青，青翠挺拔，枝秆稠密，姿态优美，竹叶细密婆娑，真可谓门前萧萧竹，林鸟恰恰啼。

春雷过后，细雨绵绵。竹林的地面次第探出毛乎乎的小嫩尖。可能因为是景观竹，没人理会这褐色的细小笋尖，我却在每天上下班的途中，驻足观察这些蛰伏地底的生灵，是怎样萌发着蓬勃向上的生命力。

笋，是竹子初从土里长出的嫩芽，《尔雅》中称其为"竹萌"。《诗经》中有"加豆之实，笋菹鱼醢"的诗句，原来早在三千年前，笋就已经备受追捧，尤其受到文人青睐。在唐代，朝廷还有专员负责植竹。《唐书·百官志》云："司竹监掌植竹苇，岁以笋供尚食。"到了宋代，苏轼写道："宁可食无肉，不可居无竹。无肉令人瘦，无竹令人俗。"

看到这些细笋，我想到第一次挖春笋的经历。那是2022年5月，单位组织在清明河乡官渡村开展志愿活动，其中一项便是去邱家湾竹林清理残枝和垃圾。我们一行来到官渡村，因该村境内有一个专供官员过河的渡口而得名，它地处府河与漳河交汇处，两河相交，地势低矮，村里水资源丰富，在邱家湾村头河边，何时长出这一片壮观的竹林，我没有考证。

走进竹林深处，空气比外面凉爽很多，竹子长势茂盛，枝叶葳蕤，遮天蔽日。竹子们搭肩挽手，临风起舞，在微风中发出簌簌的声响。不时有鸟儿嬉戏，飞上落下，叽叽喳喳。

一些枝冠大而腰身细长的竹子，经受不住自身重量，背部微微弯曲，当然也有被压断枯死的竹竿，就是我们清理的对象。

5月的阳光透过竹叶的缝隙，洒下斑驳陆离的光影，在林间缓缓流动。雨后初晴，星星点点、高高低低的竹笋遍地都是，小的只是从地表上露出一个小尖尖，大的已有一米多高，还有的基部笋箨已脱落，除梢部尚有笋箨包裹以外，中下部各枝节变为绿色的"竹青"，青色的竹竿在阳光下泛着光泽。

劳动之余，与一个个竹笋擦脚而过，这些毛茸茸的"小精灵"着实让人喜欢。活动结束后，经村民允许，我得以亲手拔几个笋。在一个村民手把手的指导下，我弯腰用脚朝着笋身中斜踩下去，只听到"咔嚓"一声，笋根应声而断，再用手握住笋身摇晃，待周围的土层松动，很轻松就掰出一个胖胖的春笋。拿在手上沉甸甸的，从头到脚被褐色笋衣紧紧地包裹着，像一个熟睡的婴儿。根部还渗出了汁液，一股清新气息中夹杂着泥土的芬芳，新鲜的春笋，是大自然的恩赐，也是时令的馈赠。

春笋有很多种吃法，春笋无论炒、炖、焖、煨，皆成美味。在云梦人的餐桌上，最常见的便是春笋炒腊肉。我回家后，一层一层剥去笋皮，露出粉白透黄又泛绿的笋肉，像是玉簪。突然想起，明人林洪在《山家清供》里将煮春笋称为"煮玉"。洗净后切成条状，在淡盐水中焯两三分钟沥干，去涩。锅中加入适量油，烧热后放入大蒜末、姜末爆香，加入腊肉片煸炒至变色，加入春笋片，盐、糖、生抽调味，翻炒均匀，焖烧直至熟透后出锅装盘，一口下去，都是春天的味道。

最近读《苏东坡传》，苏东坡经历了宦海浮沉后，对食物有着精深的理解和感悟。"蓼茸蒿笋试春盘，人间有味是清欢。"四时风物，不时不食。春笋里清淡的欢愉，正是对平静、恬淡、俭朴生活的热爱。

品人间烟火

我在农村长大，对童年的记忆大多都停留在味蕾的记忆中。那是一个物资稀缺的年代，与"吃"有关的记忆，总是难忘的。小时候，印象最深的事，几乎都与吃有关，稍有滋味的吃食，就会铭记在心。

食物，不仅是味蕾的享受，更是民俗与文化的载体，它交织着心理与味觉的双重体验，构筑了每个人心中独一无二的味觉记忆。云梦有道菜叫"全家福"，便是这样一道承载着深厚情感与习俗的佳肴。在红白喜事、团年饭等宴席上，它总能占据一席之地。就是把各种原料凑成一锅，包括海参、鱿鱼、猪肝、火腿肠、肉丸、鱼丸、西红柿、鹌鹑蛋、黑木耳、西蓝花，用生粉勾芡成糊状，一些并不相干的菜组合在一锅里炖熟，不相同的气息相互交融，不同的颜色相互衬托，别有滋味。

这世间的很多事情，其实与"全家福"一样，是可以炖到一起的，原本不相关的事物，因为搭配融合到了一起，就成为另外一种更美好的事物。就像生活本身，在日常生活中并不是泾渭分明的，很多东西掺杂在一起之后，你中有我，我中有你。苦中作乐，忙里偷闲，安静的表情下面隐藏着汹涌的心态。那些混沌的、混杂的、混乱的，更像生活本来的样子，它们被混合后，被赋予某种意味。

云梦，这片位于江汉平原北部的土地，涢水蜿蜒而过，滋养了一方水土，也孕育了丰富的饮食文化。涢水河畔的"桂花潭"与"白鹤口"，不仅景色宜人，更是鱼类的天堂。家乡人招待尊贵的客人，通常会上一道全鱼。鱼在桌席上是一道特殊的菜，寓意年年有余。鱼上桌也颇有讲究，头朝北，肚朝客。吃鱼前，要先把杯中酒斟满，一饮而尽，坐在首席的客人动了筷子，其他人才可开吃。这是一种礼数，是主人心意的表达，客人并不在意是否真的能吃到鱼，他们更看重的是这种礼数本身所包含的东西，其实这也是一种最朴素的饮食文化。

而云梦的另一道特色美食——鱼面，更是将水乡的韵味发挥得淋漓尽致。将鱼泥、面粉与淀粉巧妙融合，和成面团，擀成面皮送入蒸箱，30秒之后迅速取出晾干折叠定型，再分切，最终制成细如银丝的鱼面，口感筋道。无论是炸是炒，每根细如银丝而不断。或蒸或煮，简单烹饪，细腻筋道入口有韧劲，都能品尝到那份独特的鲜美与细腻。

此外，云梦人对食物的命名也充满了智慧与趣味。卤猪舌头被巧妙地叫"赚头"或"口条"，因"舌"与"折"谐音，故避"舌"说"条"。既避开了不吉利的谐音，又寄托了人们对美好生活的向往与追求。这种在饮食中融入信仰与禁忌的做法，让吃不再仅仅是一种生理需求，更成为一种充满仪式感与文化内涵的生活方式。

读汪曾祺的《人间至味》，仿佛是在翻阅一部生动的美食记录史。他笔下的无论是高邮的炒米、咸鸭蛋、焦屑、咸菜慈姑汤，还是昆明的汽锅鸡、牛舌、米线等，随手拈来，不仅让人垂涎欲滴，更通过质朴自然的文字，流淌着一腔化不开的浓情，传达出作者对生活的热爱与感悟。这哪里是在谈吃，分明是作者汩汩的时光里一种从容、一种云淡风轻的人生感悟。正如他所言："四方食事，不过一碗人间烟火。"美食，总能触动人心底最柔软的部分，让人在品尝之间感受到生活的酸甜苦辣与人生百态。

最终，我们不难发现，生活的滋味其实就藏在那一碗碗最朴实的人间烟火之中。它们或许并不华丽，却足以慰藉我们的心灵，陪伴我们走过漫长的人生旅程。

三鲜豆皮的况味

平日里，早餐总是在单位食堂匆匆解决，而到了周末，我偏爱将这份晨光中的仪式感，寄托在儒学街那热闹非凡的早点摊上。

清晨，街道两旁，商铺逐一掀开夜的帷幕，有的店主揉着惺忪睡眼，费力拉起沉重的卷闸门；有的则手持扫帚，在店铺前细心清扫，迎接新的一天。偶尔，几位晨练者穿梭其间，为这宁静的早晨添了几分生气。汽车缓缓驶过，带起一阵阵微风，与晨光交织成一幅生动的画面。

早点摊前，热气蒸腾，各式各样的美食琳琅满目：黑米粥的醇厚、红豆汤的甘甜、豆腐脑的细腻，还有那刚出炉的包子、叉烧、发糕，以及白嫩诱人的馒头，无不挑逗着食客的味蕾。但在这众多美味中，我独爱三鲜豆皮那独特的况味。

三鲜豆皮，外层金黄酥脆，宛如一张精心雕琢的蛋饼，内里却藏着丰富的宝藏：软糯的糯米、鲜美的酱肉、醇厚的香干、爽口的榨菜，每一口都是外酥里嫩，满嘴留香，令人回味无穷。

制作豆皮的摊主是一对中年夫妇，男人虽黑瘦，却精神矍铄。他身着一件油亮的灰色皮革围裙，立于锅边，待锅底微红，便以丝瓜瓤轻蘸油液，细细擦拭。随后，他手持长柄木瓢，精准地舀起半瓢豆米浆，沿锅边缓缓倾倒，动作流畅而富有节奏感。

对于浆汁的每一处空缺，他都以河蚌壳（当地的一种炊具）细心填补，确保面皮厚薄均匀。炉火之下，锅身缓缓旋转，面皮逐渐凝固成型。待时机成熟，他迅速打入四个鸡蛋，以同样手法均匀涂抹，随后盖上锅盖，减弱炉火，静待一分钟，一张色泽金黄、香气扑鼻的豆皮便诞生了。

男人用小铁锅铲将熟皮周围铲松，双手娴熟地把豆皮翻过面来，均匀地撒入精盐。而一旁的女人开始麻利地将糯米均匀地铺在豆皮之上，再撒入炒好的肉馅、香干、榨菜丁及葱花。男人随后把豆皮周围边角折叠整整齐齐，将糯米与肉馅紧紧包裹其中，并沿豆皮边缘淋入熟猪油。经过半支烟工夫的文火慢炙，再全然翻卷过来。此时的豆皮已经是焦黄色，在升腾的白色的蒸汽里显出一丝华贵。男人利落地用锅铲就势将整块豆皮切割成豆腐干大小的方块，一锅金黄璀璨的三鲜豆皮便如画卷般展现在眼前，宛如5月田畈中那片片金黄的麦穗。

三鲜豆皮快要起锅的当口，男人再次在炉内加一把旺火，片刻之后，沿锅边浇入小半瓢高汤。汤水遇热化作袅袅雾气，伴随吱吱声便叽叽喳喳，急促促地从豆皮的缝隙中蔓延出来。糯米因高汤的加入而更加黏糯可口，同时也化解了豆皮的油腻感。此时，就着一杯温热的豆浆品尝这香喷喷的三鲜豆皮，除了味蕾的极致享受，该是还有另外的体味。凡滋味中的精华，并不在于刻意追求。

日复一日年复一年，这对夫妻从早晨忙到11点多钟才能收摊。男摊主熟练的烙豆皮技术，在我看来也渐渐成了一门艺术，那双灵巧的手，我看不出与常人有何差别，却能舞出最动人的旋律。也许正是这份对生活的热爱与坚持，才让他们能够触摸着小城清晨的心跳，让这平凡的早晨因他们的存在变得生动而充满活力。

　　晨光中的街道，依旧车水马龙，人来人往，川流不息。我常常在这些陌生人的身上，寻到自己的影子，他们的忙碌，我的匆匆，仿佛都是这座城市不可或缺的一部分。那些模糊或清晰的影子层层叠叠交织在一起，分不清哪是我，哪是别人，这些影子都在这座城市中奔波着各自的生活。

荠菜情结

　　母亲打来电话，说菜地里的荠菜又长出了一茬，趁鲜嫩挑回来包饺子，让我周末回家拿荠菜饺子。荠菜那独有的带着青草气息的清香，瞬间在我的味蕾弥漫开来。

　　荠菜，被家乡人称为"地菜"，作为野菜中的明星，我想很少有人不喜欢它的味道，尤其是文人墨客。从北宋大文豪苏东坡"时绕麦田求野荠"，他用荠菜和粳米煮粥，自称"东坡羹"；到南宋诗人辛弃疾的"春在溪头荠菜花"，体现了生活无处不在的诗意；还有周作人、张洁、汪曾祺，对荠菜的喜爱几乎成了一种情结，隐藏着童年的味觉和成长经历。这种喜爱渗透到他们的文字里，仿佛成了催化剂，让读者毫无抵抗力，被荠菜的魅力深深吸引。

　　如果不是在农村长大，仅凭文章、诗词认识荠菜，就很容易生出误解，以为荠菜是春天的野菜，只有春暖花开时才吃得上。也难怪，通常说到野菜就会想到春天，那时漫山遍野都是各种野菜，野菜就是一种可食用的草。

　　然而，初冬时节，万物都走向萧瑟，青草渐渐枯黄，怎么会有野菜呢？可荠菜偏偏是个"愣头青"，正值小雪节气就迫不及待地探出头来。田间地头、房前屋后、河边滩涂，荠菜们揉着眼睛、伸着懒腰，早已从松软的土里钻出来，它们有的匍匐，有的卷曲，有的躲藏，随处可见它们呼之欲出的身影。只要有一块立足之地，都会不管不顾地生长。那些和白菜、萝卜、菠菜、大蒜挤在一起的荠菜，可谓是心无城府，广结善缘，四海皆兄弟，把自己的身影洒向田野的每一个角落，给点阳光就灿烂，给点雨露就微笑。

路边野生荠菜，叶片边缘有明显的锯齿状，表面有一层细小的绒毛，呈辐射状紧贴地面生长，根系牢牢抓住大地，仿佛要隐身于泥土之中，这样人踩在上面走也没有关系，不会伤害到它们。我想，这或许就是它"地菜"之名的缘由。

沟渠、堤坡边的荠菜，向阳生长，茎叶呈紫褐色，和泥土的颜色很接近。看起来憔悴、苍老，口感却十分鲜美，应该是吸足了阳光着上了一层色彩吧。

菜地里的荠菜，和菠菜、大蒜们挤在一起生长，就是另一番模样了，茎叶娇美、风姿绰约，简直不像野菜。因为在播撒菜种前，地里是下足了底肥，随风播种的荠菜就不再是野菜了，它和蔬菜获得相同的待遇。

野生荠菜靠风传播种子自然生长，常会与绿茵茵的植被浑然一体，抑或和杂草丛生的野地同为一色，难以分辨。所以，在我的家乡，人们形象地把挖荠菜说成"挑地菜"。

无论是匍匐在地上的小叶荠菜，还是庄稼地里的大叶荠菜，不管翠绿还是紫褐色，也不论长在贫瘠还是肥沃的土地上，清香的味道都相同，让我看到了植物适境而生、适境而居的智慧。

母亲菜地里的荠菜是她播种的，有湿润、肥沃的土壤，自然生长得清秀健壮。种子是大自然的秘密，无论是家生荠菜还是野生荠菜，对泥土来说，所有的种子都是种子，没有区别，只需静待时间的洗礼，它们便能茁壮成长。

水润梦泽
SHUIRUNMENGZE

　　只要天不下雨，母亲就喜欢往菜地里跑。因为这块菜地，她的日子过得倒也踏实，这份踏实是土地赋予她的，是她亲手种下的庄稼，一天天如期地生长给予她的。

　　母亲喜欢去菜地干活，在晨光中除草，在太阳下浇水，种一点儿什么作物，采摘一点儿什么果蔬，将菜地的收获变成孩子们的美食，让她很知足。

青梅煮酒

初夏时节，青梅挂满枝头，微黄透亮，正是酿制青梅酒的最佳时期。我第一次喝青梅酒，是在昔日师长戴老师家中。她拿出一坛青梅酒，倒入碗中，一股馥郁的酒香扑鼻，酒色浅黄诱人。轻抿一口，唇齿间交织着微醺的清甜与梅子的微妙酸意，回味悠长，既少了烈酒的张扬，又多了几分绵柔与香醇，仿佛青梅赋予了酒以从容、优雅与大气。

往年，我多是网购青梅果自行酿酒，而今年，我与友人相约，前往一处庄园亲自采摘。雨后，空气格外清新，几株梅树郁郁葱葱，宛如碧海。虬曲的枝干上，玲珑的青梅果密密匝匝，阳光透过叶缝，洒在油亮的青梅上，显得格外可爱。此情此景，不禁让人想起"和羞走，倚门回首，却把青梅嗅"的古典意境。青梅宛如深闺中的少女，娇羞地藏于叶下，将那份盈翠温婉，悄然融入千年的诗词之中。

我们挎着竹篮，穿梭于梅树间，不久便满载而归。看着篮中沾着晶莹雨珠的青梅，我忍不住取一颗轻咬，顿时酸意四溢，让我龇牙咧嘴。庄园的女主人笑道："青梅季短暂，稍纵即逝，若不及时采摘，便成黄梅了。"这番话，也让我感慨人生亦是如此，美好时光需及时把握，莫待失去方知珍惜。

回家后，我趁新鲜将青梅倒进盆中，仔细挑选出表皮圆润、顺滑，没有虫眼、划伤、霉斑等破损的青梅。即使是酿酒，颜值也很重要。

接着将梅子去蒂、杀青，若偷懒省去这一步，泡出的梅子酒则生涩难咽。我找一根牙签，左手青梅，右手牙签，轻拢慢捻抹复挑，戳一下青梅的蒂，轻轻一挑便可，但不能戳破青梅的表皮。再用盐水清洗、浸泡、反复揉搓，搓洗掉梅子表面的毛和灰尘，青梅的表皮比较娇嫩，温柔地揉搓即可。

洗净后沥干水分平铺阴干，待彻底干燥后，用小刀把青梅划出十字痕，然后一颗一颗装进瓶里，一层青梅一层黄冰糖平铺在坛子里，再沿着坛壁缓缓注入清甜米酒，米酒须传统工艺酿制，陈放一年以上的好基酒，是梅子酒的灵魂所在。然后在坛口覆上一层保鲜膜，用麻绳将其扎紧密封，算是大功告成。为一件事情忙碌着，任时光流逝，日子像流水一样变得温柔恬淡。

我常常在想，新鲜的青梅果，满嘴酸涩，难以入口。但与一壶陈酿的米酒相遇后，历经时光的洗礼，竟能变得甘甜清洌，令人沉醉。青梅由涩转甜的过程，不正是青梅煮酒、沉淀芬芳的过程吗？

自酿梅子酒，耐心地将青梅同米酒缓缓地与时间融合，待到梅子变色时，梅入酒中，酒渗梅香，像两个原本陌生的人，在一场因缘际会中邂逅，便紧紧地连接在一起，从此开始了执子之手，与子偕老的深情相依，相互欣赏，彼此成就。这个过程中，青梅由青涩到甘洌，正如人从懵懂无知到人情练达，每次变化都意味着再次成熟。

遥想当年，三国中曹公约会刘备，二人"青梅煮酒论英雄"，那段佳话至今仍为人津津乐道。彼时的英雄，早已随着滚滚的东流水消逝在时间的长河，唯有那青梅酒香的佳话，依旧流淌在人们的心间。

    青梅酒，不仅承载着中国传统的诗情画意，更蕴含着恰到好处的酒香与果香。浅酌一口，怡然自得，仿佛整个世界都变得温柔而恬淡。

那碗猪油酱饭

一勺猪油，一匙酱油，融入一碗热腾腾的米饭中，一起拌一拌，就是儿时母亲做的猪油酱饭，那曾是我日日的念想。那些逝去的光阴，在当时是再正常不过的人间烟火，至今却是我挥之不去的温暖时光。

儿时的我，体弱多病。在物资匮乏的年代，菜里没多少油水，我常没胃口吃饭，母亲为哄我多吃，给我用猪油加酱油拌饭。当时，还没有鲜酱油，都是去村小卖部打的散装酱油。那时，我家每年初都要喂两头猪，年底卖给村里的肉店宰杀，换回我们的学费。杀猪那天，父亲端回一盆猪血、猪头肉、猪下水等，还有一块猪板油，算是对全家人辛苦一年的慰藉。

夜幕降临，母亲在厨房忙碌，她将白花花的板油切小块，放入锅内，加上一勺水熬煮，随着猛火加热，寸丁大小的猪板油膘吱吱地翻滚着，身子越缩越小，失去了最初的白嫩。待水熬得差不多干了，调小火，慢慢煸炒，当猪油慢慢溢出，板油膘也变成了金黄的油渣。刚熬出来的猪油，金光闪烁，母亲把它舀进搪瓷缸里。焦黄酥香的油渣撒点盐，我和弟弟抢着吃。作家尤今就对小时候吃猪油渣的经历记忆犹新："极端的脆，轻轻一咬，'咔嚓'一声，天崩地裂，小小一团猪油像喷泉一样，猛地激射而出，芬芳四溢。"

　　第二天中午放学，我看到冷却后的猪油冻成了固体，雪白细腻。母亲会在热腾腾的米饭锅里加入半调羹猪油，锅里发出扑哧扑哧的响声，再倒入酱油，一遍又一遍地翻炒，香气扑鼻，米饭变成褐红色了。猪油是那个年代的稀罕物，一般只有炒菜时才舍得放一点，用来炒饭就显得有点奢侈。加了猪油的酱饭，米饭红得亮晶晶的，每一粒都闪着诱人的光，酱油恰到好处的咸鲜，米饭的甘甜，嫩绿的葱花，都在猪油的润滑中被调和放大。软糯鲜香，油而不腻，我和弟弟嘴巴两边沾上了酱油的颜色。家里连着几个月闻不到肉香，我开始天天盼着用猪油炒的猪油酱饭。

　　后来，生活条件有所好转，我依旧喜欢吃母亲做的猪油酱饭。有一年，我在外求学，中秋节赶着回家，踏着满月照洒的银光，乘着柔和温润的晚风。刚到村口，我就闻到了熟悉的猪油酱饭的香味，看着窗户映照出橘黄色的灯光，早已饥肠辘辘的我三步并作两步向家的方向奔去。

　　母亲将精心烹制的猪油酱饭，盛在蓝边的瓷碗里，加了豆豉，撒了葱花。我和弟弟迫不及待地捧在手上，瞬间连碗和手都是香的。第一口没用筷子，低头在碗里啃上一口，瞬间酱油、豆豉、猪油、葱花和着饭香，在唇齿间游走。这次猪油酱饭颜色格外好看，我们小口小口地吃，慢慢地细细地品，仿佛不让这香气把浑身浸透就是暴殄天物。吃完猪油酱饭，我已是精神焕发，如脱胎换骨了一般。母亲在一旁收拾桌子，两只眼睛笑成两条弯弯的弧线。

　　人对食物的记忆多源于童年，长大离家后，我依旧对猪油酱饭情有独钟。独立生活后，我学做饭，便是从猪油酱饭开始的。如今生活持续向好，除了猪油、牛羊肉、腊肠、鸡鸭、虾米等普通食材外，蚝豉、鱿鱼等高档海鲜也进入了百姓家的食材里，这与过去猪油酱饭的年代相比，不可同日而语。但无论时代如何变迁，无论美食怎样琳琅满目，猪油酱饭的味道，就像滋润庄稼的雨水，永远浸润在我的味蕾里。

那碗猪油酱饭，多年前是一道美食，多年后是一份念想。我们怀念猪油，不仅是怀念一口滋润，也是怀念曾经我们还拥有小火熬油的时间，更是怀念母亲的味道，是世上绝无仅有的味道，只有儿女才能辨别出来的味道。它在漫长的时光中和故土、亲情、念旧、勤俭、坚忍等情感和信念混合在一起，才下舌尖，又上心间，让我几乎分不清哪一个是滋味，哪一种是情怀。

秋来菱角香

我居住的小城，仿佛是古云梦泽遗落的一颗明珠，静静地镶嵌于广袤无垠的稻香与碧波之间。湖泊与池塘如星辰般点缀其间，构成了一幅水乡泽国的美丽画卷。在这片丰饶的土地上，自然盛产着一种秋日的珍馐——菱角。

晨曦初破，我沿着龙岗路缓缓向东慢跑，拐进黄香大道，不经意间，路边一汪清澈的菱角池映入眼帘。池水悠悠，映照着天边初升的日辉，波光粼粼中，一位采菱人正忙碌于其间，他的身影与这秋日的晨光融为一体。

我轻轻踏过一片露珠莹莹的狗尾草丛，靠近绿波粼粼的菱池。只见翠绿欲滴的菱叶如同铺展的翡翠，一圈一圈地紧密排列，层层叠叠，密不透风，菱叶交接处的叶片卷翘着，透出几分妩媚。仔细观看，可见菱叶中央白色的菱角花儿，羞怯地打着朵儿，淡雅，清丽。古籍记载："菱，六月开小白花，昼合夜开，随月转移，犹如葵之向日。"故菱花有一个风雅的名字叫"月亮花"。记得儿时，晚上在门前池塘边乘凉，总能看到菱花绽放的盛景。有月亮的夜晚，菱花的光彩可以与月华媲美，自有一种清幽清致的况味。

鸥鹭的啼鸣划破宁静，它们或低飞掠过水面，或盘旋于菱池之上，为这幅画面添上了几分生动与活力。但见采菱人身着深蓝色罩衣，双脚盘坐在椭圆的菱桶里，宛如一叶扁舟，在碧波上来回翻动菱叶，用两手慢慢划水，菱叶密密麻麻地覆盖在水面上，随着菱桶的前行划出一条长长的水道。他身体微微前倾，从水里拿起一个菱盘，另一只手熟练地拨开叶片，红色的菱角像一个个水灵的小姑娘，穿着青绿色的裙子款款上岸。用手轻轻一掰，饱满的菱角就掉进桶内，再将菱盘放回水中，如此往复。刚采摘的红菱，带着湿润水汽，弯弯的边角上翘，像少女的红唇，俏丽可爱。那一刻，我仿佛能听见它们轻轻地低语，讲述着水下的故事与秘密。

菱角又名菱实、水栗，号称"水中落花生"，这水中的精灵，不仅是大自然对水乡儿女的慷慨馈赠，更是餐桌上的一道美味佳肴。吃法上的讲究大不相同，粉红色的菱角可生吃。拈一个用指甲一掐，外壳顿碎，白肉嫩滑。嚼一口，唇齿甜脆生津，菱汁在嘴中肆无忌惮地弥漫，味觉神经立时陷入一片鲜美的沼泽中。菱角亦可熟吃，紫色的老菱口感粉糯，最传统的吃法就是用盐水煮，可当零食，也可以炒菜、煲汤。我最喜欢吃的是母亲做的菱角炒瘦肉，配搭上青椒，白绿相映，香溢满屋。

菱池青碧，波光鸟影。自古以来，菱角便是文人墨客笔下的常客。从王维的"漾漾泛菱行，澄澄映葭苇"，到王安石的"草头蛱蝶黄花晚，菱角蜻蜓翠蔓深"，每一句诗词都如同一幅幅流动的水墨丹青，流转在唐诗宋词的典籍里。

此刻，我站在菱池之畔，望着那"菱角何纤纤，菱叶何田田"的景致，心中不禁涌起一股莫名的感动。在这片充满诗情画意的土地上，我仿佛与古人共鸣，与自然同呼吸。菱池的青碧，波光的闪烁，鸟影的翩跹，共同编织了一个关于水乡、关于秋天、关于生活的美丽传说。而我，有幸成为这传说中的一部分，与晨光共清欢，与菱角同醉。

秋日新米粥

昔日云梦，稻田广袤，早晚稻交相辉映。然而，随着城市化的浪潮席卷，进城务工的村民日益增多，农村劳动力渐显稀缺，昔日的双季稻景象悄然蜕变，仅余中稻独守秋光。秋风起时，历经扬花、抽穗、灌浆的稻穗沉甸甸地低垂，将广袤的田野装扮成一片璀璨的金色海洋，绘就一幅令人心醉的秋日画卷。此刻，正是农家炊烟袅袅升起，新饭香四溢的温馨时节，勾起了我对那碗简单却温暖无比的新米粥的无限遐想。

在家乡的方言里，粥被亲切地称为"稀饭"。不仅仅是一日三餐的寻常之物，更是家的味道。它不仅需要时间的慢慢酝酿，更需心灵的细腻呵护，方能成就一碗佳肴。熬粥，是一门艺术，更是一种情感的传递。小火慢炖之间，稻米逐渐糊化，释放出浓郁的米香，每一粒米都似乎在诉说着关于时间与耐心的故事。好粥，需细火慢熬，方能熬出人间烟火的温馨，熬就一颗温热的心。

煮粥看似简单，实则暗藏玄机。要想熬制出一碗上乘的米粥，选材至关重要。首先要选一款好米，白花花的新米，晶莹剔透，其香诱人，一粒米下锅，满室皆芳。

我出生的时候，母亲奶水不够足，我便日夜哭闹，物资匮乏的年代，又遇上家境贫寒。母亲也徒唤奈何。于是，她就在自家的灶头上，用稻草火熬新米粥，在稻米粒都开花后，经常可以看见粥上熬出一层米油，一朵一朵沉浮于米汤中。母亲将漂在上面那一层浓浓的"粥油"盛起来，一勺一勺喂我，这"粥油"是在熬粥时，新米中熬出来的精华集聚一起，自然是最有营养，也最养人。

母亲有一双巧手，她能将平凡的食材做出美味的粥品——玉米粥、青菜粥、萝卜粥、绿豆粥、南瓜粥、红薯粥……每种粥有滋有味。熬粥不能图快图省事，要有耐心，锅边不能离人，先用旺火，待米在水中翻腾，改为小火慢慢熬制，这样熬出来的粥不失营养，味道香浓醇厚。

秋风起，秋谷香，新米陆续上市，这熟悉的气息总能勾起我对儿时新米粥的无限怀念。周末的午后，接到了母亲的电话，她说买了新米和红薯，准备给我煮新米红薯粥。接到电话瞬间，我仿佛穿越时空，闻到冒着滚滚热气，香味扑鼻的红薯粥。

想起小时候，村里几乎家家都种红薯，父亲每年也会在屋后的地里种上一些红薯，红薯不娇贵，土地再贫瘠也能茁壮成长。母亲从地里挖来又大又胖的红薯，去皮切成小块，再淘点白米，掺在一起放在锅里熬煮。母亲通常会往灶膛里添两把柴火，火一下燃得很旺，火光映红母亲的脸庞。锅里沸腾了，发出咕嘟咕嘟的响声，然后改用小火慢煨，灶膛里蒸气四溢，氤氲在一片朦胧的热气中。那普普通通的一锅粥，经过细火慢熬，粥也就慢慢有了情感，带着与爱相关的质朴味道。

而今，母亲老了，母亲的爱却如同那碗新米粥，历久弥新。她小心翼翼地呵护着我们姐弟三人，即使我们都已人到中年，哪怕她的身影不再挺拔。我们依然是她不放心的孩子。在母亲心里，我们是她寄存在人世间的，用全部的光阴兑换来的，舍不得花的一张张"支票"。

食物，是生活中最质朴最温暖的话语。当我再次吃着母亲用新米熬成的红薯粥时，那份稠如蜜，软糯，虽薄却不稀，虽腻却不黏，入口滑爽滋润，齿颊留香，温肚暖肠，神清气爽。

云梦米粑

素有"鱼米之乡"美誉的云梦，地势平坦，土壤肥沃，自然赋予其丰富的物产，尤以特色米粑备受喜爱。这款传承久远的美食，世代滋养着云梦人的心灵，也承载着深厚的历史文化底蕴。

制作云梦米粑，首要之务是精选优质粳米，经过细心淘洗后，在清冽的冷水中悠然浸泡数日，其间需日日换水，轻轻搅动米粒，直至其柔软至极，轻轻一触即散，方才完成浸泡的细腻步骤。随后，捞出沥干，与适量清水精心配比，送入古朴的石磨中，缓缓转动间，细腻的米浆便汩汩而出，宛如山间清泉，纯净而顺滑。

古人云："米粑美味，得之不易。"自我幼时起，村中几乎家家户户都备有石磨，用以磨制米粑所需的米浆。那重达数百斤的石磨，在木棍的驱动下，顺时针缓缓旋转，上下两片磨盘轻吟浅唱，如同老者的低语，诉说着岁月的故事。推磨之人，身体前倾，面朝大地，双腿稳固，双手紧握磨杠，汗水滑落，却也在无形中滋养了这片充满生机的土地。米浆的浓稠，直接影响着米粑的口感，水多则软糯黏牙，水少则干硬难咽，唯有精准把控，方能成就那份令人回味无穷的美味。

记忆中那些清晨，当第一缕阳光穿透薄雾，鸡鸣声起，我便起身帮母亲磨浆。母亲主导全局，我则负责添料，那水与米的比例，皆是母亲凭借多年的经验精心调配，一勺一勺，缓缓加入。添料之时，需眼疾手快，既要避免米粒洒落，又要避免伤及手指。随着石磨的吱嘎声，洁白如玉的米浆缓缓流出，那份纯净与甘甜，至今仍让人难以忘怀。

米浆的发酵，则是另一门考验耐心的技艺。母亲以温水化开酵母，轻轻拌入米浆之中，而后便是静候其变。温度的高低，直接决定了发酵的时间长短。待米浆逐渐膨胀起泡，转为绵密的米糊状，便是下锅的最佳时机。无论是炕制还是蒸制，云梦米粑都展现出其独特的魅力：炕制的外皮金黄酥脆，内馅洁白柔嫩；蒸制的则通体洁白如玉，细腻如丝，轻轻一触便微微颤动，宛如艺术品般令人赏心悦目。入口的那一刻，酥软滑嫩的口感与甘甜的味道瞬间充盈心间，令人陶醉不已。

儿时的记忆里，米粑常与自家腌制的咸菜萝卜条相伴而食，但最令人期待的莫过于米粑包油条的美味。将一根油条一分为二，包裹着两个米粑，一口咬下，油条的香脆与米粑的软糯交织在一起，那份滋味至今仍让人回味无穷。

时至今日，云梦米粑的制作已不再局限于传统的手工方式，机器烙制与手工炕制并存。超市的冷冻柜中，红枣米粑、葡萄干米粑、黑芝麻米粑等琳琅满目，只需简单加热，即可享受到与新鲜制作无异的美味。云梦米粑，已不再仅仅是一种食物那么简单，它更是云梦人民生活习惯与风俗民情的缩影。它融入了云梦人的血脉与灵魂之中，成为一段永恒的记忆与情感的寄托。岁月流转，那份独特的韵味却历久弥新，如同那嗡嗡作响的石磨声一般温暖而踏实，让人心安。

舌尖上的腊味

腊味，是岁末年初时节里一道独特的风景线，它不仅承载着丰富的味觉体验，更蕴含着深厚的文化底蕴和浓浓的家乡情感。在家乡云梦，民间素有"冬腊风腌，蓄以御冬"的传统习俗，每当冬至之后，寒风渐起，家家户户便开始忙碌起来，制作各式各样的腊味，以备过年之需。

腊肉，作为腊味中的经典之作，其制作过程充满了仪式感。精选肥瘦相间的猪肋条肉，俗称"五花肉"，在上端扎孔穿线，每个部位都涂抹上盐和花椒，里里外外用手抹匀，再喷上少许白酒，仿佛在为这即将沉睡的食材注入灵魂。扣在盆中腌制 3～5 天，经过数日的耐心等待，当晴朗的天气到来，腊肉便被挂出晾晒，直至变得干硬而充满风味。家乡的腊肉，以其肥而不腻、色泽鲜亮、味道醇香而著称，切片后更是透明发亮，令人垂涎欲滴，素有"一家煮肉百家香"的美誉，不仅美味，还有开胃、祛寒、消食等多重功效。

灌肠，则是年味中最为浓烈的一笔。选用猪臀部肥瘦相间的肉质，搭配韧性十足的小肠。猪肉切成小碎条，放盐、白胡椒粉、糖、辣椒粉、味精、花椒粉、料酒、鸡蛋等精心调味，反复揉抓，使调料覆盖均匀，腌制一会儿后，倒入少许清水，再次搅拌均匀。洗净的肠衣套在漏斗嘴上，末端系死结，便可将肉塞进漏斗开始灌肠，连罐边拧，以免空气胀破肠衣，再用细针扎孔排气，灌完后用细绳分节系好，最终制成一条条饱满诱人的灌肠。无论是晾晒在背光通风处，还是蒸煮时散发出的诱人香气，都让人对即将到来的春节充满了期待。而各家各户根据不同的配料，制作出的灌肠也是风味各异，但那份独特的"腊味"，始终是灌肠的灵魂所在。

腌腊鱼，则是另一道不可多得的美味。以宰杀后的鲜鱼为原料，鲫鱼、草鱼、鲤鱼都可，加入盐和香辛料等调味品，腌制后经自然风干，不可晾晒得太干，用手握住鱼块不下耷拉就行了，再放入冰箱存放，这是干腌法。腊鱼还可湿腌，把鱼整理好后，去头，从鱼背分割成两片，再分切成肉段，装入容器，撒上盐、味精、鸡精、葱段、姜片等，淋上少许麻油，稍许拌一拌就可进入腌制。不管是干腌还是湿腌，其营养丰富，保质期长，是风味独特的美食。切块放在碟子里，配上葱、姜蓉和豆豉，蒸饭时放入锅里蒸，揭开锅盖时，米香与腊味混合的气息扑面而来，令人胃口大开。

此外，腊鸡、腊鸭也是腊味家族中不可或缺的一员。把宰杀好的鸡、鸭洗净，掏出内脏，沥干水，用酱油、盐、糖和米酒腌制一夜，隔天用温水冲洗，晒到滴油便可放入冰箱，或挂在通风阴凉处。

随着时间的推移，腊肉、腊鱼、灌肠等腊味，已经不仅仅是一种食物，它们更像是家乡的符号，凝聚着浓浓的年节气息，深深地烙印在每一个人的心中。每当舌尖上萦绕着那熟悉的腊味之际，不仅是对味蕾的极致犒赏，更是对那份剪不断的乡愁的深深怀念。

慢时光　腌菜香

在我的家乡云梦，有"小雪腌菜，大雪腌肉"的风俗。每当小雪节气悄然降临，这片土地便仿佛被施了魔法，无论是漫步于村庄，还是穿梭于热闹的街头巷尾，总能不经意间与一抹抹烟火气息相遇。各家的晒台上，宛如色彩斑斓的画卷，铺展着各式各样的腌菜：雪里蕻如同翡翠般鲜绿，芥菜叶肥厚诱人，萝卜干在阳光下泛着金黄，还有那不起眼的洋姜，也静静地躺在角落，共同编织着季节的韵味。

"雪深诸菜冻损，此菜独青"，说的就是雪里蕻。初霜之后，挑选雪里蕻有一门学问，用手掐根部，有汁水，易折断，便算得上鲜嫩。摘去雪里蕻烂叶，洗净，留下根部，保持其原态，放在太阳下晒一天。以前腌雪里蕻，只是一层菜撒一层盐便可。如今，生活条件好了，通常会加入白酒、姜、葱、蒜、花椒等多种调料，不仅丰富了味道的层次，更使得腌菜色泽鲜亮，诱人垂涎。

次日，将雪里蕻汁水攥干，一层层码进坛子，边码边用拳头压紧，直至满满当当，完成后放上砖头压严实。随后的日子里，每日必做的功课便是上下翻动，让雪里蕻在呼吸与散热中更加均匀地吸收盐分，经过10至15天的耐心等待，这份凝聚了时间与心意的腌菜便可启封品尝。

　　经过腌制的雪里蕻，翠绿莹润、清香爽脆，既是佐粥佳品，又可制作各种美味菜肴。无论蒸煮、清炖，还是烧卤、煎炸，都风味香浓。

　　腌芥菜则另有一番讲究，需选枝短叶多的芥菜，细心去除枯叶，洗净后静置一日，待叶片微蔫，便开始层层铺叠，每层之间撒上细盐，最终封存于瓦罐之中，倒入煮熟并晾凉的花椒水，密封20天左右，芥菜的香气便悄然弥漫。为防止芥菜久置坛中加重咸度，需及时取出，用保鲜袋分装，放进冰箱冷冻保存。等到吃的时候，拿出一袋化开，冲洗去咸味，搭配其他食材，就是一道传统美味菜肴。

　　至于腌萝卜干，更是家家户户的拿手好戏。萝卜经清洗后，切成手指粗细的条状，用针线一块一块穿成串，一串一串挑起晾晒，架在前院或屋后，有的干脆挂在屋檐、窗子下，成为一道独特的风景线。经过风吹日晒，待水分收缩后，取下放到盆中，撒上盐，用手搓匀，拌入自制的辣椒面，搅拌后，放进坛子，压上洗净的石块，封口保存。一个月后，便可食用。夹上一块萝卜干，放进嘴里"嘎吱嘎吱"地咀嚼，脆生生的，筋道有嚼头，酸辣有回香，瞬间唤醒沉睡的味蕾。

　　即便在这个物质丰富的时代，我们对传统腌菜的眷恋依旧不减。与其说是在怀念腌菜的味道，不如说是在眷恋美好的慢时光。每一口腌菜，都仿佛能带我们穿越回那个简单而纯粹的年代，品味那份被时间温柔以待的美好。

冬日食事

立冬后，天气渐渐转冷，气候也变得干燥。于是，我选择在夜晚腌制萝卜。白萝卜被仔细清洗干净后晾干，去皮切丝，随后用蜂蜜腌制，再加入米醋搅拌均匀，最后用保鲜膜密封起来。白萝卜有顺气化痰、生津止渴的功效，而蜂蜜则能补脾益气。

经过一夜的腌制，萝卜变得酸酸甜甜，滋味完全渗入了萝卜内部，口感脆爽可口，美味至极。这些萝卜均来自母亲的菜园，洗净后存放在冰箱保鲜，可以保存上好一阵子。关于萝卜的菜肴，我擅长制作萝卜炖牛腩、清炒萝卜丝、五花肉烧萝卜以及蜂蜜腌萝卜。

小时候在乡下，生活虽不富裕，但一到冬天，萝卜便成了餐桌上的主角。母亲煮面条时，总不忘先煮些萝卜进去，那面汤因此变得甜丝丝的，特别好喝。有时，母亲会在炒萝卜时加入酸菜和几片豆腐，这在当时已算是高级菜肴了。逢年过节，母亲还会用萝卜丝、葱、豆瓣酱拌馅做饺子；而她最拿手的则是烙萝卜丝饼，用面粉与细切的萝卜丝加鸡蛋调和均匀，然后在平底锅中煎制，出锅后色泽淡黄，酥脆鲜美，香得掉眉毛。

每当家里烙萝卜饼时，我总是迫不及待地围着锅台，踮起脚尖，眼睛直勾勾地盯着锅里，口水都快流出来了。饼烙好后，母亲会让我给隔壁姊姊家送几个去，我小心翼翼地端着装满烙饼的蓝花瓷碗，眼睛虽然一直盯着盘中那香气扑鼻的烙饼，但再馋也不会偷吃一口。

记得那是一个扎着羊角辫的小女孩，端着蓝花碗，碗内热气腾腾，她轻轻地敲开婶婶家的门。邻家婶婶接过碗，将里面的吃食倒进自家的碗里，然后又将碗洗净，放进一个鸡蛋和一把花生，笑呵呵地递给了小女孩。这是乡下的规矩，凡有人给自家送东西，绝不能让人家空着手走。

在计划经济年代，别说蜂蜜了，就连白糖也是稀罕物。白糖腌萝卜是母亲为我们治疗干咳的一剂食疗良方。有时我故意使劲咳嗽，其实心里是馋那白糖腌的萝卜丝。如果家里没有糖，母亲会想办法去邻居家借，而且每次都能顺利借到。

多年后，食材变得丰富多样，应有尽有，但我依然对萝卜情有独钟。原来，人的身体是最诚实的，小时候吃过的东西、做过的事、见过的人，你以为早已忘记，其实它们一直藏在心底的某个角落。食物给予人的慰藉，往往是最深沉、最持久的。

我念念不忘的，仍然是小时候的那个冬天。屋檐下挂着长长的冰凌，几位妈妈坐在婶婶家纳鞋底，有说有笑地拉着家常。屋内炉火正旺，老奶奶用暖手的火坛烤着荸荠。当她用铁筷子夹出烤好的荸荠时，我们几个孩子便争先恐后地伸出小手。奶奶轻轻地吹去上面的灰烬，然后在每个人的掌心放一个。我烫得边吹气边剥开外皮，放进嘴里，那荸荠带着一丝甜味，有一点软糯，还保留着一份清脆。

那时候，物资虽然十分匮乏，但人们的心却很近，邻里关系也很融洽。谁家做了荠菜饺子或炸了一锅豆腐丸子，都会捧个碗送到邻家去分享。

烟火人间，故土旧物，总是这样可亲可近，也令人深深迷恋。

那年冬天，在武汉的闺密家中，我与两三老友围坐一桌吃火锅。鲜红的辣椒、青绿的花椒、橙红的牛油以及无数五彩斑斓的香辛料在锅中翻滚，咕嘟咕嘟地冒着泡泡，红油翻滚间散发出阵阵鲜香，白雾袅袅地氤氲在我们的脸庞周围。那又麻又辣的滋味让我们眼泪汪汪的，但我们还是一个劲儿地说好吃。

冬天里，围炉夜话、吃火锅都是令人愉悦的乐事。白居易的诗句"绿蚁新醅酒，红泥小火炉。晚来天欲雪，能饮一杯无？"如今读来，仿佛就是冬日里发出的一份火锅"邀请函"。

和有趣的人、有趣的灵魂在一起，即使是最平凡琐碎的日子也能过出别样的味道。人到中年，不再扭捏作态，淡泊、随性、自然便是最好的生活态度。

在冬雪来临之前，腌制一罐蜜汁萝卜，煮一壶老白茶，再吃一顿麻辣火锅。在柴米油盐酱醋茶的日常生活中，感受草木对光阴的深情与钟爱。

月半粑

　　在岁月的长河中，有些味道总能穿越时空的界限，成为连接过去与现在的温馨纽带。在家乡的版图上，正月十五的元宵节称为"月半"，不仅仅是一个节日的符号，更是一场关于味觉、情感与文化的特殊日子。而这一切的精髓，都凝聚在那一块块软糯香甜的"月半粑"之中。

　　"年小月半大"，这句俗语在家乡人的心中有着沉甸甸的分量。它不仅仅是对元宵节重要性的肯定，更是对家庭团聚、亲情温暖的深切期盼。记忆中月半粑，作为节日的标志性美食，其制作过程便是一场全家总动员的温馨画面。在元宵节的前几天，家家户户便开始忙碌起来。大人们忙着筛滤大米，将筛下的细米细细磨成米浆；有的人家选择用白布吊浆，让米浆慢慢滴落，以求米粑更加细腻；有的则采用自然沉浆的方法，还有的在米浆上蒙上一层布，再隔布盖上一层厚厚的柴火灰，以吸收多余的水分。待米浆控干水分后，便揉成一团一团，为接下来的制作做准备。小孩子们也不闲着，他们提着竹篮，沿着府河边、田间地头，用小铁铲子挑回一篮篮鲜嫩的荠菜，家乡人亲切地称它为"地菜"，这是月半粑馅的主料。

　　月半粑的馅儿分为素馅和荤馅两种。素馅简单而纯粹，仅仅包裹着白糖；而荤馅则更加丰富，将荠菜、粉丝切碎，炸豆腐切丁，特别的是，家乡人一般不用鲜肉，而是选用腊肉，这样既节俭又能增添一份独特的腊味。节俭的人家更是把腊肉皮子卤好后派上用场，辅以姜、葱等配料调味，炒馅时则选用香麻油和菜油，减少油腻，从不使用猪油。月半粑的款型圆润饱满，寓意着团团圆圆、幸福美满。

制作好的月半粑被整齐地码放在竹蒸笼里，随着大火的旺盛蒸煮，一股股香气扑鼻而来。刚出锅的月半粑，乳白中浸润着温软的青色，表面缀满了晶莹剔透的小水珠，宛如上好的瓷器一般诱人。按照习俗，刚出锅的热粑首先要放在神龛上祭祖，这是一项严肃而庄重的仪式，寄托着乡亲们对新的一年风调雨顺、五谷丰登的美好祝愿。

祭祀完毕后，一家人围坐在一起，开始有滋有味地享用这民俗美食。咬一口素馅月半粑，糖馅与米浆融化成一层玉白色的硬胎，比粑体更为经得住咬嚼，瞬间口齿溢香。而荤馅的月半粑，在将熟未熟之时，老远就能闻到那香喷喷的腊肉味儿，让人垂涎欲滴。由于荤馅的月半粑存放时间不长，所以一般是吃多少做多少；而素馅的则可以存放一周，因此通常会多做一些。哪家做好了月半粑，还会向左邻右舍、近亲好友馈送，相互祝福在新春里诸事圆满。

"吃了月半粑，一心种庄稼。"这句民谚在当地广为流传，道出了月半粑与农耕文化的紧密联系。月半这天下午，乡民们在吃过月半粑之后，便会陆续走出家门，围坐在某家的屋前或是场子中，谈论着今年庄稼地里的打算、出门打工的准备……天气渐晚，家家户户亮起火红的灯笼，映红了整个村子。欢歌笑语沸腾了整个乡村，玩龙灯、唱大戏、踩高跷、放鞭炮，边唱边笑，伴随着烟花的绚烂绽放，刹那间满村蔓延起对新春的无限展望。

月半粑不仅仅是一种食物，更是一种情感的寄托和文化的传承。除了当天食用外，剩余的素馅粑会被放进竹篮里挂起来风干。每餐做饭时，取下几个粑放进灶膛内用余烬慢慢烘烤。过一会儿用火钳夹出来，外皮烤出了一层深黄色的粑壳，吃起来又焦又香，别有一番风味。那是浓浓的乡土味儿，蕴含着乡亲们对丰年的虔诚期盼和对美好生活的无限向往。

绿豆糍粑里的年味

　　云梦素有"鱼米之乡"的美称，农作物以水稻为主，每至谷物归仓之际，家家户户都会做绿豆糍粑，迎接新年。于是，一句民谣在乡间流传开来："蜡梅花开腊月八，家家户户打糍粑。"而云梦糍粑的独特之处，在于其内包裹的绿豆馅。

　　腊月一到，人们制作绿豆糍粑的身影便随处可见，其制作过程烦琐而精细。首先，需要挑选颗粒饱满，晶润莹亮的糯米，用水洗净后浸泡一夜，次日捞起沥干。随后，将木甑置于盛水的铁锅之上，蒸底垫一层白纱布。待水烧至沸腾冒蒸汽时，将沥干的糯米倒入木甑，隔水蒸。旺旺的柴火舔着锅底，不时发出"啪啪"的声响。约一个小时后，掀开蒸盖，浓郁的糯香伴着腾腾雾气，交织着柴草的烟火气，绵绵密密溢满整个灶屋。刚蒸熟的糯米饭，颗颗剔透莹润，软糯丰盈。

　　紧接着，趁热将糯米饭倒进石臼。由两三个壮劳力配合，用木杵打制。这不仅是体力活，还是技术活。手法讲究"快、准、稳、狠"。木杵此起彼伏，高高抡起如鼓点般欢快，轮番用力砸下。直至糯米被捣成黏稠泥状，挑起抽筋不断才算好。

　　同样，要选择颗粒饱满的绿豆，洗净，经一夜浸泡，沥起放在锅中，加没过豆子的水，大火翻煮 8 分钟，再改小火焖 10 分钟。要使豆子熟而不烂，然后入筛子沥尽水分，拌入适量的盐和黑胡椒调味，捏成一个个小馅团，放入笤箕备用。

接下来，众人合力把糯米团搬上案板，便开始做糍粑。以防黏手，得备一碟香油。手脚麻利地揪下一个个糯米团，用力一挤，揉捏成圆球状，放到案板均匀按压，厚薄适中，把绿豆团当作馅包入糍粑，用手压齐整，成杯口大小。中间隐约可见绿色的纹理，如碧玉一般，小巧玲珑，挨挨挤挤地摆满了整个案板。做好的绿豆糍粑，待完全冷却后，装进保鲜袋，放入冰箱保存，可以吃到来年春耕。

糍粑的烹调方式有两种，煎或炸。炸的做法较简单，倒入半锅油，烧开后放入糍粑，伴着吱吱的响声，糍粑在油锅中上下翻腾，待漂浮上来时，便可起锅吃。煎，锅中加入少许油，烧热后放入糍粑，两三个即可，用小火煎，圆饼状的绿豆糍粑，在油煎下慢慢变软，颜色由白变黄，一面煎得酥脆后，就翻个面煎，等两面煎成金黄色，盛起装盘。咬上一小口，糍粑表面酥脆，中间柔软，劲道醇香。绿豆的粉糯，入口即化，直抵肺腑。

家乡糍粑不仅是一道美食，更承载着人们对团圆和幸福的向往。与其说家乡人制作糍粑，不如说是在酝酿年味，蕴藏着人们对美好生活的眷念和期盼。

腊八粥的念想

腊八粥，是一种可以在味蕾深处扎根，让舌头一辈子长出倒钩的美食。作为一种 20 世纪 80 年代并不常见的甜食，它被缓慢熬过清贫年代的人，在后来的日子里强烈而长久地怀念。

孩提时代，常听老人们讲述腊八节的习俗。清晨，家家户户煮上一锅腊八粥，用以祭祀天地神灵，祈愿来年五谷丰登、风调雨顺。即便是在物资匮乏的年代，人们也会倾尽所有，将家里的坛坛罐罐扫了一空，星星点点、瓜瓜豆豆煮成一锅粥，颇有"四海之内皆兄弟，五谷杂粮一家亲"的气势在锅里面。

腊八粥的主角是自产的糯米，那时家家户户都会在地里种上一块糯谷。收获的糯米米粒细长，颜色呈粉白、不透明状，煮后黏性超强。那年月我和弟弟最喜欢最期待的，莫过于腊月初七的夜晚。

晚饭过后，母亲先把炉子装上一炉新煤，等青蓝的火苗冉冉蹿上来，在炉口四周舔来舔去的时候，架上一口刷洗干净的大锅。煮腊八粥通常启用平时不用的大锅，能装一小桶水，才能煮出全家人一整年的念想。

当青蓝的火苗像舌头一样，一下一下舔热锅底，把锅里的水舔出一连串冒泡的水花时，母亲就把绿豆、芸豆、红豆先下到锅里熬煮。这是煮腊八粥的第一批食材，为的是先把豆子们煮烂，烂成浓浓的一锅汤，好让后面下锅的食材有个铺垫。等锅里的豆子汤煮得融融蜜蜜的时候，母亲再将泡好的糯米、花生、红枣、芝麻以及切成块状的红薯、南瓜一次性加到锅里，再根据口味，掺上不等量的红糖，让这些喜相逢的食材们在锅里互诉衷肠，慢慢地相互交融，彼此渗透，你中有我，我中有你。

经历蒸腾翻滚，最后煮出红褐色的一锅粥。一揭开锅盖，在扑面而来的一阵阵香喷喷、甜丝丝的气息里，在渐渐浓稠的瓜豆汤中，每一粒糯米都晶莹润泽、明丽如花。

煮粥的时候，母亲要手持一把大号的铁勺，揭开锅盖不停翻搅，当锅里沸腾的红色汤液慢慢变浓时，母亲手里的铁勺就要频繁地搅动，以免煳锅。估摸煮到一定程度，母亲就把煤炉下面的风口封住，留一个炉眼儿，再将铁锅从炉口挪开一半，让锅里的食材在微火状态下慢慢收汁。煮腊八粥的技巧大概就在这适时翻搅与操控火候上，而这两样，需要积累经验，才能得心应手，也是腊八粥美味的关键所在。

清晨醒来，还不见天光。炉子上的八宝粥已经煮好了，大铁锅虽盖得严丝合缝，但一缕缕甜丝丝的气息早已飘荡在床头屋角，以至于一睁眼，单凭嗅觉就能感觉到腊八这天的喜气。炉子上的一锅甜食，让清贫的日子一下子变得富足起来，但我必须忍住口水，等母亲打完猪草回家一起吃。

吃腊八粥的幸福感是难以尽述的，它从大铁锅里一勺勺舀到白瓷碗中的时候，像是一种半流质的赐予，散发出既赏心悦目又略显羞涩的糖色，且有一种扑面而来的浓香，令人一闻就幸福得眩晕的甜蜜。但它非常非常烫，以至于不能大口大口地吞吃，而只能带着一种庄严的珍惜感，恭敬感，沿着碗边儿一小口一小口斯文地吃，直到碗里的粥一圈圈地变低，能准确捕捉到最后一颗隐藏在碗边沿上的糯米，最后用并拢的两根筷子头，再刮一刮碗底瓜豆相融后红艳艳的丝缕，然后抬起头来抿住嘴，意犹未尽地在渐渐升起的晨曦中，认认真真地回味。

如今，随着生活水平的提高，腊八粥已不再是腊八节的专属美食。但无论时代如何变迁，那份深藏于心的记忆与情感却永远不会改变。每当腊八来临之际，我总会想起那些与腊八粥相伴的日子，想起家人围坐一起的温馨场景。这些记忆如同陈年的酒，越品越醇厚；这些情感如同腊八粥中的食材，虽然各自独立却又紧密相连。

后 记

　　这么多年了，我放下了许多的冗杂事务，唯独对写作的热爱没有放下。

　　家乡云梦，因古云梦泽而得名，地处江汉平原，水资源丰富，被誉为"梦里水乡"。府河蜿蜒流淌，九曲十八弯不仅滋养了这片沃土，更孕育了云梦人独有的灵性与情感。

　　云梦，一座历史与文化交织的古城，楚文化的浪漫与秦文化的豪迈在此和谐共存，构成了别具一格的文化景观。昔日云梦大泽，广袤无垠，河湖密布，是万物栖息的乐园。先民们于此渔猎农耕，将文明之火种播撒于长江之畔。大秦帝国的辉煌，也在云梦大地上默默沉淀，睡虎地秦简便是其历史见证之一。云梦之美，既有广袤无垠的壮阔，也有河湖交织的秀美，更有村庄田野的宁静，四季更迭，美景各异，令人沉醉。

　　我生于涢水之畔，自幼便深受水乡文化的熏陶。成年后，多年乡镇工作的经历，让我更加亲近自然，深入百姓生活，感受他们的热情与淳朴。这些经历如同涢水一般，滋养了我的心灵，也激发了我的创作灵感。

　　近几年，我的笔触回归到云梦，这片生我养我的土地。我描绘星空朗月、落日黄昏、晴空万里、云舒云卷的自然之美；刻画潺潺流水、树影摇曳、湖光倒影、田园村舍的自然景致；展现高楼林立、楼台亭阁、车水马龙、欣欣向荣的现代风貌。字里行间，还融入了云梦企业家精神、创业者的梦想、非遗传承人的匠心、艺术家的才情、志愿者的奉献，以及对美食、风俗、文化遗迹的细腻描绘。这里的每一寸土地、每一道风景、每一个故事，都深深触动着我，让我收获一份或朴实或沉甸甸的感动。

因工作原因，我逐渐成为一名文字工作者，撰写消息、通讯、公文，这些虽多为"命题作文"和"规定动作"，却也是我谋生的方式。工作之余，我坚持文学创作，耕种着一块边角地，那是灵魂的栖息地。假如没有这块边角地，没有这一块舒展情怀的热土，那些难以言说的情绪与思绪该如何安放？那些想要宣之于口不吐不快的情绪该如何宣泄？我感恩文学，它让我在这片平原大泽间策马奔腾，不仅是心灵的释放，更是生命的丰盈。

《水润梦泽》一书，收录了我利用零碎时间创作的散文随笔，这些文字，源于生活，发自内心，多数已见诸报刊。我并不奢望能写出什么惊世之作，只愿力图通过文字记述我平凡人生的足迹和心路历程。这些年，我遇到了许多关心、关注、鼓励和支持我的读者，是你们陪伴我成长，让我的写作之路变得温暖而坚定。我不仅是在敲击键盘，更是在抒发情感，不在乎是否可以圆我曾经有过的文学梦，只是希望通过写作找回自我。

脚下有土，心中有光。我庆幸自己出生在乡村，拥有故乡和故土，我能找到我的根，我四十多年前以为断掉的脐带还在，故乡还在为我输送养分。虽混迹县城数十载，我仍然偏爱乡野和自然，向往辽阔和自由。我脚下这片古老而神秘的土地，正随着时代的步伐不断蜕变，一步一个脚印地成长、发展、壮大。它既是我生命的起点，也是我创作的源泉。

我感谢古泽云梦、感谢涢水边那个普普通通的村庄，是它们赋予我的 DNA。感谢笔下所有我书写的人，感谢古稀之年的父母，感谢包容我的家人朋友，感谢每一个帮助我、支持我、能够谅解我的人。同时，也感谢写下这些文字的那个过去的自己，感谢出版方的辛勤付出。

　　家乡云梦，于我而言，不仅是地理上的归宿，更是精神上的灯塔。它赋予我一切，成为我行走世间的最大底气。我愿以笔为媒，用更多作品向这片土地致以最深的敬意与感激。

张艳霞

2024 年 9 月 9 日于云梦